나는

시민기자다

김혜원 · 송성영

이희동 · 강인규

전대원 · 이종필

김용국 · 김종성

최병성 · 신정임

윤찬영 · 양형석

머리말

잉걸 기사의 숲에서 희망을 쓴다

"정말 이해가 안 됩니다."

오마이뉴스를 방문한 외국 언론인들은 '좋은 기사 독자원고료 주기'를 설명할 때마다 고개를 갸웃거렸다.

"누구나 공짜로 볼 수 있는 기사인데, 왜 독자들이 굳이 돈을 내는 거죠?"

그렇다. 이해할 수 없는 일이 오마이뉴스에서는 매일 벌어진다. 독자들은 오마이뉴스에 실리는 모든 기사들을 무료로 볼 수 있다. 그런데 어떤 독자들은 자신이 읽은 기사에 자발적으로 원고료를 낸다. 기사 말미에 달려 있는 '좋은 기사 독자원고료 주기' 시스템을 통해서다. 이 시스템은 오마이뉴스가 특허를 낸 것으로, 하나의 글에 약 6000명의 독자들이 3000만 원에 가까운 원고료를 모아준 경우도 있다.

물론 모든 기사에 독자원고료가 붙는 것은 아니다. 그런데 흥미롭게도 상근 직업기자의 기사보다 시민기자의 기사가 독자원고료를 더 많이 받는다. 특히 이 책의 필자들인 강인규, 김혜원, 이종필, 최병성 시민기자 등이 글을 쓰면 거의 100퍼센트 독자원고료가 붙는다.

왜 이 시민기자들의 기사에 원고료가 모이는 것일까? 독자들은 기사가 자신의 마음을 움직였을 때만 돈을 낸다. 그만큼 이 시민기자들의 기사는 탄탄하다. 사실에 근거하고 있고 메시지가 분명하며 감동적인 스토리텔링까지 있다.

이런 매력은 어디에서 나올까? 오마이뉴스의 시민기자는 신문을 만들어내는 거대한 기계의 부품이 아니다. 이들의 출입처는 삶의 현장이다. 이들의 기사는 오직 자신만이 쓸 수 있는 이야기를 담고 있다. 시간이 지나면 휴지통에 버려지는 평범한 신문 기사들과 다르다. 시간이 지나도 감동을 머금고 있는 작품이다. 그렇기 때문에 오마이뉴스에 연재한 글을 모아서 책을 낸 시민기자들이 많은 게 아닐까? 시민기자들의 글은 오랫동안 읽힐 만한 생명력이 있다.

이쯤에서 독자들이 질문 하나를 떠올릴 수 있다.

"나도 기사를 써보고 싶은데, 어디서부터 시작해야 할까?"

이런 꿈을 가진 시민들, 즉 예비 시민기자들을 위해 이 책을 마련했다. '모든 시민은 기자다'라는 모토로 2000년 2월 22일 창간한 오마이뉴스에 오랫동안 기사를 써온 시민기자들의 글쓰기 노하우와 경험담을 모았다. 글쓰기를 통해 자신의 삶을 바꾸고, 더 나아가 세상을 바꿨던 이야기들을 열두 명의 시민기자들이 입담 좋게 풀어냈다. 그리고 그들은 이렇게 말한다.

"이제 당신 차례입니다. 어렵지 않습니다. 평범한 아줌마이며 회사원인 우리도 했는걸요?"

오마이뉴스를 창간한 후 가장 기뻤던 순간을 묻는 질문을 받을 때마다 대표기자인 나는 서슴없이 이렇게 답한다.

"이름도 모르고, 얼굴 한번 본 적도 없는 사람의 글이 오마이뉴스의 머리기사를 장식하고 있을 때입니다."

창간 초기 727명이었던 시민기자들은 현재 7만 명이 넘는다. 40여 명의 상근 직업기자들과 머리기사 자리를 놓고 선의의 경쟁을 하는 이들은 하루 100~150개의 기사를 오마이뉴스에 올린다.

이 책의 필자들은 그 치열한 경쟁을 뚫고, 적어도 마흔 번 이상 머리기사의 자리에 이름을 올린 시민기자들이다. 그런데 보통 시민들이었던 이들은 처음부터 글을 잘 썼을까?

이들 역시 처음에는 미숙했다고 이 책에서 고백한다. 그러나 글을 써가면서 발전했다. 어떤 과정을 겪으며 글쓰기 실력을 쌓고 자신감을 얻게 됐을까?

우선 가장 큰 스승은 독자들이다. 독자들은 댓글, 점수, 좋은 기사 독자원고료 등을 통해 시민기자들의 글을 평가한다. 칭찬도 하지만 가혹한 비판도 한다. 기사에 대한 지적을 받으면 처음에는 밤잠이 안 올 정도로 충격을 받을 수 있다. 하지만 그 지적은 대부분 보약이 된다. 자신의 글을 독자의 입장에서 냉철하게 되돌아볼 수 있기 때문이다. 독자들과의 '소통'과 '공감'을 염두에 두면서 글을 쓰게 되니 점점 독자의 사랑을 받는다.

또 오마이뉴스 편집부와 소통하는 과정을 통해 글쓰기 실력이 좋아질 수 있다. 시민기자들이 기사를 송고하면, 편집부 소속의 편집기자들이 기사를 하나하나 검토한다. 사실과 다른 내용은 없는지, 논리적 흐름이 제대로 되었는지, 비문은 없는지, 저작권 위반 가능성은 없는지 등을 꼼꼼하게 확인한다. 글을 쓴 시민기자와 직접 소통하며 기사의 완성도를 높인다. 시민기자들은 자신의 글을 객관적으로 바라보게 되고 미흡한 점을 개선할 수 있다.

시민기자들이 올린 글 중 약 85퍼센트가 편집부의 검토 과정을 통과해 정식 기사가 된다. 우리는 이것을 '잉걸 기사'라고 하는데, 잉걸이란 불이 이글이글하게 핀 숯덩이를 뜻한다. 나머지 약 15퍼센트는 미흡하다는 판정을 받아 정식 기사로 채택되지 못한다. 이건 '생나무'라고 한다. 하지만 '생나무' 판정을 받았다고 절망만 하면 글이 늘지 않는다. '생나무 클리닉' 서비스를 신청하면, 정식 기사로 채택되지 않은 이유를 상근기자나 선배 시민기자들이 설명해주고 처방까지 내려준다. 이런 교육 과정을 통해 글쓰기가 향상된 시민기자들이 적지 않다.

상근 직업기자와 시민기자는 취재 현장에서도 '환상적 결합'을 이룬다. 오마이뉴스는 창간 10주년 특별 취재로 상근기자와 시민기자가 한 팀이 되어 2010년 유럽의 한복판에 뛰어들었다. 프랑스, 스위스, 네덜란드 등 유럽 국가의 복지 현황 등을 살피고, 〈유러피언 드림, 그 현장을 가다〉를 연재했다. 2008년 베이징 올림픽, 2012년 국회의원 선거와 대통령 선거 때도 70여 명 규모로 시민기자 특별 취재팀을 꾸려 상근기자들과 호흡을 맞췄다.

합동 취재를 하면서 상근기자들이 시민기자들에게 배우는 것도 많다. 삶의 현장에서 나오는 기발한 기사 아이템, 형식을 파괴하는 자유로운 글쓰기, 누구의 눈치도 보지 않는 날카로운 비판 정신을 배운다. '오마이뉴스'라는 공간에서 '독자-시민기자-상근기자'가 서로 어울려 글쓰기 배움터를 만들어나가는 셈이다.

미국 미주리대학교 저널리즘 스쿨에서 2007년 '훌륭한 언론인상'을 수상했을 때가 생각난다. 세계에서 제일 처음으로 만들어져 100년이 넘는 전통을 자랑하는 이 저널리즘 스쿨에서 '모든 시민은 기자다'라는 오마이뉴스의 실험을 인정해 상을 준 것이 무척이나 감격스러웠다.

"미국에서 군사적 목적으로 만들어진 컴퓨터와 인터넷이 태평양을 건너 한국 땅에서 민주주의의 꽃을 피우는 도구가 될 줄 누가 알았겠습니까? 이 것은 한국의 '준비된 시민'이 있었기 때문에 가능했습니다. 이 상을 '모든 시민은 기자다'를 꿈에서 현실로 만들어낸 오마이뉴스의 시민기자들에게 바치고 싶습니다."

영어 발음이 좋지 않은 나는 이 수상소감을 말하면서 감격에 겨워 울먹이기까지 했다. 나를 지켜보던 400여 명의 미국인들은 내가 무슨 말을 하는지 제대로 알아듣지 못했을 것이다.

이 책을 통해 다시 한번 시민기자들에게 감사의 마음을 전하고 싶다. 열두 명의 시민기자들이 쓴 이 책을 세상에 내놓으면서 상을 받던 때와 비슷한 감격을 느낀다. 이 '준비된 시민들'이 공들여 만들어낸 글쓰기 교과서는 더 나은 사회를 만들기 위해 수많은 시민기자들이 쏟아낸 열정의 결정체이다. 창간 후 지금까지 오마이뉴스에 실린 시민기자들의 기사는 54만 개에 달한다. 그렇게 많은 '잉걸 기사'의 숲에서 이 책이 나왔다. 나는 이 책을 읽는 독자들이 그 이글이글거리는 잉걸더미가 뿜어내는 꿈과 열기를 함께 나눠 가졌으면 좋겠다.

"삶을 바꾸고 세상을 바꾸는 글쓰기, 이젠 당신 차례입니다."

2013년 2월 22일

오마이뉴스 창간 13주년에

대표기자 오연호

차례

머리말 | 잉걸 기사의 숲에서 희망을 쓴다 · 오연호 — 4

세상과 소통하는 삶의 가치 — 사는 이야기

아줌마 솜씨로 튀기고 볶아서 들려주는 세상 이야기 — 김혜원   **19**

아줌마라서 더 잘할 수 있는 이야기 • 세상을 바꿀 수 있다는 깨달음
잊을 수 없는 이름, 아멜리아 • 나를 들뜨게 하는 현장
나 같은 늙은이 찾아와줘서 고마워 • 아프리카 대륙으로 향하다

소박한 '사는 이야기'로 우려내는 삶의 깊은 맛 — 송성영   **45**

'사는 이야기'는 네버 엔딩 스토리 • 엄격한 검열은 필수
뉴스는 멀리 있지 않다 • 재미와 의미를 고루 갖춘 글
고통스런 생활을 감추지 않기 • 소박한 삶이 사람을 살린다

사회를 바꿀 단서들을 찾아 일상 파헤치기 — 이희동   **75**

세상과 소통하는 나만의 방식 • 결혼과 출산이 가져온 글쓰기의 위기
일상이 가장 정치적이다 • 나에 대한 두 종류의 비난
기사로 세상을 바꾼 경험들 • 절망의 시대, 할 일이 많다

여행자의 시선으로 낯설게 들여다보기 — 강인규　　IOI
당연한 상식을 문제 삼기 • 시민기자는 '아마추어'라는 오해
어려운 글은 게으른 글이다 • 웃음을 이용하여 끝까지 읽게 하기
사실과 의견 구분은 기본 • 진정성으로 울림을 더하다

독창적인 정치 기사를 위한 방법론 — 전대원　　123
직업기자의 한계를 넘어서는 시민기자 • 인터넷을 열심히 누빌 것
주장 기사의 핵심은 논거 찾기 • 정치를 분석하는 세 가지 방법
생각의 힘을 어떻게 키울 것인가

취미 삼아 시사 평론하는 아인슈타인의 후예 — 이종필　　143
학생운동이 일깨운 글쓰기 욕구 • 지금 안 하면 나중에도 못 한다
송고 버튼 앞에서 멈칫한 손 • 즐거움에는 대가가 따른다
그들은 '제2의 노무현 탄생'이 싫었다 • 고된 감정노동은 계속될 것이다

'시민을 위한 법'을 위해 선택한 이중생활 — 김용국   I7I

다시 타오른 꿈 • '촛불재판 파동'과 '아는 만큼 보이는 법'
글은 엉덩이로 쓴다 • 그래서 얼마를 벌었을까?
글을 쓰면서 세운 원칙 • 글 쓸 때 잊지 말아야 할 것들

대중과 친해지고 싶은 역사 전문가의 글쓰기 — 김종성   203

'나 홀로 글쓰기'의 틀을 깨다 • 동북공정이 불러온 열정적 글쓰기
'사극으로 역사읽기'를 시작하다 • 친절한 역사 이야기를 위한 고민
대중을 위한 글을 쓸 때 조심할 점

열정 하나로 '4대강 전문기자'가 된 목사 — 최병성   223

오마이뉴스에서 만난 수많은 독자들 • 언론 권력은 소수만의 것이 아니다
집중과 몰입으로 독자의 마음을 파고들다 • 사진, 자료, 상상력과 창의력
작은 불씨에서 시작되는 또 다른 세상

다른 삶을 상상하는 감각적 글쓰기 — 인터뷰 / 여행 에세이 / 스포츠 · 대중문화 칼럼

오감으로 기록하는 가슴 뛰는 삶 — 신정임   253

서툰 연애, 서툰 인터뷰 • 진솔한 이야기에 힘이 있다
삶은 기록, 기록은 삶 • 일상의 확장, 여행지에서의 설렘
삶의 '떨림'을 더 듣고 싶다

영화에서 배우는 감각적 글쓰기의 자세 — 윤찬영   279

〈파이란〉, 자신의 글을 사랑하라 • 〈어 퓨 굿 맨〉, 누구나 기사를 쓸 수 있다
〈흐르는 강물처럼〉, 늘 시간이 필요하다 • 〈광해〉, 가짜에서 진짜를 읽어내기
〈아티스트〉, 대중은 언제나 옳다 • 〈대부〉, 남들이 못하는 생각들
〈죽은 시인의 사회〉, 자신만의 길을 선택할 것 • 〈빌리 엘리어트〉, 글쓰기가 주는 환희

대중문화가 위로해주는 고단한 우리의 삶 — 양형석   307

'기사 쓰기' 무료 강좌의 유혹 • 스포츠 · 대중문화를 주목하다
악플에 대처하는 법 • 1300개의 값진 추억 • 꿈을 이룰 기회를 잡다

세상과 소통하는
삶의 가치

- 사는 이야기

김혜원 • 송성영 • 이희동

시민기자는
000이다

김혜원

시민기자는 이장님의 확성기다

"아! 아! 이장입니다. 주민 여러분께 알려드립니다. 오늘 점심 때 보건소에서
예방주사를 놔주러 오신답니다. 뜨끈한 칼국수도 준비했으니 마을회관에
와서 주사 맞고 가세요. 꼭 오세요."
작은 시골 마을의 크고 작은 소식을 투박한 목소리로 전하는 이장님의 확성기.
시민기자는 우리 이웃의 이야기를 소박한 언어로 전하는 이장님의 확성기다.
이웃과 함께 웃고, 함께 눈물 흘리는 그런 확성기다.
시민기자는 우리 사회의 소외된 이웃들을 찾아 그들의 삶을 전해야 한다.
큰 소리가 아닌 따뜻한 소리로 전하는 그런 확성기가 되어야 한다.

송성영

시민기자는 의병이다

7년 전쯤, 우리 집 큰아이가 초등학교에 다닐 때였다. 당시 녀석은
역사에 관심이 많았는데 특히 한미관계에 대해 이것저것 물어왔다.
불평등한 한미관계를 얘기해줬더니, 오마이뉴스 기자들이 얼마나 되냐고 물었다.
수만 명, 아주아주 많다고 말해줬다. 그러자 녀석이 하는 말, "그 많은 사람과
의병을 일으키면 좋겠다" 라는 것이었다.
시민기자란 무엇일까를 고민하다가 오래전 녀석이 했던 말을 단초로
'시민기자'에 '의병'을 덧붙여본다. 그 옛날 의병들은 이렇다 할 무기도 없이
부패한 관군에 맞서 싸웠다. 시민기자는 돈과 권력, 그 앞에 납작 엎드린
보수 언론에 대항하는 의병이다. 변변한 무기는 없어도 약자들의 편에 서서
진실을 알리는 기자. 바로 시민기자가 아닐까?

이희동

시민기자는 언론의 오래된 미래다

'시민사회의 언론'이란 그 사회의 개인 혹은 집단이 매스미디어를 통해
새로운 사실이나 사건에 관한 정보를 보도하고 논평하는 활동을 의미한다.
언론은 모든 시민들의 목소리를 담는 것을 궁극적인 목표로 삼아야 하며,
이를 위해서는 그 어떤 압력에도 굴복해서는 안 된다.
진정한 시민사회의 발전은 좀 더 많은 시민들이 언론을 통해
자신의 일상과 생각을 타인과 공유할 때 가능하기 때문이다.
따라서 자신의 일상을 취재하고, 이를 1인 미디어에 싣는 시민기자는
언론이 지향해야 할 '오래된 미래'다.

 김혜원 시민기자를 말한다   오마이뉴스 편집부 **김지현**

"기자님, 저 좀 그만 울리세요."

김혜원 시민기자를 볼 때마다 전하고 싶지만, 쉽게 꺼낼 수 없는 말입니다. 그 이유가 뭔지 궁금하세요? 바로 '사람 내음' 때문입니다.

오마이뉴스 편집부에서 일하기 전에 〈인생을 듣다〉라는 기사로 그를 알게 됐습니다. 얼굴 한 번 본 적 없는 기자였지만 기사가 무척 꼼꼼했기 때문에 기사 쓰기의 본보기로 삼기도 했습니다. 이후 그를 〈장애아 부모로 산다는 것〉이라는 기획 기사로 만나게 됐습니다. 이제는 편집기자와 시민기자의 관계로 말이죠. 사실 기획 초반에는 '꼼꼼하기만 한 기획 기사가 나오면 어쩌나' 걱정도 했습니다. 하지만 제 기우에 불과했습니다. 솔직하고 우직하게, 행간에 사람 내음을 담아 이야기하더군요. 김혜원 기자는 인터뷰이가 처한 상황을 꾸밈없이 있는 그대로 보여줍니다. 그렇기 때문에 독자는 인터뷰이의 어려움을 직시하게 되고, 이해를 넘어 공감을 느끼게 되죠.

덕분에 기사를 편집할 때마다 눈시울이 붉어지곤 했습니다. 기사를 편집하다 울컥해 핀 담배만 해도 꽤 될 겁니다. 그렇지만 김혜원 기자의 글은 단순히 함께 울컥하는 데서 멈추지 않습니다. 독자에게 '그래서 무엇을 할 텐가'라는 생각을 하게 합니다.

오마이뉴스에는 사람 내음 물씬 풍기는 이런 기사가 더 많이 필요합니다. 저 좀 그만 울려달라는 말 대신 한 말씀 드립니다.

"기자님, 저 좀 더 울려주세요. 눈물 너머 공감, 공감 너머 행동을 고민하게 해주세요."

아줌마 솜씨로 튀기고 볶아서 들려주는 세상 이야기

김혜원

"김혜원 기자님, 축하합니다. 김 기자님이 〈타임〉이 선정한 '올해의 인물'이 되셨답니다. 여러분, 축하해주세요."

2006년 12월 17일 〈오마이뉴스 재팬〉과 '한일 시민기자 친구 만들기' 행사를 마치고 한국으로 돌아오던 날, 하네다 공항으로 향하는 버스 안에서 어리둥절한 소식을 전해 들었다. 〈타임〉 선정 '올해의 인물'이 어떤 의미와 영광인지 잘 모른 채 쏟아지는 박수와 격려를 받았고 전화 인터뷰에 응했다.

6년의 시간이 흘렀지만 그때의 어리둥절함은 지금도 여전하다. 대한민국 아줌마로 그저 네티즌(혹은 이웃들)과 함께 모니터를 앞에 놓고 수다를 떨었을 뿐인데, 이런 나에게 쏟아진 국제적 관심과 기대가 아직도 얼떨떨하기만 하다.

오마이뉴스와 나의 인연은 2002년으로 거슬러 올라간다. 당시 민주당 대통령 후보로 급부상한 정치인 노무현에 대해 더 많은 정보를 얻고 싶어 인터넷을 뒤지다 찾아간 사이트가 오마이뉴스였다. 보수적 신문에 길들여진 나에게 오마이뉴스의 진보적 관점은 신선한 충격이었다. 더구나 오마이뉴스가 운영하는 시민기자 제도는 독자에 머물러 있던 나의 도전의식을 깨우기 충분했다. 오마이뉴스에서는 누구나 기자가 될 수 있다고 했다. 아줌마도 아저씨도 학생도 노동자도 노점상도 실직자도 그 누구도 기사를 쓰고 기자가 될 수 있다는 말에 아줌마의 가슴이 뛰기 시작했다. 그 놀라운 실험정신에 반해 그동안 보던 종이신문을 끊고 오마이뉴스의 자발적 유료 구독자가 됐다. 그리고 기자회원 가입 여부를 묻는 난에 무작정 체크하고 가입을 눌러버렸다.

그리고 2003년, 드디어 역사적인 첫 기사를 썼다. 자타공인 유별난 고3 아들과 자타공인 범생이인 마흔 중반 남편의 신경전을 보다 못해 기사로 하소연을 한 것이다. '송고하기' 버튼을 누른 뒤 한동안 부끄러워 컴퓨터를 켜지 못했다. 밤새 쓴 연애편지를 아침에 읽는 기분이 딱 그럴 것 같았다. 이미 편집부로 넘어간 기사를 돌려달랄 수도 없고 혼자 끙끙거리다 살그머니 확인해보니 조회수가 3800건. 놀랍게도 '아들을 격려해줘라, 남편을 이해해라, 시간이 지나면 좋아질 테니 힘내라, 응원한다' 등의 댓글과 함께 '좋은 기사 독자원고료'까지 들어와 있었다.

3800명의 독자가 모니터 뒤에서 나를 쳐다보고 있는 것 같아 가슴이 콩닥콩닥 뛰고 얼굴이 붉어졌다. 모자란 글 솜씨 위에 붙여진 '기자'라는 호칭이 부끄러워 모니터를 오래 들여다볼 수도 없었다. 그렇게 첫 기사를 쓴 후 한동안은 '눈팅'으로 일관했다. 사고 치듯 첫 기사를 썼지만 독자들의 반응을 실감한 후 기사를 쓰는 일이 두려워졌기 때문이다.

다른 시민기자들도 나와 같았을까? 이런 두려움을 어떻게 극복했을까? 어떻게 하면 좋은 기사를 지속적으로 쓸 수 있을까? 어떻게 써야 좋은 기사일까? 독자들과 공감하는 기사를 쓰려면 어떤 노력이 필요할까? 수많은 질문이 머릿속에 맴돌았고, 그 해법을 찾기 위해 선배 시민기자들의 기사를 뒤지기 시작했다. 고태진, 김규환, 김민수, 이봉렬, 한나영…… 명불허전 쟁쟁한 시민기자들의 기사를 모두 찾아 읽어보며 나도 이들처럼 기사뿐만 아니라 이름으로 기억되는 시민기자가 되고 싶다는 꿈을 꾸었다. 선배들처럼 이름 뒤에 기자라는 호칭이 붙어도 부끄럽지 않은 시민기자가 되고 싶었다.

아줌마라서 더 잘할 수 있는 이야기

대학을 졸업하자마자 결혼을 하고 바로 연년생 두 아들을 낳은 나는 사회 경험이 전혀 없는 순도 100퍼센트 전업주부 아줌마다. 보수적이며 가부장적인 아버지 밑에서 자란 탓에 삼종지도(三從之道)라는 조선시대 여성관을 미덕인양 가슴에 품고 오매불망 현모양처가 되길 꿈꾸는 대한민국 아줌마. 이름도 성도 없고 누구의 딸, 누구의 아내, 누구의 엄마로 불리는 것에 보람과 행복을 느끼는 그런 아줌마. 남편과 아이들, 내 가정밖에 모르는 우물 안 개구리였다.

그런데 개인용 컴퓨터의 보급과 인터넷의 발달로 나와 같은 주부들의 삶에 큰 변화가 생겼다. 인터넷이 연결된 컴퓨터만 있으면 부엌이든 거실이든 안방이든 세계 그 어느 곳에 있는 네티즌과 소통이 가능해졌다. 인터넷이라는 생소한 세상에 발을 들여놓고 그 맛에 중독되어 밤잠을 잊을 무렵 운명처럼 내게 다가온 세상과 소통하는 문. 그게 바로 오마이뉴스였고 오마이뉴스만의 특화상품인 시민기자였다.

오마이뉴스라는 글 판에 발을 들여놓은 아줌마는 운명처럼 시민기자가 됐다. 시민기자라는 타이틀을 달고 오마이뉴스를 통해 조금씩 세상과 소통했고 비로소 잊고 있던 '김혜원'이라는 이름 석 자를 돌려받았다. 누구의 딸, 누구의 아내, 누구의 엄마가 아닌 내 아버지가 나에게 지어준 김혜원이라는 이름으로 불리게 됐다.

대한민국에 흔하고 흔한 아줌마들. 스스로 아줌마라 불리는 것을 부끄럽게 여길 만큼 매력적인 호칭은 아니지만, 천생 아줌마를 자처했던 나는 오히려 아줌마이기 때문에 경쟁력을 가질 수 있었다. 아줌마가 흔하지 않았던 시민기자들 사이에서 아줌마라는 무기 아닌 무기가 통했던 것이다.

아줌마의 전공인 아이들 교육, 살림살이와 가정경제, 고부관계와 남편과의 갈등, 이웃과의 소통 문제……. 오마이뉴스에서는 이런 모든 일상이 기사가 됐다. 꾸미지 않은 아줌마의 삶이 자연스럽게 기사에 녹아들어 독자의 공감을 얻을 수 있었다.

시어머니, 친정 부모님과의 관계는 노인 문제와 연관되어 많은 공감을 얻었다. 〈칠순 아버지의 가출〉(2004. 3. 11), 〈치매 조기치료는 그림의 떡〉(2006. 12. 1), 〈치매부모, 시설에 모시면 불효라구요?〉(2007. 1. 13), 〈길 잃은 할아버지 못 보셨나요?〉(2007. 2. 15) 등을 통해 치매환자와 그 가족의 어려움에 대한 공감을 이끌어낼 수 있었고, 〈노환 시어머니 칭찬 한마디에 명절 증후군도 싹~〉(2005. 2. 9), 〈신식 며느리와 구식 시어머니의 추석준비〉(2005. 9. 12), 〈시집살이는 마땅당, 친정살이는 부당당?〉(2006. 11. 21) 등의 기사를 통해 대한민국 며느리라면 누구나 공감하는 고부 갈등에 대한 이야기를 할 수 있었다.

아줌마들의 영원한 수다 재료인 남편 역시 좋은 기사 소재가 됐다. 〈남편은 우울증, 아들은 시험중, 나는 고민중〉(2003.4.11), 〈"이 서방, 어때 맛이 좋지?"〉(2004.6.20), 〈부부싸움하면 '시간여행'을 떠납니다〉(2004.12.6), 〈북어와 남편은 두드려야 제맛?〉(2004.12.27) 등 친구들과 만나 수다를 떨듯 슬쩍슬쩍 남편 흉을 곁들여가며 우리 부부 사는 이야기를 풀어냈더니 아내들보다는 오히려 남편 또래의 남자들이 더 많이 공감했다. 앞집이나 뒷집이나 아래층이나 위층이나 사는 모습은 다 같더라는 평범한 진리가 통했던 것이다.

아이들 교육 문제도 둘째라면 서러울 주제였다. 유난한 청소년기를 보내는 두 아들을 키우다 보니 자연스럽게 학교생활 부적응 문제, 학교폭력, 돈 걷는 어머니회, 학생회장 선거 관련 부정, 고교폭력서클 일진회 등의 문제에 관심을 갖게 됐고 비판적 관점의 기사를 쓸 수 있었다. 교육 관련 기사는 특히 댓글이 많았다. 나처럼 자녀들의 교육 문제에 관심을 가진 독자들이 많은 듯했다.

동네 아줌마들과 나누면 수다로 사라질 이야기들이 '사는 이야기'라는 옷을 입고 오마이뉴스 지면을 장식했다. 활동 초기엔 '이것도 기사냐, 소설 쓰고 있네, 아줌마니까 어쩔 수 없지' 등등 악성 댓글에 가슴이 콩알만 해지기도 했다. 부모님이나 남편, 아이들까지 거론한 악성 댓글에 상처를 받아 더 이상 기사를 쓰지 않겠다고 결심한 적도 한두 번이 아니다. 그러나 시민기자 10년차가 된 나는 지금도 여전히 기사를 쓴다. 10년간 시달리다 보니 어지간히 독한 댓글에는 눈도 꿈쩍하지 않는 시민기자용 강심장을 장착하게 됐다.

세상을 바꿀 수 있다는 깨달음

삶에서 일어난 소소한 이야깃거리를 기사로 담던 나에게 세상이 문득 질문을 던져왔다. '이럴 땐 어떻게 하지?' 하고 말이다. 조카를 유모차에 태우고 대형 할인마트에 쇼핑을 하러 간 날도 그랬다. 집에서 멀지 않은 곳이라 산책도 할 겸 신호등 몇 개를 건너 마트에 이르렀는데 막상 마트를 둘러싼 인도에서 입구로 진입을 하지 못하는 상황이 발생했다.

인도를 가로질러 촘촘히 박아놓은 장애물 때문에 유모차를 밀고 갈 수 없었다. 작은 유모차가 지나가지 못할 정도라면 그보다 폭이 넓은 장애인용 휠체어는 더욱 진입이 불가능할 터. 왜 인도에 이런 장애물을 설치해 시민들의 보행과 장애인의 통행에 불편을 주는지 알고 싶었다.

마트에 물어보니 인도에 설치된 것은 볼라드(bollard)라고 하는 자동차 진입방지용 장애물이라고 했다. 마트의 쇼핑용 카트 분실을 방지하기 위해 카트가 지나가지 못할 정도의 폭으로 인도 위에 설치했단다. 심지어 구청의 허락을 받아 합법적으로 설치한 것이니 아무 문제가 없다고 했다. 마트와 구청 모두 시민의 보행권보다는 마트의 재산을 지키는 것이 우선이란다. 항의하는 내가 오히려 이상한 사람이 되어버렸다.

하지만 여론은 어떤지 묻고 싶었다. 나의 불만이 지나치거나 부당한 것인지 독자들에게 묻고 싶었다. 그래서 쓴 기사가 〈볼라드가 유모차와 휠체어의 출입을 막는다〉(2004. 2. 15)였다.

기사가 나가자 독자들은 대형 마트의 볼라드 설치에 비판적인 댓글을 달았다. 그리고 일주일 후 다시 찾은 마트에서 볼라드가 사라진 것을 확인했다. 마트에 직접 항의하고 구청에 문제제기를 해도 고쳐지지 않았던 일이 기사 하나로 신속하게 해결된 것이다.

볼라드 기사는 나에게 큰 힘을 주었다. 2004년만 해도 시민기자가 무엇인지 오마이뉴스가 무엇인지 모르는 사람들이 대부분이었다. 그래서 생소한 인터넷 언론사의 시민기자가 쓴 글에 영향력이 있을 거라는 기대를 하지 않았다. 하지만 기대 이상이었다.

살짝 욕심이 생겼다. 아줌마 입장에서, 주부 입장에서, 학부모의 입장에서, 소비자의 입장에서, 약자 입장에서 그동안 답답했던 이야기, 어려웠던 이야기, 불편했던 이야기를 담아보기로 했다. 볼라드의 경우처럼 문제 해결과 개선까지 이어지면 좋겠지만 그렇지 않다고 해도 실망할 필요는 없었다. 기사를 통해 알리는 것이 중요하지 바꾸는 것만 목적은 아니었기 때문이다.

가장 자신 있는, 주부의 전공 분야에 관련된 이야기부터 시작했다. 결혼 15년차 전업주부 정도 되면 살림, 육아, 자녀교육 문제의 자타공인 전문가라고 해도 과언이 아니다. 우리 주부들에게는 관계부처 공무원도, 관련 분야석·박사도 모르는 생활의 지혜, 삶의 경험, 살림 노하우가 있기 때문이다.

관계 공무원이나 관련 직종 종사자들이 책상에 앉아 수집된 자료를 분석하고 통계를 내 보도자료를 보내면, 대부분의 언론은 보통 똑같은 기사를 무한 복제한다. 하지만 아줌마는 현실과 동떨어진 뉴스를 볼 때마다 화가 난다. 직접 시장에 나가 무, 배추를 구입해보고 생활 쓰레기 역시 자기 손으로 분류해서 버려본 사람이라면 정부 발표나 그것을 무한 복제해낸 기사들이 얼마나 비현실적인 내용인지 이해할 수 있다.

시민기자의 강점은 실생활에 관련된 살아 있는 기사를 쓸 수 있다는 것이다. 주부의 입장에서 장을 보거나 생활 쓰레기를 분류하는 과정을 소개하면서 장바구니 물가, 생활 쓰레기 분류, 일회용 비닐봉투 문제를 기사로 다루어보니 정책과 현실의 괴리에 대해 공감하는 여론이 적지 않았다. 이런 여론은 정책입안자들에게 자료로 수집되어 현행 정책들의 문제를 보완하는데 이용될 것이다.

한창 문제가 됐던 신용카드사의 무분별한 개인정보 요구와 활용에 대해 알아볼 때도, 직접 신용카드 가입 과정과 약관 내용 등을 살펴보니 카드사에게만 유리한 점을 발견할 수 있었다. 당시 나뿐만 아니라 많은 언론들이 유사한 기사를 쏟아냈고, 이후 카드 가입 시 의무적으로 동의해야 했던 개인정보 활용 여부가 선택 사항으로 바뀌었다.

정부가 발표한 김장값, 설·추석의 차례상 상차림 비용이 얼마나 비현실적인 금액인지 설명하려고 물품을 하나하나 구입하면서 기사를 썼고, 헌혈하고 온 아들을 취조(?)해 극장표를 받으려고 남의 주민등록번호로 헌혈한 사실을 밝혀 헌혈자 정보 관리의 허점을 지적하기도 했다. 개인 홈페이지에 사진 몇 장 올렸다가 저작권 침해 소송을 당한 친구의 이야기를 담은 기사 〈"SOS! …… 제가 저작권 소송을 당했어요"〉(2004. 11. 28)의 경우, 저작권이 무엇인지 몰랐던 독자들로부터 '도움이 됐다'는 감사 쪽지를 받기도 했다.

특별히 기사를 쓰려고 자료를 찾지 않아도 내 주변에는 늘 기사가 될 만한 일들이 일어난다. 기사를 쓰기 위해 이야깃거리가 될 일들을 만들어서 하고 있는 것이 아닌가 하는 의심이 들 수도 있겠다. 하지만 찬찬히 주변을 살펴보면 누구에게나 흔하게 일어나는 일이라는 것을 쉽게 눈치챌 수 있다. 다만 기삿거리로 생각하지 않고 지나칠 뿐이다.

그렇게 1년간 써낸 기사가 2004년 한 해에만 98개였다. 매주 한두 개의 기사를 꾸준히 써낸 셈이다. 그런 노력의 결과로 오마이뉴스 시민기자로 등록하고 기사를 쓰기 시작한 지 1년 반 만에 오마이뉴스에서 시민기자에게 주는 가장 영예로운 상인 '올해의 뉴스게릴라상'을 받았다. 늘 부러워하며 바라보던 선배 시민기자들과 어깨를 나란히 하고 시상대에 오른다는 것이 꿈만 같았다.

오마이뉴스 창간 5주년 기념식이 열린 2005년 2월 22일은 오마이뉴스에도 나에게도 참으로 특별한 날이었다. 광화문에 사무실을 두고 있던 오마이뉴스는 당시 노무현 대통령의 당선과 함께 언론의 지형을 흔들 만큼 발전을 이루었다. 당시 보도를 살펴보면 매체 영향력 면에서도 놀랄 만한 성과를 이루어내고 있었다.

오마이뉴스의 놀라운 성과와 변화는 시민기자였던 나의 삶도 변화시키기에 충분했다. 인터넷 언론의 창간 기념식에 공중파 방송의 중계카메라가 들어왔고 유명 정치인, 언론인, 시민사회 인사의 발걸음도 이어졌다. 노무현 대통령은 영상으로 축하 메시지를 보내왔고, 세계 각국의 언론들 역시 오마이뉴스 창간을 축하하는 메시지를 전달해왔다. 오마이뉴스 역대를 통틀어 가장 성대하고 화려했던 기념식이라고 해도 과언이 아니었다. 그런 자리에서 오마이뉴스가 시민기자에게 수여하는 상 중 가장 큰 상인 '올해의 뉴스게릴라상'을 받은 것이다.

많이 배운 것도 없고 많이 아는 것도 없으며 뭐 하나 빼어난 것 없는 평범한 아줌마일 뿐인데, 남편을 내조하고 시어머니를 모시며 두 아들을 키우는 전업주부인 내가 써낸 글에 많은 사람들이 울고 웃었다. 심지어 세상에 작은 울림을 전했다며 큰 상까지 주니 기쁘기도 했지만 두렵기도 했다. 지금도 마찬가지지만, 큰 상을 받을 만큼 무엇을 빼어나게 잘했다는 생각이 들지 않았기 때문이다.

2004년 '올해의 뉴스게릴라상'을 받고 나니 상에 대한 책임감이 느껴졌다. 시민기자가 해야 할 사회적 역할에 대한 부담감도 늘어났다. 나 혼자만 즐겁고 행복한 시민기자에서 벗어나 이웃과 공감하고 함께 울고 웃는 시민기자로 성장해야 할 시기였다.

그때 쪽지가 하나 날아왔다. 강릉의 한 무료공부방이 경제적인 어려움에 처해 있는데 주변의 도움이 간절하다는 내용이었다. 주저할 것이 없었다. 십시일반 도움을 전하는 애틋한 손길을 취재해 무료공부방에 도움이 필요하다는 내용의 기사를 올렸다.

기사의 영향력은 기대 이상이었다. 방송사에서는 공부방 아이들의 이야기를 다큐멘터리로 만들고 싶다는 제안을 했고, 기사를 보고 도울 방법을 알려 달라는 독자들의 온정도 이어졌다. 무엇보다 반가운 소식은 비인가시설이라 지원을 받지 못했던 공부방이 지역아동복지센터 인가를 받았다는 것이다.

기사로 인해 오해를 받거나 욕을 먹는 일도 허다하지만 기사 때문에 어려운 일이 해결되고 도움이 됐다는 감사 인사를 받을 때 보람을 느낀다. 때때로 원고료보다 더 많은 개인 비용을 써가면서 취재를 하고 기사를 작성하는 이유도 이런 보람 때문이 아닐까 싶다.

잊을 수 없는 이름, 아멜리아

2005년 10월 어느 날이었다. 한 어려운 가정의 사정을 듣게 됐다. 필리핀 아내와 결혼해 두 아들을 낳은 아빠가 있는데, 아내가 유방암에 걸렸지만 병원비가 없어 치료를 포기하고 필리핀으로 돌려보낸 후 어린 두 아들과 함께 눈물로 하루하루를 보낸다는 것이었다.

제보자는 성남 달동네에 야쿠르트를 배달하는 아줌마였다. 야쿠르트를 배달하며 알게 된 사연이 너무 안타까워 언론사 기자들, 국회의원, 시의원, 구의원을 찾아갔으나 이야기를 들어주기는커녕 만나지도 못했다고 했다. 그렇게 차례차례 거절을 경험하고, 이제 마지막이라고 생각하며 찾아온 사람이 나였다.

"기자님, 바쁘신데 죄송해요. 여기저기 알아보았지만 아무도 들어주지 않아서요. 답답한 마음에 만나는 사람마다 붙잡고 하소연을 했더니 기자님에게 도움을 요청해보라고 하네요. 혹시 기사라도 한 줄 나가면 그 집에 도움이 되지 않을까 싶어서 부탁드려요."

얼마나 많은 거절을 경험한 것일까. 제보자는 기가 죽어 말도 편히 꺼내지 못했다. 거절을 당해도 할 수 없다는 듯 한숨과 함께 토해낸 이야기들. 나는 어느새 그녀와 같은 마음이 되어 이야기에 몰입하고 있었다.

집으로 돌아왔지만 쉽게 잠을 이루지 못했다. 어떻게 해야 이 어려운 가정을 도울 수 있을까, 어떤 기사를 써야 실질적인 도움이 될 수 있을까 고민하지 않을 수 없었다. 그리고 다음 날 오전 오마이뉴스 편집부에 전화를 걸어 어떤 방식으로 취재를 하면 좋을지 의논했다.

영향력이 예상되는 혹은 영향력이 필요한 기사를 작성하기 전에는 늘 편집부와 의논을 하곤 한다. 혼자 고민하고 기획할 때보다 여러 사람이 같이 고민하고 논의할 때 좀 더 좋은 기사가 완성되기 때문이다. 편집부에서는 내가 생각하지 못했던 부분을 깨우쳐주기도 하고, 기사에 몰입해 잃어버리기 쉬운 균형감각을 지적해주기도 한다. 시민기자에게 꼭 필요한 협력자며 조언자다.

아멜리아, 그녀의 이름은 부란주엘라 아멜리아다. 필리핀의 가난한 부모 밑에 태어난 아멜리아는 열 살이나 많은 한국 농촌 총각과 결혼했다. 농촌 총각 결혼시키기 붐이 일어 베트남, 필리핀, 중국, 우즈베키스탄 등 외국에서 신붓감을 구해오는 일이 흔했던 시기에 아멜리아도 다른 많은 필리핀 처녀들과 함께 한국 남편을 맞았다.

그러나 그녀의 결혼 생활은 순탄치 못했다. 결혼 2년 만에 남편은 뇌졸중으로 쓰러졌고 얼마 되지 않던 재산을 병원비와 생활비로 쓰고 나니 더 이상 남편의 고향에서 견딜 수 없는 상황이 되어버렸다. 일곱 살, 두 살 된 두 아들을 데리고 경기도 성남의 유명한 달동네 태평동 언덕바지에 보증금 없이 월세살이를 시작했다. 그러던 아멜리아에게 또 다른 불행이 닥쳤다. 아이에게 젖을 물리지 못할 정도로 유방에 극심한 통증이 느껴졌다. 젖몸살이려니 생각했지만 통증은 점점 심해졌고 어느 날부터는 커다란 덩어리가 만져졌다.

결혼한 지 7년이 됐지만 그때까지 한국 국적을 취득하지 못한 아멜리아. 남편이 뇌졸중으로 쓰러진 뒤 몇 차례 큰아이를 데리고 필리핀에 다녀온 것 때문에 국적 취득을 위한 체류 기간을 다 채우지 못한 탓이었다. 국적 취득을 못했으니 의료보험 적용을 받지 못했다. 외국인 신분이었던 아멜리아는 의료보험 혜택에서 제외됐고 남편의 능력으로는 엄청난 항암 치료비를 감당할 수 없었기에 본국인 필리핀으로 돌려보내졌다.

2005년 10월 30일 아멜리아와 남편 그리고 두 아들의 안타까운 이야기를 담은 기사가 오마이뉴스에 보도됐다. 방송사나 신문사, 하다못해 해당 동사무소 사회복지과 직원이라도 기사를 보아주길 간절히 바랐다. 오마이뉴스 시민기자로 내가 줄 수 있는 도움은 거기까지라고 생각했다.

그런데 놀라운 일이 일어났다. 기사가 나간 지 20시간 만에 '좋은 기사 독자원고료 주기'를 통한 모금액이 1700만 원을 넘었다. 기사를 본 네티즌들은 너도 나도 아멜리아를 돕겠다며 자발적 모금에 나섰다. 1000원, 2000원

에서 몇 만 원까지 네티즌의 후원이 이어지며 '만 원의 기적을 일구어내자'
라는 캠페인이 일어났다.

그때 오마이뉴스의 전화를 받았다. 시민기자 특파원 자격으로 필리핀으
로 날아가 아멜리아를 취재하고 가능하면 절차를 밟아 그녀와 함께 귀국하
라는 특명이 떨어졌다. 서울의 한 병원에서는 무료로 수술을 해주겠다고 약
속했다. 죽어가는 사람을 살릴 수 있다는데 망설일 이유가 없었다. 전화를
받고 사흘 만에 오마이뉴스 방송팀 기자와 함께 필리핀행 비행기에 올랐다.

필리핀 빈민구역에 살면서 죽음을 기다리고 있던 아멜리아. 더 이상 만날
수 없는 남편과 두 아이들을 그리워하며 눈물로 하루하루를 보내던 아멜리
아는 돌아올 수 없을 거라 여겼던 한국 땅을 다시 밟았다. 감격적인 가족 상
봉 장면이 KBS, SBS, EBS 등 공중파 방송을 통해 보도됐다. 아멜리아와 그
의 가족 이야기는 전 국민의 관심사가 되어 있었다.

국민들의 바람이 통했는지 아멜리아는 한국으로 돌아와 유방암 수술을
받았고 기적적으로 건강을 되찾았다. 그러나 그녀의 남편은 여러 가지 지병
이 악화되어 몇 년 전 안타깝게 세상을 떠나고 말았다. 그 후 아멜리아가 한
국 국적을 취득하고 시어머니와 두 아들을 데리고 열심히 살고 있다는 소식
을 들었다. 남편은 없지만 두 아이를 데리고 한국 아줌마로 열심히 살고 있
다니 그녀에 대한 걱정을 이쯤에서 놓아도 될 것 같다.

나를 들뜨게 하는 현장

수능 하루 전날이었던 2004년 11월 16일 저녁. 당시 고등학교 2학년이었던 작은아들이 분주히 뭔가를 준비하더니 집을 나섰다. 다음 날 수능을 치를 선배들을 응원하기 위해 전날부터 수험장 밖에서 철야를 한다는 것이다.

예전 같았으면 추운 날 길바닥에서 밤을 지새운다는 아들 녀석을 야단쳐 붙들어 앉혔겠지만 문득 발휘되는 취재 욕심에 야단은커녕 학교 앞까지 데려다 주겠다고 먼저 나섰다. 아들을 데리고 집을 나서는 내 뒤통수에 남편의 핀잔이 꽂혔다.

"애나 당신이나 참 못 말린다. 나라라도 구하나? 이 밤에 독립운동이라도 하러 가는 거야?"

밤 11시. 교문은 굳게 잠겨 있고 세상은 잠이 들었지만 다음 날 수능을 치를 선배를 응원하기 위해 학교 앞에 모여든 학생들 눈은 초롱초롱하기만 했다. 아들을 데려다 주고 집에서 가장 가까운 학교 한 군데만 더 돌아볼 생각이었지만, 나도 모르게 차를 몰다 보니 자정이 넘어 새벽 1시가 가까워졌다. 서둘러 집으로 돌아와 사진을 정리하고 기사를 썼다. 수능 전날 철야 응원하는 모습이 수능날 아침에 보도되길 바랐던 것이다. 그렇게 작성한 기사는 수능 당일인 17일 새벽 1시 5분에 게재됐다.

철야 응원 기사를 만들고 나니 수능날 아침 현장 보도에 욕심이 났다. 다행히 집에서 고사장이 멀지 않았지만, 취재한답시고 새벽 1시가 다 되어 집에 들어온 사실을 아는 남편은 새벽 6시에 또 취재를 나가는 나를 영 불편한 눈으로 쳐다봤다. 카메라를 들고 어둠이 채 가시지 않은 새벽길을 나서니 남편 말대로 나라라도 구하러 가는 듯한 비장감이 나를 사로잡았다. 그렇게 학교에 도착하니 어느새 교문이 열려 있고 시험을 치를 교실마다 불이 켜져 있었다. 살그머니 들어가 안을 살피니 부지런한 수험생 한둘이 자리에 앉아 있었다.

고사장 풍경을 스케치하고 집으로 달려와 기사를 올렸다. 기사가 배치된 시간은 오전 7시 47분. 검색을 해보니 수능 당일 현장 보도로는 오마이뉴스에 올린 내 기사가 모든 매체를 통틀어 첫 보도였다. 기자들도 잠자리에서 일어나지 않은 시간에 올린 첫 보도. 뭔지 모를 뿌듯함이 차올랐다.

2006년 5월. 평택 대추리 농민시위를 폭력으로 진압한 경찰에 항의하는 시민들의 시위가 연일 광화문을 달구고 있었다. 당연히 오마이뉴스 기자들도 현장인 광화문에 있었다. 상근기자들과 시민기자들이 기사와 사진으로 속속 보도하고 있었지만 나도 현장을 직접 보도하고 싶다는 열망이 커져갔다.

최루탄, 물대포, 경찰 병력……. 시위에 참가한 시민과 기자 들이 부상을 당했다는 보도를 들은 터라 쉽게 발걸음이 떨어지지 않았지만 그래도 용기를 내기로 했다. 내가 취재하지 않더라도 많은 기자들이 그곳을 지키겠지만, 시민들이 분노하고 일어나는 현장을 시민기자의 눈으로 보고 싶었다.

카메라를 들고 집을 나서려는데 남편이 나를 잡았다. 위험한 곳이니 혼자 보낼 수 없다고 했다. 아내의 시민기자 활동을 못마땅하게 생각하고 있는 줄만 알았는데 숨어서 아내의 모든 기사를 찾아 읽고 응원의 댓글도 달아주던 애독자였다. 천군만마를 얻은 것처럼 든든했다.

분당에서 광화문까지 한 시간 넘게 버스를 타고 달려가 보니 이미 현장에는 많은 시민이 모여 있었다. 피켓을 든 사람, 구호를 외치는 사람, 선창을 하는 사람, 짧은 연설을 하는 사람…….

전·의경들과 대치를 하던 시위대가 청와대 쪽으로 움직이면서 본격적인 몸싸움이 시작됐다. 카메라를 들이대니 시위 중인 몇 사람이 강력하게 항의했다. 혹시 경찰의 채증반이 아닌지 의심하는 눈치였다. 설명을 하기엔 너무나 소란스러운 장소였다. 마침 들고 있던 오마이뉴스 기자수첩을 보여줬더니 적개심은 사라지고 대신 격려가 이어졌다. "오마이뉴스 파이팅!!" "저도 애독잡니다. 잘 써주세요." 시민들은 오마이뉴스 편이었다.

수백 명의 시위대가 경찰 병력과 밀고 밀리는 긴박하고 위험한 현장. 생생한 사진을 찍기 위해 애를 썼지만 작은 내 키로는 어림도 없었다. 나보다 머리 하나는 더 큰 사람들에게 둘러싸여 어찌할 바를 모르던 순간, 힘센 팔하나가 허리를 낚아채 내 몸을 지하도 난간 위에 올려놓았다.

"제발 여기 올라가 있고 카메라는 이리 줘. 내가 찍어줄게. 당신 때문에 내가 미치겠다. 이 난리 속에 무슨 사진을 찍는다고 그래. 그러다 다치면 어쩌려구……."

나를 지하도 난간 위에 올려놓은 남편은 카메라를 뺏어 들고 더 높은 곳에 올라가 열심히 셔터를 눌렀다. 그리고 시위대가 다시 몰려드는 순간 내 손을 잡아끌었다. 어떻게 빠져나왔는지 어느새 남편과 나는 시위대를 뒤로 하고 명동으로 향하고 있었다.

아픔이 있는 사람들의 이야기를 기사로 쓰는 건 무척 조심스러운 일이다.
글로 상처를 줄 수 있기 때문이다. 하지만 그들의 이야기를 더 많은 사람들에게 전하고,
조금씩 세상과 사람이 바뀌는 모습을 볼 때 보람을 느낀다.
소외된 이웃과 함께 울고 웃고 아파하는 아줌마 시민기자.
오늘도 삶의 현장에서 수다를 떤다.

그날 난 기자의 가슴을 떨리게 하는 취재 현장이 무엇인지 경험했지만 거기서 멈추어야 했다. 돌아오는 길에 남편과 약속했기 때문이다. 다시는 시위 현장처럼 위험한 곳에는 가지 않겠다고 말이다. 남편은 내가 시민기자이기 이전에 아내며 엄마고 며느리며 딸이라는 사실을 잊지 말고, 그런 역할에서 크게 벗어나지 않는 활동을 하길 바란다고 했다. 시위 현장은 더 잘할 수 있는 직업기자들이나 시민기자들에게 맡기고, '사는 이야기' 같은 기사를 좀 더 발전시켜 그 분야에서 치열한 현장의 목소리를 내는 것이 좋겠다는 조언이었다.

사실 나 역시 두려웠다. 벌벌 떨며 이리 치이고 저리 치이던 초라한 내 모습은, 밀리고 넘어지고 밟히고 끌려가는 시위대 사이를 날렵하게 비집고 다니며 몸을 던지는 현장기자들과는 너무나 대조적이었다. 어쩌면 그것은 처음부터 불가능한 욕심이었는지도 모른다는 생각이 들었다.

하지만 남편의 조언대로 일상적인 삶의 현장이라면 그들보다 잘할 자신이 있었다. 최루탄이 날아다니지도 않고 피 터지는 몸싸움을 해야 할 필요도 없지만, 그곳 역시 시위 현장 못지않게 하루하루의 삶과 치열한 전쟁을 벌이고 있는 우리의 이웃들이 있다. 관심을 갖고 뛰어 들어야 할 이유가 충분했다.

나 같은 늙은이 찾아와줘서 고마워

2009년 9월, 오마이뉴스 오연호 대표가 좋은 아이템이 있다며 한번 취재해보지 않겠느냐는 제안을 해왔다. '우양'이라는 복지단체에서 서울 마포구와 양천구 등지에 거주하고 있는 독거노인들을 후원하는데 오마이뉴스가 이 독거노인들을 취재해 보도하면 연말에 의미도 있고 좋을 것 같다는 내용이었다.

오 대표는 노인 관련 기사의 적임자로 나를 떠올렸다고 했다. 아흔이 가까운 시어머니와 여든을 바라보는 친정 부모님을 모셔본 경험이 있고, 그동안 꾸준히 노인 관련 기사를 써낸 경력도 있으니 누구보다 잘할 수 있을 것 같다는 격려였다.

좋은 기획이라는 생각은 들었지만 해보겠다는 대답은 단번에 나오지 않았다. '독거노인'이라는 단어가 주는 무게감과 부담감이 가슴을 눌렀기 때문이다. 거절을 해야 하나 고민하다 문득 아버지의 모습이 떠올랐다. 당신은 굶어도 자식 배를 곯리지 않으려 허리띠를 졸라매고 잠조차 줄여가며 일하셨던 아버지.

아버지는 70대 중반에 치매에 걸려 그 많은 지난 세월의 질곡을 모두 잊어가는 중이다. 자식들을 앉혀놓고 어려웠던 시절의 이야기를 들려주는 것을 좋아하셨던 아버지는 이제 아무 말도 하지 않으신다. 과거의 기억들이 지우개로 지운 것처럼 모두 사라져버렸기 때문이다. 그런 아버지를 위해 노인들을 만나기로 했다. 노인들을 만나 이야기를 하다 보면 아버지가 잃어버린 기억의 조각들을 찾아 맞출 수 있을 것 같았다.

2009년 가을과 겨울 동안 열두 분의 노인을 만났다. '독거노인'이라는 이름으로 불리는 우리 시대 소외된 노인들. 그들도 한때는 귀한 아들과 딸이었고 사랑스런 남편과 아내였으며 자랑스러운 엄마와 아버지였다. 그러나 늙고 병들어 누군가의 도움이 절실한 지금 그들 곁엔 아무도 없다. 낡은 전기장판의 온기에 의지해 긴긴 겨울밤을 하얗게 지새우는 노인들. 외로움에 지친 노인들은 모진 세월과 질긴 목숨을 원망하며 하루하루 죽음보다 못한 시간을 보내고 있다.

어르신들과의 인터뷰는 쉽지 않았다. 상처가 많은 사람일수록 쉽게 사람을 믿지 못하고 자신을 열어 보이지 않는 법. 긴 세월 무시와 홀대 속에 살았던 노인들은 낯선 기자 앞에서 쉽게 입을 열지 않았다. 쌀을 주러 왔으면 쌀이나 주고 갈 것이지 귀찮게 뭘 이것저것 묻고 야단이냐며 대놓고 싫은 소리를 쏟아내시는 할머니. 그럴 땐 방법이 없다. 할머니의 마음이 편해질 때까지 딸처럼 수다를 떨어드리는 수밖에. 드라마 이야기, 음식 이야기, 고향 이야기…… 이런저런 이야기로 마음을 풀어드리다 급기야는 할머니의 선창에 따라 유행가 가락을 뽑기도 한다. 신이 나면 할머니의 손을 잡고 일어나 댄스 스텝을 밟는다.

어렵게 자신의 이야기를 꺼내놓는 노인들. 그들의 이야기에는 한숨이 반이고 또 눈물이 반이다. 인터뷰한다고 공연히 잊고 있던 아픈 기억을 들추어낸 건 아닌지 마음이 아프지만 이야기는 꼬리에 꼬리를 물고 이어진다. 그동안 얼마나 사람이 그리웠을까, 얼마나 말이 하고 싶었을까. 이야기를 듣는 내내 마음 한편이 아리고 저렸다.

헤어질 무렵이 되면 어르신들은 내 손을 꼭 잡고 등을 두드려주며 이별에 대한 아쉬움을 표했다. 찾아와주는 이 없고 들어주는 이 없는 당신들을 찾아와 이야기 나누며 울고 웃어준 것에 대한 감사였다. 그때 어르신들이 해준 인사말이 1년 뒤 기사를 모아 출판한 책의 제목이 됐다. "나 같은 늙은이 찾아와줘서 고마워."

아프리카 대륙으로 향하다

기사를 쓰다 보면 특별히 마음 쓰이는 사람들을 만나게 된다. 아무도 들어주지 않는 그들의 이야기를 기사로 전할 때, 내가 기자인 것에 감사하게 된다. 2012년 하반기에 연재한 〈장애아 부모로 산다는 것〉도 그중 하나다. 오마이뉴스에 실린 독거노인 연재 기사와 이것을 엮은 책 《나 같은 늙은이 찾아와줘서 고마워》를 읽은 밀알복지재단의 제안으로 시작된 프로젝트였다. 그동안 장애아들에게만 초점이 맞춰져 상대적으로 관심이 소홀했던 장애아 부모들에게도 사회적 관심이 필요하다는 문제의식에서 출발했다.

우연찮게 나는 그동안 장애아들과 무관하지 않게 살아왔다. 교회 장애아 부서에서 주일학교와 주말학교 교사로 10년째 일하고 있다. 큰아들이 한창 말썽을 부리던 중학교 2학년 때, 일주일 동안 학교 대신 중증장애아 시설로 등하교를 시켰던 것이 계기였다. 토요일과 일요일, 일주일에 두 번 만나는 아이들이지만 10년 넘게 돌보다 보니 내 자식과 다름이 없다. 얼굴만 봐도 배가 고픈지, 화장실에 가고 싶은지, 목이 마른지, 좋은지, 싫은지 알 수 있게 됐고 부모들의 고충 역시 잘 알게 됐다. 교사들이야 일주일에 한두 번 보는 것이 전부지만 부모들은 다르다. 매일매일 아이들과 전쟁 아닌 전쟁을 치른다. 그런데도 누구보다 밝고 건강하게 그리고 긍정적으로 사는 부모들을 보면, 이분들이야 말로 부모 중의 부모라는 생각이 든다.

아이를 위해서라면 어떤 희생도 서슴지 않는 부성애, 모성애에 감탄과 존경이 절로 나왔다. 언젠가는 그들의 숭고한 사랑을 기사화해보고 싶다는 생각을 어렴풋이 하고 있었다. 그렇기 때문에 밀알재단의 제안을 어렵지 않게 수락할 수 있었다. 평소에 관심 있던 장애인 복지 이야기를 충분히 다뤄볼 수 있는 기회가 온 것 같아 반가웠다.

자꾸 잊어버리고 한 말을 되풀이하던 독거노인 인터뷰에 비하면 장애아 부모들과의 인터뷰는 훨씬 수월했다. 부모들의 이야기에 귀를 기울이고 그들이 마음속에 있는 것들을 충분히 털어놓을 수 있도록 기다렸다. 무엇보다도 그들의 마음을 고스란히 글로 써내고 싶다는 생각이 컸다. 어떤 화려한 수식어도 사용하지 않고 고스란히 아이와 부모들의 마음만을 담길 원했다. 조금의 꾸밈도 포장도 없이 있는 그대로 독자들에게 전달하고 싶었다.

특별한 아이를 키우다 보니 자신도 모르게 특별해진 부모들. 아이를 위해서라면 목숨이라도 내어놓을 수 있다는 부모들의 바람은 한결같았다. 부모가 없어도 내 아이가 버려지지 않고 소외되지 않고 무시당하지 않고, 사회로부터 보호받으며 인간다운 삶을 누리는 것이었다.

부모들은 우리 사회가 장애인들을 조금 더 배려해주길 바란다고 했다. 노인들을 위한 정책적 지원에 비해 장애인들을 위한 지원이 적어 서운함이 크다고도 했다. 아이들을 대신해 장애인에 대한 사회적 편견과 싸우며 아이들에게 쏟아지는 불편한 시선까지도 대신 받아내는 부모들. 그들은 우리에게 이렇게 말했다. "동정하지 마세요. 차라리 모른 척해주세요."

아프고 슬픈 이야기에 관심을 갖지 않으려는 요즘 독자들. 그래서인지 장애인이나 노인, 노동자, 노숙인 등 소외된 사람들을 다룬 기사는 조회수가 월등히 떨어지는 경향이 있다. 아무리 사전 취재를 촘촘히 하고 설득력 있게 글을 써도 조회수가 떨어지면 영향력도 미미할 수밖에 없다.

그러나 〈장애아 부모로 산다는 것〉 시리즈에 대한 독자의 관심은 기대 이상이었다. 아프고 불편한 이야기라 큰 관심을 끌 수 없을 거라는 편견을 깨고 높은 조회수를 기록했다. 자폐성 장애를 가진 황보혜연 양에 대한 기사 〈"두 달 동안 남자화장실 간 막내딸"〉(2012. 9. 18)은 66만 건이 넘게 읽혔다. 지난 10년간 내가 쓴 기사 중 가장 많은 조회수를 기록했다.

〈장애아 부모로 산다는 것〉을 읽은 독자들은 기사를 통해 부모들이 전하고 싶어 하는 메시지가 무엇인지 느꼈을 것이다. 장애인도 우리 사회의 일원으로 존중받고 사랑받을 권리가 있으며, 그들이 손을 내밀어 도움을 요청할 때 모른 척하거나 겁내지 말고 웃으며 그 손을 잡아달라는 바람을 말이다.

〈장애아 부모로 산다는 것〉 기획이 막바지로 향하고 있던 2012년 11월, 밀알재단으로부터 새로운 제안을 받았다. 밀알재단에서 진행하고 있는 '아프리카 희망학교 지어주기 프로젝트'를 취재해달라는 것이다. 빈곤의 땅인 아프리카에서 자라는 어린이들에게 교육의 기회를 제공해 스스로 자립할 수 있는 힘을 키워주자는 뜻에서 시작된 학교 지어주기 프로젝트. 아직은 초창기라 많은 사람들에게 알리는 것이 중요한 시점이다.

밀알재단은 시민기자가 직접 아프리카로 날아가 그들의 이야기를 전해주길 원했다. 어려움에 처해 있는 아프리카 어린이를 만나고 그들의 가정을 찾아가고 그들의 이야기를 들어 지구 반대편 대한민국에 알려달라는 것이다.

흔쾌히 허락했다. 몇 년 전 아멜리아를 찾아 필리핀행 비행기에 몸을 실었을 때처럼. 쉽지 않을 취재 여정이 걱정은 되지만 두렵지는 않다. 나는 무적의 대한민국 아줌마 오마이뉴스 뉴스게릴라가 아닌가. 🖊

김혜원 타고난 잔소리 기질 때문에 어딜 가나 한마디 꼬집지 않고는 견디지 못하는 까칠한 아줌마. 그렇지만 누구보다 사람을 좋아하고 사람 냄새를 사랑하는 아줌마.
경기도 분당에서 두 아이를 키우며 평범한 가정주부로 살다가 2003년부터 오마이뉴스 시민기자로 활동하면서 더 넓은 세상과 만나고 있다. 2004년과 2005년 연속으로 오마이뉴스가 뽑은 '올해의 뉴스게릴라'에 선정됐으며 2006년에는 미국 시사주간지 《타임》이 뽑은 '올해의 인물' 가운데 한 명으로 선정되기도 했다. 부족한 글이지만 발품 팔아 쓴 기사를 통해 조금씩 세상과 사람이 바뀌는 모습을 대할 때 가장 큰 보람을 느낀다. 대한민국의 아줌마로서 교육과 문화, 가정경제에 관심이 많고, 독거 어르신들이나 장애인 가족 등 소외된 계층에 남다른 관심이 있어 이들의 이야기를 듣고 전하는 작업을 계속하고 있다. 지은 책으로 《나 같은 늙은이 찾아와줘서 고마워》가 있다.

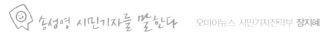
송성영 시민기자를 말한다   오마이뉴스 시민기자전략부 **장지혜**

제가 오마이뉴스 편집기자로 일하기 전부터 그는 이미 유명인사였습니다. 기사에서 풍기는 '오라(aura)'가 단연 최고였죠.

시골생활 10년, 전남 고흥 바닷가 오지에 집을 짓고 삶의 터전을 가꾼 송성영 시민기자는 주로 '사는 이야기' 기사를 씁니다. 집 짓는 이야기부터 아이들과 이웃, 기르는 개에 대한 이야기까지 일상적인 소재로 가득 찬 글들입니다. 하지만 고흥에 화력발전소가 들어선다는 소식이 들려오자 칼보다 무서운 펜을 들고 투쟁에 앞장서기도 했습니다. 송성영 기자와의 첫 만남은 그래서 긴장됐습니다. 강함과 부드러움을 넘나드는 그의 글 때문었습니다.

그런데 송성영 기자의 첫인상은 예상과 달리 소탈함 그 자체였습니다. 생활한복 차림에 덥수룩하게 기른 수염, 그리고 어수룩한 말솜씨, 본인을 '시골촌놈'이라 지칭하는 푸근함에 긴장이 눈 녹듯 사라졌죠.

그럼에도 여전히 송성영 기자의 글을 볼 때면 말로 표현할 수 없는 '오라'를 느낍니다. 소박한 삶이야말로 자연을 살리고 사람을 살리는 길이라 믿는다는 그의 신념. 그리고 그 신념에 따라 삶을 개척해나가는 삶에 대한 태도 때문입니다.

송성영 기자의 '산전수전'은 현재진행형입니다. 앞으로 펼쳐질 그의 인생 이야기를 편집기자이자 독자의 마음으로 열심히 응원합니다.

소박한 '사는 이야기'로 우려내는 삶의 깊은 맛

송성영

             유일한 밥벌이였던 다큐멘터리 작가 일까지 접고 아무런 대책 없이 가족과 함께 시골생활을 시작한 지 5년째로 접어들 무렵이었다. 여기저기 대학을 떠돌아다니며 '지식 보따리 장사'를 하고 있던 동생으로부터 전화가 걸려왔다.

"형 요즘 뭐해?"

"그냥, 농사짓는 재미루 산다."

"글은 안 써?"

"워쩌다 원고 청탁이 오믄……."

"형 생각하고 비슷한 인터넷신문이 있던데, 거기에 글을 한번 올려보지……."

"뭔 신문인디?"

"직접 들어가 봐."

그 무렵 고고학자들과 컴퓨터 프로그래머들이 2000년 전 이스라엘인의 유골을 기초로 해서 예수의 얼굴을 재현해냈다는 뉴스를 접했다. 재현된 얼굴은 지금까지 영화나 회화, 조각상 등을 통해 그려져 온 훤칠한 키, 긴 머리에 잘생긴 예수의 얼굴과는 전혀 달랐다. 황갈색 피부에 툭 튀어나온 코, 짧은 곱슬머리와 넓고 투박한 얼굴형, 순진무구한 눈빛을 가진 중동 사내들의 평범한 얼굴. 그 얼굴은 어딘가 모르게 미국 사람들이 악의 화신으로 저주하는 테러분자들의 얼굴과 닮아 있었다. 그 얼굴이 진짜 예수의 얼굴이라면, 미국인들은 과연 자신들이 악의 화신으로 여기고 있는 저 테러분자를 닮은 예수의 얼굴을 집 안에 모시고 살 수 있을까? 그렇게 2002년 12월, 이에 대한 느낌을 정리해 오마이뉴스에 글을 올렸다. 오마이뉴스에 선보인 첫 기사였다.

평화를 가장한 전쟁을 통해 부를 축적해온 나라, 그래서 평화보다는 전쟁을 선택하는 나라, 세계에서 가장 돈이 많고 무기가 많은 나라, 세계에서 가장 힘센 나라, 세계에서 가장 타락한 자본주의 문화가 판치는 나라. 그런 나라 사람들이 가장 숭배하는 예수가 테러분자의 얼굴을 닮았다는 점을 통해 미국의 이중성을 정면으로 비판하는 기사를 과연 오마이뉴스가 채택할 수 있을까? 솔직히 나는 이 기사를 통해 오마이뉴스가 얼마나 열린 언론매체인지 나름 간을 보고 있었던 것이다.

기사를 올려놓고 까마득히 잊고 있던 일주일 후, 내가 쓴 글이 정식 기사로 채택됐다는 사실을 뒤늦게 알았다. 기사를 열어본 순간 또 다른 충격을 받았다. 내 기사에 댓글이 줄줄이 달려 있었던 것이다. 그동안 신문 · 잡지·방송을 전전하면서 그렇고 그런 다양한 글을 써왔지만, 내 글에 대한 직접적인 반응을 접한 것은 처음이었다. 나는 그 무렵 인터넷을 사용한 지가 얼마 되지 않아 댓글이라는 것이 있다는 사실조차 알지 못했다.

70개 가까운 댓글들에는 간혹 '예수천국 불신지옥'을 외치는 광신도들도 있었지만 대부분 '테러분자를 닮은 예수의 얼굴'을 다룬 내용에 대해 긍정적인 반응을 보였다. 그들은 한발 더 나아가 미국 기독교와 닮은꼴인 한국 기독교의 문제점들을 신랄하게 지적했다. 그렇게 오마이뉴스는 70개의 댓글로 보잘것없는 내 글을 환영하고 있었다.

그 뒤로 꼬박꼬박 오마이뉴스를 접했다. 다양한 기사를 통해 시민기자 뉴스게릴라들을 만났다. 소박하고도 투박한, 때로는 강렬한 기사를 쓰는 뉴스게릴라들은 '못생긴 테러분자를 닮은 예수의 얼굴'이었다. 속내가 다 보이는 필력으로 기득권층을 대변하는 보수 언론들이 '평화를 가장한 잘생긴 예수의 얼굴'을 옹호했다면, 뉴스게릴라들은 필력보다는 진실된 목소리로 '못생긴 예수'의 얼굴을 감싸 안았다. 배우처럼 잘생긴 얼굴이 아닌, 가장 평범한 민중의 얼굴이라고도 할 수 있는 강인하면서도 슬픈 예수의 얼굴을 끌어안고 있었다. 사회 곳곳에서 소외받는 약자들의 목소리를 대변하고, 뭇 생명이 다 함께 살아가는 평화로운 세상을 꿈꾸고 있었다.

오마이뉴스는 '오마이뉴스'라는 언론매체가 만들어가는 게 아니라 시민들, 뉴스게릴라들과 독자들이 만들어갔다. 그동안 내가 꿈꾸어왔던 모습의 언론매체였다.

'사는 이야기'는 네버 엔딩 스토리

글을 쓰는 입장에서 오마이뉴스가 무엇보다 마음에 든 것은 필력보다는 기사에 담긴 진실성을 높이 산다는 점이었다. 그동안 다큐멘터리 방송 원고를 쓸 때는 듣기 좋은 말, 즉 필력에 더 많은 신경을 써야 했기 때문이다.

시골로 들어오기 전의 아파트 생활은 방송 원고를 쓰는 것만큼이나 고통스러웠다. 아파트 우체통에는 반가운 편지 대신 돈 내놓으라는 고지서들이 수없이 날아들었다. 고지서에 찍힌 숫자들을 채워 넣기 위해 방송 원고 쓰기는 물론이고, 아파트 단지마다 전화번호가 찍힌 전단지를 붙여가며 아이들을 대상으로 글짓기를 가르쳐야 했고, 광고제작사에 시답지 않은 상업용 원고까지 써줘야만 했다. 이 부질없는 소비성 노름에서 해방되고 싶었고, 그 해방구로 농사짓고 사는 시골생활을 택했다.

아내도 처음 몇 개월 동안 나름 '전원생활'을 즐기며 그런 대로 잘 버티는가 싶었다. 그런데 그 '아름다운 전원생활'도 곧 죽사발이 되기 시작했다. 아이들 목욕시킬 공간은 고사하고, 산기슭에서부터 호스를 통해 쫄쫄쫄 흘러나오는 감칠나는 식수, 텃밭의 분뇨 냄새(아이들의 분뇨를 모아 거름으로 사용했다), 비가 내리면 질벅거리는 마당, 떼로 몰려다니는 파리와 모기까지……

무엇보다도 아내가 견딜 수 없었던 것은 답답증이었다. 고정 수입원을 죄다 때려치우고 어쩌다 일거리가 들어오는 자유기고가를 선언해버린 '막무가내' 남편이 쥐여주는 쥐꼬리만 한 생활비도 문제였겠지만, 주변에 슈퍼마켓은 고사하고 구멍가게 하나 없으니 오죽했겠는가. 거기다가 말 상대조차 없었다. 10여 가구 정도가 사는 마을에는 거의 노인들뿐이었다.

아내는 머릿속으로 그려왔던 '전원생활'에 대한 감상적 시학이 와장창 무너지기 시작하자 고통스럽게 독을 뿜어대기 시작했다. 틈만 나면 쌈박질을 했다. 아내는 걸핏하면 영화 〈박하사탕〉에서의 설경구처럼 "나 이제 아파트로 돌아갈래!"를 외쳐댔다. 하지만 이 전쟁은 아파트에서의 숨통 막히는 전쟁과는 달랐다. 주변의 자연 환경에 적응하기 위한 아내 자신과의 처절한 싸움이기도 했다. 그렇게 시골생활로 접어든 지 3년, 화장독처럼 부어 있던 얼굴의 붓기가 빠지고, 환절기 때마다 목구멍을 들쑤셔대는 고질적인 기침과 돈이 없으면 불안해서 견디지 못했던 불안증이 점점 사라졌다. 아내는 재활용품으로 집 구석구석을 수리하면서 답답한 시골생활을 버텨나갔고, 세탁기 대신 개울가에 나가 빨래에 방망이질을 했다. 아이들과 함께 산에 올라 땔나무까지 구해오기도 했다. 한 달 평균 생활비 60만 원으로 살림을 꾸려나가면서.

이렇게 네 식구가 한 달에 60만 원으로 살아가는 이야기를 〈적게 벌어 행복해지는 방법〉이라는 제목으로 오마이뉴스에 연재하기 시작했다. 기사를 올리기 시작한 지 6개월도 채 안 된 어느 날, 전혀 예상치 못한 이메일 한 통이 날아왔다. 황소걸음이라는 출판사에서 우리 가족의 살아가는 이야기를 책으로 묶어 내자고 했다.

"이제 열댓 꼭지 쓴 거 같은디, 책이 어떻게 되겠슈?"

"책 한 권 분량이 나올 만큼 쓰실 때까지 기다리겠습니다."

그때까지만 해도 내 평생 책을 낼 것이라고는 꿈에도 생각지 못했다. 글쓰기에 탄력이 붙었다. 그동안 살아온 이야기를 의식주로 나눠서 올렸다. 보금자리를 어떻게 만들었는지, 한 달에 60만 원으로 네 식구가 어떻게 입고 먹고 살아가는지를 상세하게 올렸고 주변 환경과 부딪치고 깨지는 과정을 되새겨놓았다. 자연과 더불어 사는 삶이 그렇듯이 아내와의 쌈박질 속에서 순간순간 찾아오는 평화를 독자들과 수다 떨듯 시시콜콜 써 내려갔다.

　그렇게 오마이뉴스에 글을 쓰기 시작한 지 1년 만에 내 생애 첫 번째 책인 《거 봐, 비우니까 채워지잖아》를 펴낼 수 있었다. 그 후로도 꾸준히 '사는 이야기'를 연재했고, 2011년 《촌놈, 쉼표를 찍다》, 2012년 《모두가 기적 같은 일》을 차례로 출간했다. 모두 오마이뉴스에 연재된 글들을 묶은 것이다.

　하지만 글쓰기의 즐거움 뒤에 고통이 따라왔다. 오마이뉴스에 푹 빠져 몇 개월이 지날 무렵부터 문득문득 오마이뉴스와 거리를 둬야겠다는 생각을 하곤 했다. 오마이뉴스의 즐거운 글쓰기 이면에는 또 다른 고통이 도사리고 있었기 때문이다.

　어느 날, 하루라도 인터넷에 접속하지 않으면 손이 근질근질해지는 나를 보았다. 자연과 더불어 살아가고 있다고 떠벌여대면서 컴퓨터에 사로잡혀 살아가는 것은 또 무슨 꼬라지인가? 언제부턴가 나도 모르는 사이에 '컴퓨터 병'에 걸린 것이다. 우리 집 아이들조차 경고장을 날렸다.

　"우리 보고는 일주일에 한두 번씩만 하라면서, 왜 아빠는 맨날 컴퓨터 앞에 앉아 있는 거여. 그러다가 컴퓨터 바이러스에 잡아먹히면 어쩔려구."

　"뭐? 컴퓨터 바이러스?"

　"아빠가 전에 우리 보고 그랬잖아. 컴퓨터 오래 하면 바이러스에 잡아먹

힌다구……."

"그게 말여, 요즘 아빠 회사가 컴퓨터 속에 있거든."

"언제는 회사가 밭이라면서?"

컴퓨터 자판을 두드리는 순간순간 아이들 말대로 '컴퓨터 바이러스'가 내 의식을 갉아먹는 것은 아닌가 싶었다. 물 좋고 공기 좋은 산골에 살면서 하루 일과 중 컴퓨터 앞에 앉아 있는 시간이 더 많을 때가 있으니, 아무리 생각해도 한심하기 짝이 없었다. 뭔가 잘못되어도 한참 잘못됐다는 생각이 들었다. 그 무렵 〈오마이뉴스와 거리 둘 날을 꿈꾸며〉(2003. 3. 12)라는 제목으로 기사를 올리면서 마지막에 다음과 같이 적었다.

조만간 아지랑이 피어오른 온전한 봄이 찾아올 것입니다. 그러다 보면 컴퓨터에서 벗어나 밭에 나갈 일이 더 많이 생길 것입니다. 그렇게 나는 온전한 봄이 오면 오마이뉴스와 거리를 둘 수 있을 것이라는 어떤 희망을 가져봅니다.

하지만 솔직히 그게 말처럼 잘될지 걱정입니다. 아직 다 쓰지 못한 '사는 이야기'가 많이 남아 있으니 말입니다.

그랬다. 나의 '사는 이야기'는 '네버 엔딩 스토리'였다. 아내와 티격태격 살아가고 있으면서 행복이 어쩌니, 사람 사는 게 다 거기서 거기인데 소박한 삶이 어쩌니, 시시콜콜 살아가는 얘기를 까발리고 있는 나 자신이 부끄럽기도 했지만 그런들 또 어떠랴. 그런 사실을 감추고 살아간들 내 삶이 달라지겠는가. 살아가는 이야기는 목숨 다할 때까지 끝이 나지 않듯이 '사는 이야기'의 글쓰기 역시 끝이 보이지 않았다. 어쩌다 아내와 심하게 다투는 기간을 제외하고는 한 달에 두세 꼭지 정도의 글을 꼬박꼬박 올렸다.

오마이뉴스에 글을 올리는 횟수가 늘어날수록 내 글을 찾는 독자들도 늘어났다. 댓글은 물론이고 심심찮게 격려성 이메일도 날아왔다. 국내뿐만 아니라 외국에서도 "소박한 고향 소식을 전해줘서 고맙다"라는 메일이 날아왔다. 나는 이미 발을 뺄 수 없을 만큼 오마이뉴스에 깊숙이 빠져 있었다.

엄격한 검열은 필수

오마이뉴스에 글을 올리기 전에는 꼬박꼬박 아내에게 '사전검열'을 받았다.

"여름에는 거의 개울에서 빨래를 하는 편이지?"

"그런 편이지."

기사 내용의 사실 여부는 물론이고, 그 내용에 얽힌 아내의 감정이 제대로 표현됐는지를 재차 확인했다.

"세탁기로 빨래할 때하고 개울에서 방망이 두들겨가며 빨래할 때하고 느낌이 어떻게 다르다고 표현해야 하나?"

"개울가에서 빨래하는 게 훨씬 개운하지. 맑은 물에 손을 담그는 일이라서 기분도 상쾌하고 좋지. 세탁기 돌리는 일보다 힘들긴 하지만 나는 개울에서 빨래하는 게 훨씬 좋아."

아내와 관련한 기사에서는 아내의 감정 상태를 미리 취재해서 썼기 때문에 싸울 일이 거의 없었다. 하지만 나 자신 혹은 아이들과 관련한 기사를 놓고는 열에 서너 차례 감정싸움을 벌이기도 했다. 아내의 평은 무지막지할 정도로 가혹했다. 상대방을 배려할 줄 몰랐다. 적어도 내 글을 읽을 때만큼은 그랬다. 생각나는 대로 툭툭 내뱉었다. 나는 아내 옆댕이에 바싹 붙어 앉아 "재밌지?" "웃기지?" "안 웃겨?" 해가며 아내의 표정을 살폈다. 아내가 기사를 다 읽게 되면 불안한 눈초리로 조심스럽게 물어보았다.

"다 읽은 겨? 어뗘? 재미없어? 이상하거나 거시기한 부분은 없었지?"

하지만 아내는 내 불안한 감정에 불을 붙이기 일쑤였다. 별 생각 없이 툭툭 던져가며 무지막지하게 가위질할 때도 있었다.

"이 부분은 너무 잘난 척하는 것 같아서 좀 그렇네……."

"그냥 내 솔직한 감정이 그렇다는 것이지 잘난 척은 무슨……."

"좀 그렇잖아. 자신이 무슨 도사라도 된다고, 누군가를 가르치려 하고 있잖아. 싹 빼버리는 게 좋겠네. 그리고 이 부분은 좀 고쳤으면 좋겠다. 무슨 얘긴지 이해가 안돼."

"에이 참, 다시 잘 읽어봐. 건성건성 읽으니께 이해를 못 하지."

"본인이 쓴 글이니까 당신은 잘 알겠지만, 나는 무슨 뜻인지 잘 모르겠는데……."

"당신이 내 글을 이해 못하니께 그렇지. 놔둬! 내가 알아서 할 테니께."

"에이그, 읽어보고 고쳐달라고 해놓고, 왜 화를 내구 그래. 당신 원고니까 당신이 알아서 해. 나는 할 얘기 다 했으니께."

아내는 속 아프게 한마디 툭 던져놓고 은근슬쩍 꽁무니를 뺀다. 비참하게 남겨진 나는 속이 마구 쓰리다. 약도 오른다. 화도 난다. 좁은 속을 꾹꾹 눌러 참고 글을 수정하거나 삭제하기도 하지만 아내의 충고를 무시하고 고집을 부리기도 한다. 하지만 고집부려 올린 글들은 그만한 대가를 치른다. 아내와 같은 시선으로 읽는 사람들로부터 댓글을 통해 호되게 얻어맞기 십상이다. 지금 생각해보면 그 인정머리 없는 '냉정한 독자' 아내 덕분에 보다 탄탄한 '사는 이야기' 기사로 독자들에게 다가갈 수 있었다.

'사전검열'을 통해 아내가 내 기사에 가위질을 하듯 나 역시 '사는 이야기'를 거들먹거리며 아내를 '협박'하는 경우가 있었다. 아내가 어쩌다 내 옷이나 다른 어떤 물건을 구입하려 할 때, 혹은 아이들의 학업 성적을 높이기 위해 시험지 따위를 풀도록 강요할 때 나는 가차 없이 '사는 이야기' 카드를 꺼내 들었다.

"나를 거짓말쟁이로 만들 겨? 한 계절에 한두 벌이면 족하다고 동네방네 떠들고 다니고 있는디 또 무슨 쓸데없는 옷을 사겠다구 그려. 우리 애들도 그려. 학업 성적과 전혀 상관없이 교육시키고 있다고 했는데 시험지는 뭔 놈의 시험지여. 애들을 시험문제 푸는 기계 만들 일 있남?"

"동네방네? 언제 소문내고 다녔다고 그래."

"오마이뉴스에 올렸고 또 책으로도 냈잖어."

"그때는 그때고, 살다 보면 생활이 바뀔 수도 있지 뭘."

"무슨 쓸데없는 소리, 날 거짓말쟁이로 만들고 싶으면 그렇게 하라구."

하지만 뛰는 놈 위에 나는 놈이 있다고 오마이뉴스 기사로 나를 협박하는

소박한 삶이 사람을 살린다고 믿는다. 적게 벌고 더 많이 행복해지자는 마음으로
땅과 바다와 함께하는 삶을 택했다. 여유 넘치는 전원생활도 아니고,
늘 부족하게 사는 탓에 아내와 다툴 때도 많지만, 지금의 삶 그대로를 꾸밈없이 글로 옮긴다.
'사는 이야기'를 쓰며 수행하듯 소중한 삶을 살아간다.

다른 놈이 있었다. 우리 집 큰아이 인효 녀석이었다. 언젠가 녀석하고 나하고 담배와 컴퓨터에 관해 협상을 맺은 적이 있다. 녀석은 일주일에 두 번씩 컴퓨터 쓰는 날이 따로 정해져 있었는데 아빠가 담배를 피우면 그 즉시 컴퓨터를 쓰기로 약속했던 것이다.

"어~ 어~ 아빠, 담배 피웠다. 아싸, 컴퓨터 해야지."

"니들 아빠 담배 피울 때만 기다리고 있었지? 언제 피우나 하고."

"아~ 아~ 니!"

"손님들 와서 어쩌다 피운 거 가지구 짜식들이 치사하게, 맨날 컴퓨터만 하려구 그려."

"그래두 약속은 약속이잖어. 아빠가 먼저 그렇게 하자고 약속했잖아."

"그람 좋다. 니들은 매일매일 정신없이 컴퓨터 허구 아빠는 아플 때까지 죽어라 담배 피울까?"

내 나름대로 녀석을 협박해보기도 했다. 하지만 녀석들 역시 나름대로 준비된 협박용 카드를 꺼내 들었다.

"에이, 아빠는 또 그런다. 자꾸 그러면 오마이뉴스에 일러버릴 거여. 아빠 약속 안 지키고 거짓말로 글 쓴다고."

이렇게 오마이뉴스에 글을 올리면서 언제부턴가 '사는 이야기'는 우리 가족의 생활의 일부가 되었다. 어느덧 나의 '사는 이야기'는 단순히 '사는 이야기'가 아니었다. 내가 올린 글을 통해 나 자신을 보았다. 옛 선인들이 어느 곳이든 수행처 아닌 곳이 없다 했듯이 '사는 이야기'는 내게 또 다른 수행처이기도 했다. 글과 행동이 일치된 삶을 살아가고 있는가, 나 자신의 속내를 얼마나 거짓 없이 드러내고 있는가, 내가 써놓은 글에 책임을 질 수 있는가를 되묻게 하는 수행처였다. 오래된 일기장 들춰 보듯 오마이뉴스에 올렸던 '사는 이야기'를 되돌아보고, 작은 것을 소중히 여기며 소박한 삶을 살아가노라 입버릇처럼 내뱉은 말대로 제대로 살아내고 있는지를 스스로에게 묻곤 한다.

뉴스는 멀리 있지 않다

오마이뉴스에 올린 '사는 이야기'를 묶어 낸 첫 번째 책《거 봐, 비우니까 채워지잖아》를 읽은 어떤 독자가 충남 공주 시골집을 찾아와서 말했다.

"책을 읽어보니까 집 안에서 일어나는 얘기가 대부분인데 어떻게 이 좁은 공간에서 책 한 권이 나올 수 있지요?"

하루에도 수없이 한 사람의 얼굴 표정이 시시각각 달라지듯이 늘 반복되는 일상 속에는 수많은 이야기들이 숨겨져 있다. 계절이 바뀔 때마다 주변 색깔이 달라지고 농사일과 농작물이 달라지듯, 아이들이 성장하면서 말투와 몸짓이 달라지고 옷 모양새가 달라진다. 학교에서의 일이 다르고 집 안에서의 일이 다르다. 성격이며 생활 습관이 다른 아내와 싸우다가 울고 화해하고 웃는 사연이 다르다. 이뿐만 아니라 집에서 키우는 고양이와 개, 닭, 집 주변의 풀꽃들에 이르기까지 '사는 이야기'의 소재가 아닌 것이 없다.

나는 특별한 일이 아닌 이상 '사는 이야기'를 멀리서 찾지 않는다. '사람이 개를 물었다' 따위의 기삿거리를 찾아다니지 않는다. 내 주변에서 사소하게 일어나는 이야기, 나와 늘 마주치는 가장 잘 아는 이야기를 쓴다. 그런 만큼 보다 손쉽고 보다 깊이 있는 '사는 이야기'를 내놓을 수 있다. 2012년 12월까지 380여 개의 기사를 올렸는데 대부분 가족과 이웃, 농사일과 부대끼며 살아가는 일상이 담겨 있다.

사소한 일상을 모아서 담으려면 사진은 필수다. 나는 주변에서 일어나는 일들을 시도 때도 없이 사진으로 기록해놓는다. 사진은 '사는 이야기'를 돋보이게 한다. 원고 작업 할 때 기억을 되살려주는 사진은 '사는 이야기'의 또 다른 메모장이다. 어떤 경우는 한 장의 사진을 단초로 이야기를 펼쳐나가기도 한다. 사진은 많이 찍어놓을수록 좋다. 나는 한 장의 사진 원고를 위해 수십 장을 찍기도 한다.

굳이 내게 비법이 있다면, 단순히 '사는 이야기'만 늘어놓지 않는다는 점이다. 농부작가이자 재야사상가인 전우익 선생의 말대로 '혼자서 잘 살면 무슨 재미인가'. 나의 '사는 이야기'에는 주변의 모든 것과 더불어 풀어나가는 일상이 있다. 그 일상을 통해 망가져가는 자연을 만나고 우리 사회 전반에 깔려 있는 문제의식과 만난다.

시골 촌놈인 내가 세상과 소통하고 참여하는 공간인 '사는 이야기' 속에는 환경을 비롯해 민족 · 정치 · 경제 · 교육 · 사회 전반에 걸친 문제점들이 반영되어 있다. 자연 친화적으로 살겠다고 시골로 들어왔지만 그 삶은 결국 나를 둘러싼 자연 환경이나 한국 사회에서 일어나는 모든 문제점들과 어떤 방식으로든 결부되어 있기 때문이다.

그리하여 내게 '사는 이야기'는 자연과 더불어 가족들과 오순도순 소박하게 살아가는 내용이 전부가 아니다. 좀 더 많은 밑천을 요구하는 자본의 노름판에서 벗어나 적게 벌고 적게 먹으며 살아가는 소박한 생활 속에서도 얼마든지 행복할 수 있다는 의식주 전반에 걸친 생활상이 담겨 있다.

나의 '사는 이야기'에는 일제고사를 거부한 아들을 통해 경쟁제일주의로 치닫고 있는 한국의 교육 문제가 반영되어 있다. 고속철도 건설로 어느 날 갑자기 정든 보금자리에서 보상 한 푼 없이 무일푼으로 쫓겨나야 하는 소작농의 이야기도 있다. 개발지상주의가 어떻게 동네 인심을 사납게 만들고 있는지 담겨 있고, 평생 소농으로 고향 땅을 지켜온 이웃집 할아버지의 죽음과 쇠락해가는 농촌의 현실이 있다. 서민들의 주머니를 털어가는 거대 자본가들과 정치인들을 빗댄, 가난한 시골 살림을 축내는 탐욕스런 쥐새끼들이 있다.

아울러 충남 공주의 한 면사무소 앞에 자랑스럽게 서 있는 을사오적 매국노 박제순의 공덕비처럼 여전히 청산되지 못한 친일잔재가 있고, '신사군 (新四軍)'에 입대해 일본군과 맞서 싸웠음에도 신사군이 중국 공산당이라는 이유로 항일 투쟁의 이력을 끝내 밝히지 못하고 세상을 떠난 광복군 출신의 작은 아버지가 있다. 이뿐만 아니라 어린아이들을 앞세워 '지옥과 천당'이라는 종교상품을 앵벌이 시키는 한국 종교의 현실이 있고, 개발지상주의자들이 앞세운 무지막지한 굴착기로 까뭉개졌던 생명의 숲에는 이라크를 침공하여 어린아이를 비롯한 수많은 인명을 살상한 미군들의 무지막지한 장갑차가 오버랩 되어 있다.

어디 그뿐이랴. 평택 대추리에서 미군들을 보호하기 위해 자국민들을 통제하는 '불심검문 경찰'을 고발하는 기사, 고흥 군민들과 더불어 핵발전소와 화력발전소 건설을 반대하는 과정에서 새삼 깨닫게 된 천혜의 자원, 하늘과 바다와 땅에 대한 소중함을 알렸던 기사에 이르기까지 모두 내 일상과 관련된 '사는 이야기'에 포함되어 있다.

이처럼 주변에서 일어나는 '사는 이야기'들을 통해 자연스럽게 사회 문제에 접근할 수 있다는 것, 이것이야말로 '사는 이야기'의 힘이라고 본다. '사는 이야기'의 힘은 강렬한 메시지의 직접적인 표현에 있는 게 아니라 강렬한 메시지가 숨겨진 사소한 이야기에서 비롯된다. 심각한 사회 문제를 사소한 일상생활로 풀어나가는 것, 내가 쓰는 '사는 이야기'의 또 다른 비법이기도 하다.

재미와 의미를 고루 갖춘 글

그렇다면 사소한 일상을 담은 '사는 이야기'는 구체적으로 어떻게 써야 할까? 아무리 좋은 의미가 담긴 글이라 할지라도 쉽고 재미있게 읽혀야 한다는 것이 내 글쓰기 원칙이다. 자연 친화적인 삶, 가족의 행복, 이웃과의 따뜻한 소통을 '사는 이야기' 속에 담아내기 위해 흥미를 끌 만한 일화를 찾아낸다. 그 속에서 독자들에게 재미를 강요하지 않으려 애쓴다. '재미있지?' '행복하지?'라는 식으로 억지 기사를 만들려고 하면 독자들은 그 사실을 금방 알아차린다. 재미있었던 일을 최대한 꾸밈없이 쓰면 독자들은 읽는 과정에서 저절로 흥미를 느낀다.

그렇다고 재미있는 일화에 의미 부여를 하지 않는 것은 아니다. 아무리 재미있는 기사라 할지라도 그 속에 삶의 의미, 감동이 없으면 뻔한 3류 희극으로 전락하게 된다. 재료가 아무리 좋다 한들 양념이 들어가지 않은 음식은 밋밋하다. 재미있는 이야기에 약간의 의미 부여를 하면 사람들의 입맛을 돋우게 하는 맛깔스런 '사는 이야기'가 된다.

나의 '사는 이야기'에는 우리 집 아이들, 특히 작은아이 인상이와 얽힌 일화가 수없이 많다. 세상 물정에 별로 관심이 없는 녀석은 주변 사람들의 흥미를 유발하는 엉뚱한 구석이 있어 재미있는 기삿거리를 시도 때도 없이 제공한다. 〈인상이가 밥을 가장 좋아하는 이유〉(2003. 2. 6)는 그런 기사 중 하나다.

"인상아, 세상에서 누가 제일 좋아?"

"엄마."

"왜?"

"밥해주니까."

"그다음에는 누가 좋아?"

"아빠."

"아빠는 왜 좋은데?"

"엄마 아프고, 또 어디 갔을 때, 엄마 대신 밥해줄 때도 있잖아."

지난 몇 년 동안 수십 차례를 물어봤는데 똑같은 대답입니다. 초등학교 입학을 앞둔 녀석이 지금도 그 대답은 마찬가집니다. 엄마 아빠가 낄낄거리며 놀리고 있다는 것을 빤히 알면서도 별로 신경 안 씁니다. 놀이에 몰두하면서 그냥 그 상태로 툭툭 내던지듯이 똑같은 대답을 합니다. 주변 사람들이 박장대소해도 별 반응이 없습니다. '이상한 사람들 다 봤네, 밥이 좋다는데 뭐가 어째서'라는 표정입니다.

이 기사는 인상이가 밥과 더불어 어떤 먹거리를 먹고 생활하는지 소개하면서 녀석이 밥을 좋아하게 된 이유에 대한 의미 부여로 끝을 맺는다.

다만 애비가 적게 벌기 때문에 돈과 맞바꿔야 하는 인스턴트식품을 적게 먹을 수밖에 없습니다. 인스턴트식품 대신 엄마가 만들어주는 간식이나 산에서 나는 먹거리, 농약을 뿌리지 않는 밭작물을 더 많이 먹고 자랍니다. 콜라 등과 같은 탄산음료를 즐기는 대신 맑은 물과 맑은 공기를 마십니다.

우리 집 인상이가 세상에서 밥을 가장 좋아하는 이유는 인스턴트식품보다 자연식을 즐겨 먹고 있기 때문이 아닌가 생각됩니다. 밥은 아무래도 인스턴트식품보다는 자연식과 궁합이 더 잘 맞으니까요.

나는 종종 인상이한테 단순한 재미뿐만 아니라 뜻하지 않은 가르침을 받기도 한다. 〈인상이가 가장 잘 아는 것은 '몰라'〉(2003. 4. 15)가 바로 그런 기사다. 인상이는 산을 싸돌아다니며 토끼와 노루, 개 발자국을 구별해내고 고양이가 왜 발톱을 세우는지를 안다. 가재는 허물이 벗겨지고 집게손이 떨어져 나가도 끄떡없이 다시 잘 자란다는 것을 알고, 개미 떼가 줄지어 몰려다니면 비가 온다는 사실도 체험을 통해 안다. 그런 녀석이 초등학교에 입학해 '지식 배우기'에 힘들어하고 있을 때였다. 함께 산행을 하다가 느닷없이 "우리는 지금 어디로 가고 있지?" 묻거나 "고양이하고 노는 게 재미있어, 강아지 하고 노는 게 재미있어?" 따위를 묻게 되면 녀석은 주저 없이 '몰라'로 일관한다. 하지만 녀석이 분명하게 알고 있는 것이 있다.

"인상아, 우리 집에서 누가 젤 똑똑해?"
"아빠."
"그담에는?"
"형아 그리고 그담에는 엄마……."
"그럼 그다음에는 누구야?"
"나."

'몰라'를 입에 달고 살았던 인상이였지만 자신이 식구들 중에서 '아는 것'보다 '모르는 것'이 더 많다는 것을 잘 알고 있었다. 누군가가 자신을 똑똑하지 못한 놈 취급해도 부끄러워하거나 화를 내지 않았다. 자신이 모른다는 사실을 잘 알고 있기 때문이었다.

　나는 이 기사를 통해 모르는 것을 모른다 말하는 것이 진정으로 아는 것임을 배운다. 나를 포함해 세상에는 '모른다' 라고 대답하는 사람보다는 '안다' 라고 단정 짓는 사람이 더 많으며 배우려 하는 사람들보다는 가르치려 하는 사람들이 더 많다는 사실을 새삼 깨닫게 된다. 그리고 우리가 지식으로 습득한 해답이 삶에 대한 진정한 해답인지, 독자들에게는 물론이고 나 스스로에게 질문을 던지기도 한다.

흥미롭고도 의미 있는 '사는 이야기'를 제공하는 것이 어디 우리 집 작은 아이 인상이뿐이겠는가? 아이들은 본래 엉뚱하고 재미있다. 아이들이 생각 없이 던지는 말이나 표정에 눈과 귀를 열어놓게 되면 수많은 '사는 이야기' 가 쏟아져 나온다. 그 순수한 마음자리를 통해 고승들의 입에서 나올 법한 선문답을 만나기도 한다.

아이들과 눈을 맞추듯이, 특별할 것 없어 보이는 우리 주변의 작고 사소 한 것에 눈을 맞추다 보면 수많은 이야깃거리를 찾아낼 수 있다. 우여곡절 이 많은 노동자, 농민들의 이야기에 귀를 기울이다 보면 절절한 이야기들을 듣게 되듯이 3000년에 한 번 피는 전설의 꽃 우담바라보다 3000년 동안 함 부로 짓밟혀 살아오면서도 변함없이 꽃을 피워내는 온갖 풀들에 입을 맞추 고 눈을 맞추다 보면 나를 일깨워주는 뭔가를 만나게 된다. 〈우담바라보다 '풀꽃'이 더 신기한 까닭〉(2007. 4. 7)이라는 기사에 그 내용을 담았다.

나는 흙바닥에 납작 엎드려 시선을 맞춥니다. 그들 또한 나를 봅니다. 가 슴으로 파고듭니다. 가슴이 두근거립니다. 두근거리는 '나'를 봅니다. 그 런 내 모습이 신기합니다. 웃음이 나옵니다. 풀꽃도 환하게 웃습니다.

〈녀석들은 도대체 어디서 온 것일까?〉(2009. 6. 5)라는 제목의 기사에서는 흙 한줌은 물론이고 물기조차 없어 보이는 주춧돌 틈새에 핀 작은 풀꽃을 통해 온갖 욕망 속에서 살아가는 나 자신을 바라본다.

손가락으로 툭 건드리면 상처가 날 정도로 풀꽃은 약하디 약해 보입니다. 하지만 녀석들은 부러 물을 주지 않아도 최소한의 환경 속에서도 미소 지을 만큼 강합니다. 나는 녀석들에게 큰 상처를 낼 만큼 강해 보이지만 녀석들처럼 최소한의 환경 속에서 버텨내지 못합니다. 녀석들보다 강한 게 아니라 단지 독할 뿐입니다. 딱 먹을 만큼 먹지 않기 때문입니다. 욕심 때문입니다. 욕심은 독을 만들어내고 그 독기로 자신은 물론이고 누군가를 아프게 합니다. 세상을 아프게 합니다.

'사는 이야기'는 억지 교훈을 내세워 가르치는 것이 아니라, 오히려 독자들의 반응을 통해 가르침을 받는 것이기도 하다. 나는 가급적 맹자 왈 공자 왈, 사자성어 따위는 제쳐놓는다. 문장에 힘을 빼고, 사투리를 포함해 흔히 쓰는 일상용어를 쓰고자 한다. 온갖 지식으로 가르치려 들거나 훈계조의 기사를 쓴다면 독자들은 사정없이 등을 돌릴 것이다. 먼저 나를 낮추고, 낮은 자세로 세상을 바라볼 때 풀꽃이든 사람이든 친구가 될 수 있다. 낮은 자세로 풀꽃을 대할 때 풀꽃이 내게 환한 웃음으로 화답하듯 비로소 독자들이 내가 살아가는 이야기에 눈을 맞추고 입맞춤을 하게 될 것이라 믿고 있다.

고통스런 생활을 감추지 않기

사람살이는 쭉 뻗은 레일 위를 순탄하게 달리는 열차가 아니다. 살아가다 보면 재밌고 행복한 일보다는 고통스러운 일이 더 많이 생긴다. 하지만 대부분 사람들은 그 고통을 바로 보지 못하고 부러 외면하고 살아간다. 똑바로 보기가 고통스럽고 두렵기 때문이다. 사람들은 고통스런 삶을 똑바로 응시하여 행복을 찾아가는 절절한 사연이 담긴 글을 통해 자신의 고통스런 삶을 위로받기도 한다. 고통스런 삶을 가감 없이 담아내는 '사는 이야기'에 보다 많은 공감과 위로의 댓글이 달리는 이유이기도 하다.

오마이뉴스에 올려온 나의 '사는 이야기'를 보면 고통스런 삶의 굴곡이 잘 기록되어 있다. 소박한 삶 속에서 행복하게 살고 있다고 입버릇처럼 떠벌려댔지만 따지고 보면 행복했던 순간보다 아내와 부대끼며 힘들어했던 순간들이 더 많았다. 그럼에도 행복한 삶을 예찬만 하는 '사는 이야기'를 써 왔다면 오마이뉴스에서 내 글을 기억하는 사람은 아무도 없었을 것이다.

나는 '사는 이야기' 속에서 수없이 고통스러워하면서 그 고통은 결국 나로부터 비롯된다는 사실을 깨달아나갔다. 또한 그 고통 속에서 망가져가고 있는 내 모습을 보여줄 수 있는 데까지 보여주려 했다. 내 고통스런 화 기운이 어디서부터 온 것인지를 보여주고 있는 〈"왜 화를 내고 그래!"〉(2009. 9. 1)에서는 아내와 다투고 나서 사나흘에 걸쳐 꽁생원처럼 방구석에 처박혀 있는 나를 발견한다. 평소 거들떠보지도 않던 텔레비전에 두 눈을 고정시키고 증오심을 자극하는 빤한 드라마에 빠져 있거나 아침저녁으로 앵무새처럼 반복되는 뉴스에서 눈을 떼지 않는다.

안테나를 좌우로 조절해야만 겨우 화면이 잡히는 텔레비전에 혼을 쏙 빼놓고 있다가 어쩌다 오줌을 싸기 위해 방 안에서 기어 나오게 되면 모가지 비틀린 풍뎅이처럼 마당을 빙빙 도는 것이 전부였습니다. 진드기로 고생하는 우리 집 개 곰순이처럼 사타구니를 득득 긁어대며 텔레비전 앞에 널브러져 평소 입에 잘 대지 않던 인스턴트식품까지 옆에 끼고 먹고 싸고 잠자고, 밥충이가 따로 없었습니다. 그렇게 드라마 속의 나쁜 놈처럼 온갖 나쁜 생각에 사로잡혀 사흘을 보내다 보니 눈자위마저 거무스름해져 갔습니다.

아이들은 강시처럼 핏기 없이 뻣뻣해진 아빠의 눈치를 살피고 있었고 곰순이마저 꿈쩍도 않고 널브러져 있었습니다. 마당을 빙빙 돌다가 곰순이 녀석의 눈빛과 마주쳤습니다. 평소 같았으면 벌떡 일어나 꼬리를 세차게 흔들어대며 목줄을 풀어 달라 컹컹 짖어댈 녀석이었는데 꿈쩍도 않고 고 자세로 누워 있습니다. 납작 엎드린 채로 내가 움직이는 방향을 따라 흰자위를 드러내며 슬금슬금 눈알만 굴리고 있습니다. 그렇게 태풍에 우지직 부러져 내린 오동나무 가지의 잎사귀들처럼 내 주변의 모든 것들이 생기를 잃고 바싹 바싹 말라가고 있는 듯했습니다.

아내와 시도 때도 없이 싸우고 나서 소박맞은 여편네처럼 전기밥솥까지 챙겨 가출한 사건을 담아낸 기사 〈아내와 싸우고 가출한 나〉(2009. 3. 21)에서는 갱년기를 맞아 툭 하면 화를 내는 아내를 통해 내가 얼마나 속 좁고 치졸한 인간인지를 보여주고 있다.

시골생활 12년째, 시골에 처음 들어왔을 때처럼 아내가 반기를 들기 시작했습니다. 살아온 나날들을 몹시 억울해 했습니다. 소박한 삶이 어쩌니 하는 고집불통 남편의 생활방식에 자신의 존재감이 억눌려왔다는 것입니다.

"나가라구? 그래 나간다! 툭 하면 화만 내구. 나도 이제 지긋지긋하다."

그 말을 내뱉기가 무섭게 짐 보따리를 챙겼습니다. 소박맞은 여편네처럼 옷가지에 취사도구까지 챙겼습니다. 아내는 방 안에서 이불을 뒤집어쓰고 꼼짝하지 않았습니다. 이사라도 가듯 책을 비롯한 온갖 짐 보따리를 바리바리 챙겨 자동차 가득 옮겨 싣고 홧김에 전기밥솥도 챙겼습니다.

'사는 이야기'는 다른 기사와는 달리 나와 관련된 이야기가 대부분일 수밖에 없다. 나는 글을 쓸 때 나 자신의 이야기일수록 객관화시키고자 한다. 자아도취에 빠지는 것을 경계한다. 아무리 감성적인 소재라 할지라도 나 자신을 인터뷰하듯 객관화시켜 되묻는다. "자아도취에 빠지지 않았는가?" 자아도취에 빠진 글은 하소연과 한탄에 불과하다. 하소연과 한탄은 글의 일부가 되어야 한다. 하지만 지난 글들을 보면 그 범주에서 크게 벗어나지 못했다. 얼굴이 화끈거릴 정도로 부끄러운 글들이 수두룩했다. 그런 글들은 독자들이 외면하기 마련이다.

'사는 이야기' 속에는 내 고집스러운 삶이 있다. 소설이나 시 같은 문학작품은 작가의 일상생활과 상관없이 평가되지만 '사는 이야기'는 글 쓰는 사람의 일상생활과 일치되어야 한다. 소박한 삶을 추구하는 글을 쓰는 자가 소박한 삶과 동떨어진 생활을 하고 있다면 사람들은 더 이상 '사는 이야기'를 읽지 않을 것이다.

충남 공주에서 생활할 때는 200만 원짜리 빈집을 구해 못이 숭숭 박힌 목재며 빈집에서 뜯어온 장판에 이르기까지 온갖 버려진 폐자재를 재활용해 다 쓰러져가는 집을 고쳐 살아온 얘기를 주로 썼다. 하지만 호남고속철도 공사에 쫓겨나 전남 고흥까지 가서 30평짜리 분수에 넘치는 목조주택을 마련하게 되자 고민이 생겼다. 재활용의 귀재였던 아내마저 번듯한 집에 맞춘답시고 싱크대, 가스레인지 등의 새 물품들을 사들였다. 더 이상 '사는 이야기'를 쓸 수 없을 것만 같았다.

한동안 고민에 빠져 있다가 다시 글을 쓰기 시작했다. 주변 사람들의 도움을 받아 집을 지었지만 10여 년 전 시골생활을 처음 시작했을 때처럼 다시 빈손이 되고 말았기 때문이다. 새것을 찾던 아내는 다시 재활용을 시작했다. 나는 나무 한 그루 베지 않고 누군가 베어놓은 나무, 길거리에 나뒹굴거나 심지어는 파도에 떠내려 온 나무를 땔감으로 사용했다. 예전에는 산으로 산나물을 캐러 다녔듯이 이제는 바다에 나가 미역과 톳, 낚시로 잡은 생선 등으로 밑반찬 거리를 마련했다. 여전히 농약과 비료를 쓰지 않고 일군 먹거리를 생산했다.

핵발전소, 화력발전소 건설에 맞서가며 시민사회운동에도 참여했다. 교육 문제도 마찬가지였다. 일제고사를 거부해온 우리 집 아이들은 치열한 입시 경쟁을 피했다. 큰아이는 일찌감치 대안학교를 선택했고, 작은아이는 고등학교를 포기하고 전통 칼 만드는 장인을 찾아다니다가 농사일, 목공일 등 이것저것 체험한 후 공동체 생활을 해보고 싶다며 대안학교를 선택했다. 이 모든 것들이 '사는 이야기'를 장식했다.

소박한 삶이 사람을 살린다

'사는 이야기'를 통해 독자를 만나는 것은 내 안에 깊이 자리한 내면과 만나는 일이기도 하다. 내 속 깊이 자리한 내면은 독자들이 가지고 있는 그것과 크게 다르지 않다고 믿는다. 사람살이는 도시에서 살아가거나 시골에서 살아가거나 겉으로 드러난 생활상만 다를 뿐 그 내면을 들여다보면 크게 다르지 않다. 그리하여 나의 '사는 이야기'는 생각이 비슷한 생면부지의 독자들을 친구로 만나는 일이기도 하다. 즐거움을 함께 누리고 힘든 일을 함께 고민할 수 있는 친구로 만나는 일이다. 진정한 친구 사이는 남들에게 말할 수 없는 부끄러운 비밀 얘기는 물론이고 사소한 얘기까지 털어놓는다. 그 친구가 내 얘기를 귀담아 듣지 않는다면 그만큼 내가 털어놓는 '사는 이야기'가 진솔하지 못했다는 뜻이다.

나는 그동안 '사는 이야기'를 통해 수많은 사람들을 만났다. 우리 집 한옆에 꾸린 작은 도서관은 '사는 이야기'를 통해 사람들과 얼마나 소중한 인연들을 맺어왔는지를 잘 말해주는 결정판과도 같다. 그 작은 도서관 얘기를 옮긴 〈아내가 또 빚내서 '사고'를 쳤습니다〉(2010. 9. 17)는 조회수 33만 8915 건에 '좋은 기사 독자원고료' 42만 6000원을 기록했다. 그동안 내가 올린 '사는 이야기'의 최고 기록이었다. 이 기사가 나가자 전국에서 책들이 쏟아져 들어와 빈 도서관을 가득 채웠다. 한두 달 만에 2000권 가까운 책들이 들어온 것이다. 나는 그때의 감동을 〈빚내서 '사고' 쳤더니 큰일이 터졌습니다〉(2010. 10. 31) 기사에 다음과 같이 적었다.

한 사람이 적게는 수십 권에서 많게는 수백 권까지 보내왔습니다. 어린이 책에서부터 수준 높은 소설책에 이르기까지 수백 권의 질 좋은 책들이 속속 밀려들어 왔습니다. 어떤 분은 아이들이 볼 수 있는 과학 잡지 구독 신청까지 해주셨고, 또 어떤 분은 아주 오래된 만화 〈캔디〉에서부터 최근 만화 〈구르믈 버서난 달처럼〉에 이르기까지 수백 권의 만화책을 보내오셨습니다. 일주일도 채 안 돼 짜놓은 책장이 꽉 채워졌습니다. 한마디로 감동의 물결이었습니다. 기적의 도서관이 따로 없었습니다.

감동의 물결은 여기서 그치지 않았습니다. 보내온 책들은 그냥 고마운 책들이 아니었기 때문입니다. 보내주신 분들 한 분 한 분의 마음이 새겨져 있었습니다. 택배로 책이 들어오자마자 고마움에 대한 인사를 건네기 위해 전화를 걸었는데, 모두들 책을 받아줘서 고맙다는 인사를 건네왔던 것입니다. 아이들을 위해 도서관을 잘 꾸며나가라는 등의 당부를 건네는 사람은 단 한 사람도 없었습니다. 다만 받아줘서 고맙다는 것이었습니다.

책을 보내기 위해서는 택배비를 마련하고 일일이 포장을 해야 하는 번거로움이 만만치 않았을 것인데도 헌책을 보내 미안하다며 받아준 것이 오히려 고맙다는 것이었습니다. 어떤 분은 세상에 태어나서 누군가를 위해 처음으로 많은 책들을 선물한다며 그 기회를 줘서 너무나 고맙다는 것이었습니다. 자비의 손길들 앞에 발우를 내밀고 어쩔 줄 몰라 하는 얼치기 탁발승이 된 기분이었습니다.

따지고 보면 작은 도서관은 우리 가족이 하루아침에 이뤄낸 것이 아니다. 그동안 '사는 이야기'를 통해 받은 원고료, 독자들이 건네준 '좋은 기사 독자원고료'와 수많은 책들이 이뤄낸 결과물이기도 하다. 작은 도서관을 꾸려나가는 것은 '사는 이야기'를 통해 받은 것을 함께 나누는 작업이기도 하다.

오마이뉴스에 '사는 이야기'를 쓰면서 소박한 삶을 통해 의식주 전반을 스스로 개혁해 세상을 변화시킬 수 있다고 믿어왔다. 그 소박한 삶이야말로 자연을 살리고 사람을 살리는 길이라 믿어왔다. 하지만 그 소박한 삶에 끊임없는 갈등이 일어난다. 현실과 이상과의 갈등이다. 앞으로 송성영의 '사는 이야기'가 어떤 변화를 겪게 될지는 아무도 모른다. 송성영인 나조차도 모른다. 이 또한 '사는 이야기'의 매력이 아닐까? ✐

송성영 1960년 대전에서 태어났다. 대학 졸업 후 잡지사에서 일하다 그만두고, 전국의 산과 삶을 떠돌던 중 지금의 아내를 만났다. 결혼과 함께 돈 버는 행복한 시간이 없다는 것을 깨닫고, 더 행복하게 살자는 생각에 도시 생활을 접고 빈 농가를 얻어 충남 공주로 내려왔다. 그러던 어느 날, 집 뒤쪽으로 들어서는 호남고속철도 개발에 밀려 아내와 함께 새 터를 찾아 나서게 됐다. 우연처럼 운명처럼 전남 고흥 바닷가 터를 만났고 여러 사람의 도움으로 목조 주택을 지어 소박한 삶을 이어가고 있다. 농사일과 더불어 동네 아이들에게 글쓰기를 가르치며 작은 도서관도 함께 꾸려간다.
2002년부터 오마이뉴스에 '사는 이야기'를 꾸준히 연재하고 있으며 2006년과 2010년 '올해의 뉴스게릴라상'을 수상했다. 다큐멘터리 방송작가로 일하기도 했고, 2007~2009년 '진실·화해를 위한 과거사정리위원회'에서 활동하며 충남 공주 지역의 한국전쟁 전후 민간인 피해 조사 작업에 참여하기도 했다. 지은 책으로 《거 봐, 비우니까 채워지잖아》《촌놈, 쉼표를 찍다》《모두가 기적 같은 일》 등이 있다.

ⓒ 남소연

스무 살 중후반 불현듯 떠난 여행지, 학교 동문회관에서 신부에게 이적의 〈다행이다〉를 직접 불러주던 결혼식. 그리고 들려온 첫아이 소식. 이어 둘째를 볼 예정이라던 그가 대학 졸업 후 처음 다녔던 회사를 그만두었다고 했습니다. 하지만 곧 새 직장을 얻었고 얼마 전에 셋째 '복덩이'를 품에 안았다네요. 이루지 못한 첫사랑 이야기가 아닙니다. 동갑내기 시민기자 이희동에 관해 알고 있는 몇 가지입니다. 물론 이 모든 것은 기사를 통해 알게 됐습니다.

그는 2004년부터 오마이뉴스에 '사는 이야기'와 여행, 영화 기사를 올려왔습니다. 두 아이를 키우는 아빠로서, 가정을 책임지는 가장으로서, 직장인이자 사회인으로서 독자들과 고민을 나눠왔지요. 몇 안 되는 '직딩' 시민기자인 그를 몇 해 전 한 모임에서 만났습니다. 서로의 일에 대해 이런저런 이야기를 나누던 중 그의 꿈이 '북한에서 일하는 것'이었다는 사실을 알게 됐습니다. 그리 놀랄 일도 아니었죠. 대학에서 사회학을, 대학원에서 북한학을 전공한 그였으니까요. 그는 첫 직장인 물류회사에 입사한 후 어디로 발령받았으면 좋겠느냐는 질문에 "개성공단으로 보내주십시오"라고 호기롭게 말하기도 했답니다.

남북관계는 갈수록 얼어붙고 있지만, 나는 믿습니다. 지하철에서 논문 쓰던 가락으로 '지하철에서 기사 쓰기' 내공 10단을 보여준 그가 언젠가는 다섯 식구의 개성 정착기를 연재할 날이 올 것이라고 믿습니다. 벌써부터 그날이 기다려집니다.

사회를 바꿀 단서들을 찾아 일상 파헤치기

이희동

"오랫동안 꿈을 그리는 사람은 마침내 그 꿈을 닮아간다."

— 앙드레 말로

내가 처음 오마이뉴스와 인연을 맺은 때는 2006년 봄이었다. 당시에 난 북한학 대학원을 졸업하고 사회에 첫발을 내딛고자 취업 준비 중이었다. 하지만 그 시간이 생각보다 길어지면서 초조함만 더해갔다. 취직에 대한 걱정도 걱정이었지만, 대학원을 진학할 당시 계획했던 목표, 즉 공부를 더 해서 좀 더 나은 세상을 만드는 데 일조하고 싶다는 꿈을 잃을 수도 있다는 막연한 두려움이 앞섰다.

사실 불확실한 미래와 학업 비용을 언급하며 내가 취업 결심을 밝혔을 때, 몇몇 지인들은 그런 나의 선택을 매우 안타까워했다. 박사과정을 밟다 보면 비록 풍요롭지는 않아도 먹고살 정도의 길은 어떻게든 생기는데, 왜 군이 지금까지 해온 공부를 포기하느냐는 것이었다. 그러나 난 그들의 의견에 회의적이었다. 공부에 필요한 돈도 돈이었지만, 그보다는 스스로에게 내가 할 수 있는 일이 공부만이 아님을 증명해 보이고 싶었다. 때맞춰 언론들은 대학 졸업생들이 취업이 안 되자 대학원으로 진학하는 경우가 많다고 보도했는데 나는 내가 그 부류에 속하지 않음을, 나의 대학원 진학이 현실도피가 아니라 진짜 학문을 공부하기 위함이었음을 증명하고 싶었다.

그래서 학교라는 울타리를 벗어나 직접 사회를 경험해보기로 했다. 책을 통해 배웠던 사회를 직접 체험하면서 확인하고, 그것을 바탕으로 좀 더 큰 그림을 그리고자 했다. 어차피 학문을 하는 이유는 책상 앞에만 앉아 우물 안 개구리마냥 현실을 논하기 위함이 아니라 배운 바를 나의 목표에 맞게 적용시키기 위함이 아니던가.

그렇게 보무당당하게 박차고 나온 학교. 그러나 나는 졸업과 동시에 현실적인 문제에 봉착하고 말았다. 우선 20년 넘게 학생이란 신분으로 살아온 내가 백수라는 사실을 받아들이는 것 자체부터가 낯설었다. 많은 젊은이들이 졸업 후 취직이 안 되어 무기력한 백수의 삶을 산다더니, 그것이 바로 나의 이야기가 될 줄이야. 물론 취업을 준비하면서 돈을 벌기 위해 아르바이트로 연구원 조교 등도 했지만, 전혀 위로가 되지 않았다. 무한경쟁 사회에서 정규직을 얻지 못해 느끼는 불안함은 상상 그 이상이었다.

겨우 6개월의 구직 기간에도 불안해하던 나의 모습. 결국 난 그 시간 동안 현실의 벽이 절대 녹록지 않음을 절감했고, 다시 한번 스스로를 돌아봐야만 했다. 취업을 하더라도 내가 일상에 매몰되지 않고 그 꿈을 지켜갈 수 있을

지 자문해야만 했다. 과연 난 꿈을 위해 현실을 저버릴 수 있을까? 당장 먹고사는 문제 앞에서 얼마나 자유로울 수 있을까? 직장을 가진 뒤 결혼해서 아이까지 낳으면 그야말로 냉엄한 현실이 펼쳐질 텐데, 그 속에서 내가 배운 것을 현실에 적용해가며 좀 더 나은 세상을 만드는 데 일조할 수 있을까? 평범한 직장인이 되어 월급봉투에 목매고 사는 건 아닐까? 만약 그렇게 된다면 지금까지 배운 것들이 너무 아깝지 않은가.

오마이뉴스는 그렇게 현실과 이상의 괴리 속에서 진로에 대한 고민이 깊어갈 무렵, 내게 새로운 의미로 다가왔다. 취업을 준비하며 틈틈이 썼던 국가주의에 관한 글 두 편이 우연찮게 오마이뉴스에 실리게 됐는데[〈아직 끝나지 않은 '무전유죄, 유전무죄'〉,(2006. 2. 11), 〈'워드 신드롬' 이제 혈통주의 뛰어넘을 때〉(2006. 2. 13)], 나는 그 과정에서 하나의 가능성을 발견했다. 만약 내가 계속 글을 쓰고, 그 글들이 계속해서 오마이뉴스에 실린다면? 비록 몸은 직장에 묶이게 되더라도, 현실에 매몰되지 않고 꿈을 간직한 채 꾸준히 글을 쓴다면 결국 언젠가는 하고자 하는 바를 이룰 수 있지 않을까? 그것은 실낱같은 희망이었다. 절대 쉬운 일은 아니었지만, 그렇다고 못할 이유도 없는 그런 가능성.

난 열심히 기사를 쓰기 시작했다. 처음에 오마이뉴스는 사회적으로 어떤 이슈가 생겼을 때 나와 비슷한 성향을 가진 사람들이 무슨 생각을 하는지 살펴보는 단순한 창에 불과했다. 하지만 지금은 여러 사람들과 생각을 공유할 수 있는 중요한 통로이자, 내가 나임을 증명하는 중요한 도구가 됐다. 오마이뉴스의 가장 큰 특징은 시민기자 제도이다. 시민이 기자가 되어 각자의 생각을 기사화하고 서로 공유할 수 있으니, 나같이 본업은 따로 있지만 세상 돌아가는 데 관심이 많은 이들에게는 가장 이상적인 제도이다. 나는 기사를 쓰며 생각을 정리해나갔다. 나름 기자의 시선으로 주위를 살펴보았고, 나의 글에 공감해주는 사람들을 통해 내가 결코 혼자가 아님을 확인했다. 난 기꺼이 나 자신의 정체성을 오마이뉴스 시민기자로 삼았고, 이를 바탕으로 세상을 바라보기 시작했다.

세상과 소통하는 나만의 방식

본격적으로 오마이뉴스에 글을 쓰기 시작하면서 처음 했던 고민은 '그래서 과연 내가 무슨 글을 쓸 수 있을까'라는 문제였다. 욕심 같아서는 전공을 살려 정치나 사회, 특히 북한에 관한 논평을 쓰고 싶었지만 그것은 분명 무리였다. 북한의 경우 한정된 정보도 문제였지만, 기껏해야 논문 한 편 쓴 필력으로 신문의 꽃인 논평을 쓴다는 것 자체가 어불성설이었다. 대학교 졸업 이후 한때 기자가 되어보겠다는 생각에 기사들을 열심히 흉내 내어 써본 적도 있지만, 그것은 어디까지나 희망사항일 뿐, 기자로서 정식으로 기사 쓰는 법을 배운 적도 없는 내게 논평은 언감생심이었다. 그렇다면 과연 난 무슨 기사를 쓸 수 있을까? 일선 기자들이야 발로 뛰며 현장을 취재하면 되지만, 각자의 본업 때문에 그럴 수 없는 시민기자들은 무엇에 대해 쓸 수 있을까?

그러나 이런 고민은 의외로 쉽게 해결됐다. 두 번째 기사였던 〈'워드 신드롬' 이제 혈통주의 뛰어넘을 때〉를 작성하면서 관련 규정을 제대로 알아보지 않은 채 〈연합뉴스〉의 사진을 임의로 썼다가 오마이뉴스 편집부로부터 사진을 쓸 수 없다는 통보를 받은 것이 계기였다. 이때부터 사진을 자유롭게 쓸 수 있는 기사를 찾기 시작했고, 그 결과 여행과 영화에 관한 글에 관심을 갖게 됐다. 당장 나부터도 사진 한 장 없는 기사는 읽기 힘들었던 만큼, 나의 글을 좀 더 많은 사람들에게 읽히게 하기 위해서는 마음대로 쓸 수 있는 사진이 필요했고, 여행과 영화에 대한 글이야말로 이런 조건을 충족시켰다. 당시 난 틈만 나면 여행을 떠났던지라 직접 찍은 사진이 풍부했고, 영화와 관련된 사진은 홍보용으로 제공되기 때문에 해당 홈페이지에서 쉽게 구해 기사에 실을 수 있었다.

이때부터 영화와 여행에 관한 기사에 집중하기 시작했다. 영화 평론과 기행문의 틀을 빌려 세상 돌아가는 것에 대해 이야기하고자 했다. 영화는 현실의 투영이며, 여행에서 느끼는 감정 역시 지금 나의 세계관과 동떨어지지 않았다. 나의 글들은 소재만 영화와 여행에서 가져다 썼을 뿐, 현실에 대한 나의 시각이자 비판이었다.

특히 영화는 나의 생각을 이야기하면서 시의성 있는 기사를 작성하는 데 최적의 소재였다. 오마이뉴스는 최신 영화에 대한 평론을 원했고, 나는 그 글들을 통해 다양한 주제의 이야기를 했다. 예컨대 머리기사에 걸려 '친일파'에서부터 '얼치기 PD'까지 많은 이들에게 다양한 욕을 먹었던 기사 〈영화 〈한반도〉는 성공해도 되는가?〉(2006. 7. 23)를 보자. 비록 평론의 형식을 띠고 있지만 영화를 빌려 우리 사회의 과도한 민족주의와 국가주의를 비판했고, 장사가 된다는 이유로 '민족'을 팔아먹는 영화계의 행태에 일침을 날렸다. 영화는 사랑을 받으며 승승장구했지만, 그와 같은 열광 속에 잠재되어 있는 맹목적인 '민족'에 대한 추종은 분명 우리가 조심해야 할 부분이라고 여겼기 때문이다. '단일민족 신화'는 근대에 형성됐음에도 편향된 역사 교육과 정치적인 필요성으로 말미암아 영원불멸한 것으로 받아들여지고 있다. 이로 인해 얼마나 많은 이들이 이 땅에서 차별받고 소외당하고 있는가. 이에 대한 성찰 없이 중국의 중화주의와 일본의 군국주의를 비판한다는 것은 분명 모순이다.

기행문을 통해 주로 지적하고자 했던 것은 우리 시대에 만연해 있는 천민 자본주의와 분단의 아픔이었다. 기행문이란 어떤 지역을 돌아다니며 유독 인상 깊게 느꼈던 것을 기록하는 글인데, 여행을 하는 내내 이 부분이 가장 눈살을 찌푸리게 만들었다. 역사적 가치나 미적 가치는 전혀 고려하지 않은 채 오로지 좀 더 잘살겠다는 욕망 아래 덧칠되는 문화재와 파괴되는 자연. 특히 이명박 정부에 이르러 더욱 기승을 부렸는데, 비극은 나를 포함한 우리 모두가 그 책임에서 자유롭지 않다는 사실이다. 많은 이들이 바로 눈앞의 이익을 위해서라면 그와 같은 희생은 당연하다고 생각하지 않는가.

국토 전반에 걸쳐 깊게 생채기가 남겨져 있는 분단의 흔적들도 여행을 하면서 새삼스럽게 발견했다. 짧지 않은 세월, 항상 우리 곁에 있었기 때문에 으레 그러려니 했던, 전혀 의식하지 못했던 냉전의 산물들. 과연 우리는 저것들이 없는 미래를 상상할 수 있을까? 난 내가 쓴 기행문을 통해 그와 같은 우리의 현실을 고발했고, 나의 글을 통해 좀 더 많은 사람이 우리 사회를 성찰하기를 바랐다. 혹자의 이야기처럼 사회가 변하기 위해서는 한 사람이 발자국 100번을 찍는 것보다, 100명의 사람이 발자국 한 번을 찍는 게 훨씬 더 중요하기 때문이다. 나의 글이 그런 변화에 작은 불쏘시개 역할이라도 할 수 있기를 늘 희망했다.

이렇게 정치 논평에 대한 좌절 이후 영화와 여행에 관한 글을 통해 오마이뉴스에 입문했다. 처음 3년 동안 영화와 여행에 관련된 기사는 내 전체 기사의 70퍼센트 이상을 차지했는데, 다행히 그 글쓰기를 통해 낯설기만 했던 기사 쓰는 법을 독학으로 체득할 수 있었다. 나는 웬만큼 관심 있는 개봉 영화는 거의 모두 보고 글을 올렸으며, 여행을 떠나면 기사에 실을 만한 사진을 찍기 위해 열심히 발품을 팔았다. 이것이 내가 세상과 소통하는 방식이었다.

결혼과 출산이 가져온 글쓰기의 위기

영화와 여행을 통해 현재의 세상살이를 이야기하고자 했던 나의 글쓰기는 2009년 이후 심각한 위기를 맞았다. 2008년만 하더라도 거의 전부라고 할 수 있었던 영화와 여행 분야의 글들이 2009년 이후 급감하기 시작하더니 2011년에는 전체 글 중 4분의 1 수준이 되어버렸다.

이는 2009년 3월 결혼과 11월 출산 때문이었다. 결혼과 출산은 여러모로 나의 일상에 큰 영향을 끼쳤는데, 오마이뉴스 기사 쓰기에도 그대로 반영됐다. 우선 결혼을 하자마자 아내가 아이를 가졌고, 덕분에 전처럼 유유히 여행을 다닐 수 없었다(심지어 2009년 여행 기사 20편 중 11편은 신혼여행과 관련된 글이다). 결혼 초반에야 여행과 상관없이 집안 어른들께 인사드린다고 여기저기 돌아다녔지만, 여름휴가가 끝나고 아내의 몸이 무거워진 이후에는 집안에 꼼짝없이 붙어 있어야만 했고, 출산 이후에는 더더욱 밖으로 나갈 수 없었다. 물론 첫째의 돌이 지나고 사정이 달라졌지만 곧 둘째가 생겨 역시 여행을 자제할 수밖에 없었고, 여행을 가더라도 가족들을 챙기느라 예전처럼 혼자 돌아다니면서 사진을 찍고 글감을 챙기는 건 불가능했다. 그러니 어찌 여행에 관한 글들이 나올 수 있겠는가.

영화 관람은 여행보다 사정이 더 딱했다. 결혼 전에는 기사도 쓸 겸 최신 영화를 퇴근길에 홀로 보기도 했는데, 결혼 후에는 영화를 보려면 아주 특별한 기회가 생기거나 아내의 허락을 필히 받아야만 했다. 뮤지컬 작가인 아내는 작품 활동에 가사, 육아까지 하느라 힘들어하는 자신을 두고 남편이 혼자 영화를 본다는 것 자체를 용납하지 않았고, 옆에서 아내의 수고를 지켜보던 나 역시 그런 아내의 투정 아닌 투정을 부인할 수 없었다. 아내가 크리스마스 선물이라며 혼자 나가서 영화를 보고 오라고 한 적이 있는데, 내가 고맙다며 다녀오자 진짜로 혼자 봤다며 아직까지도 바가지를 긁곤 한다.

결국 난 오마이뉴스에 처음 기사를 쓸 때와 마찬가지로 또 다시 내가 쓸 수 있는 글에 대해서 고민할 수밖에 없었다. 달라진 일상으로 인해 줄어든 글쓰기 시간도 문제였지만, 그보다 더 큰 고민거리는 영화와 여행 대신에 내가 쓸 수 있는 주제를 찾기 어렵다는 점이었다. 틈틈이 회사생활과 관련된 글들을 쓰기도 했지만 그것은 어디까지나 편집부에서 청탁받은 일회성 기사일 뿐이었다.

일상이 가장 정치적이다

결혼과 출산 이후 무슨 이야기를 기사화해야 할지 모르던 내게 정작 대안을 제시해준 것은 역설적이게도 바로 그 결혼과 출산이었다. 2009년 결혼할 무렵 결혼 준비를 소재로 '사는 이야기' 분야에 기사들을 올렸다. 〈"꼭 이런 시기에 결혼해야겠냐?"〉(2009. 2. 12), 〈신도림역 주변서 신혼집 구하기, 너무 어렵네〉(2009. 2. 19), 〈예단비 주고 또 돌려받고⋯⋯ 이건 뭐하는 쇼?〉(2009. 2. 26), 〈그래도 일생에 한 번뿐인 결혼인데⋯⋯〉(2009. 3. 2) 등의 기사들은 많은 이들의 관심을 받았는데, 여기에서 하나의 시사점을 발견했다. 영화와 여행 말고도 나의 일상 자체가 하나의 기삿거리가 될 수도 있음을, 따라서 나의 일상이 곧 가장 정치적일 수도 있다는 사실을 새삼 깨달았다.

일상의 기사화와 공유. 사실 이것이 내가 오마이뉴스에 기사를 쓰는 가장 중요한 이유이기도 했다. 나의 꿈대로 조금 더 나은 세상을 만들려면 우선 시민들 개개인이 자신의 모든 일상이 정치로부터 결코 자유롭지 않음을 자각해야 하는데, 일상의 기사화는 이를 돕는 가장 좋은 방법이었다. 취업을 준비하고, 결혼을 하고, 아이를 키우는 등 너무도 평범해서 기존 언론에서 잘 다루지 않았던 자신의 일상이 사실은 사회적으로나 정치적으로 매우 중요한 맥락을 지니고 있다는 사실의 자각. 결국 이와 같은 자각이 많아질수록 사회 변혁의 원동력은 커질 수밖에 없다. 다수의 깨달음은 다수의 참여로 이어질 것이며 이는 곧 정치의 방향을 좌우할 것이기 때문이다. 글쓰기를 통한 사회 변혁. 그것이 바로 내가 오마이뉴스에 글을 쓰면서 목표로 삼왔던 점이다.

이런 사실을 깨달으면서 나의 글쓰기 방향은 180도 달라졌다. 일상을 기사로 옮기는 데 집중하기 시작했고, 나의 일상을 이야기하는 만큼 좀 더 쉽게 기사를 작성하려 노력했다. 시민들을 수동적인 독자로서만 인식하는 기존 언론과 달리 오마이뉴스는 시민들이 직접 주체가 되어 기사를 생산하고 서로 영향을 주고받는 쌍방향 매체인 만큼, 나의 일상을 기사화해 좀 더 많은 이들의 공감을 불러일으키고 싶었다. 나의 기사를 통해 조금 더 많은 시민들이 공론의 장으로 나오고, 자신의 삶이 결코 정치와 떨어져 있지 않음을 깨닫게 된다면 시민기자로서 그보다 기쁜 일이 어디 있겠는가.

결혼부터 시작해서 출산, 육아, 주거, 이직 등 지금의 나를 규정하고 제약하는 그 모든 것들을 글쓰기의 소재로 삼았고, 그것들을 사회적이고 정치적인 맥락으로 해석하면서 한 편씩 기사로 작성하기 시작했다. 내가 경험해 본 결혼식 준비는 현실도 모르는 채 허례허식 운운하는 정부에 대한 비판으로 이어졌고[〈'강부자' 두둔한 정부가 '허례허식' 잡겠다고?〉(2009. 5. 25)], 첫째의 조산원 출산과 둘째의 가정 출산은 우리 사회의 자연주의 출산에 대한 인식을 환기시켰으며[〈"우리 아이, 산부인과에서 낳지 않을 거야"〉(2009. 12. 6), 〈집 안에 울리는 아내의 비명…… "조금만 더!"〉(2011. 10. 10)], 처갓집 소 키우는 이야기는 정부의 축산업 정책의 문제점으로 연결됐다[〈의기소침한 장인어른…… 정말 소는 누가 키우나?〉(2011. 10. 2)].

나의 일상을 바탕으로 작성한 기사들은 '사는 이야기'로, 때로는 정치, 사회, 경제 분야로 나뉘어 오마이뉴스의 주요 기사로 배치됐다. 오마이뉴스 편집부도 종종 내게 원고 청탁을 했는데, 대부분 생활인의 입장에서 바라본 현실을 다루어달라는 내용이었다. 보통 30대 중후반 직장인들은 한창 일할 나이라 시간이 없어서 글쓰기가 힘들다. 그런 만큼 나의 글은 희소성이 있었다. 하늘 높이 치솟는 전셋값 덕분에 집주인 전화벨 소리에 떨어야 하고, 어설픈 육아 때문에 가정과 회사 양쪽에서 욕을 먹고, 아이 많이 낳으라고 말만 하는 정부가 마냥 야속한 이가 어디 나뿐이겠는가. 다만 눈코 뜰 새 없이 바빠서 쓰지 못하고 있는 것일 뿐.

글쓰기는 나의 삶에 영향을 끼치고 나를 성장시켰다. 예컨대 〈초보 아빠의 좌충우돌 육아일기〉는 내가 첫째를 낳고 난 이후 '까꿍이 아빠'로서 지금까지 계속해서 쓰고 있는 기사이다. 이 글을 쓰면서 나 자신이 성장하고 있음을 느낄 수 있었다. 처음에는 육아일기가 가끔 포털사이트 메인화면에도 노출되어 같은 아파트에 사는 사람들이 우리 아이들을 알아보는 게 마냥 신기했을 뿐이다. 하지만 언제부터인가 나 스스로 자신이 쓴 글과 다른 삶을 살지 않기 위해 노력하고 있음을 깨닫게 됐다. 아이에게 조금 더 관심을 기울이고, 아내에게 조금 더 고마워하고, 그런 나를 조금 더 대견하게 생각하는 삶. 이는 오마이뉴스에 글을 쓰면서 얻을 수 있었던 또 하나의 큰 선물이다.

나에 대한 두 종류의 비난

물론 나의 기사를 모든 사람들이 좋아한 것은 아니었다. 노출이 많을수록 기사에는 악성 댓글들이 많이 달렸다. 한편으론 불쾌했지만, 그만큼 나의 아이를 등에 업고 기사를 쓴다.
회사에 다니고 남편과 아빠 역할까지 해내면서
시간을 쪼개 글을 쓰는 일이 쉽지는 않다.
하지만 포기하지 않는다.
'시민 기자 이희동'은 우리 사회를 조금이나마 바꾸기 위해
내가 할 수 있는 최선이기 때문이다.

ⓒ 정가람

기사가 영향력이 있다는 의미여서 기꺼이 받아들였다.

나의 기사에 대한 비난의 내용은 크게 두 종류로 나뉘었다. 하나는 글을 쓰기 시작한 직후부터 계속해서 달려왔던 댓글들로서 이념의 문제, 즉 흔하디 흔한 색깔론이었으며, 나머지 하나는 앞서 언급했던 일상의 기사화에 대한 비난이었다.

전자는 사실 어처구니없는 내용인 만큼 별 신경을 쓰지 않았다. 나는 시민기자 활동 초기에 우리 사회의 과도한 국가주의를 비판하는 글을 주로 썼는데, 혹자들은 그런 나를 가리켜 '친북좌파'부터 시작해서 '얼치기 PD' '친일 매국노'까지 좌우를 넘나드는 다양한 스펙트럼으로 비난했다. 같은 글을 보고도 전혀 반대로 해석하고 비난하는 사람들. 따라서 나는 그 댓글들을 쉽게 무시할 수 있었다. 내용 자체가 논리적 적합성을 지니지 못했기 때문이다.

문제는 후자의 경우였다. 대부분 "이게 일기지, 기사냐?" "이런 글은 개인 블로그에나 써라" "이런 기사나 쓰고, 기자의 자격이 없다" 등 일상을 기사화하는 나의 글쓰기 자체에 대한 비난으로 점철됐는데, 이는 전자와 비교하여 꽤 나를 자극했다. 얼토당토 않은 전자와 달리 후자는 사람에 따라 충분히 그렇게 생각할 수 있고, 또 그만큼 설득적이었기 때문이다. 무릇 기사란 언론기관에서 양질의 교육을 받은 정식 기자가 어떤 특수한 일에 대해 취재하고 작성해야 하는 엄중한 글인데, 시민기자랍시고 일반 사람이 기삿거리도 되지 않는 자신의 구구절절한 일상으로 지면을 채우는 게 말이 되느냐는 사람들. 이런 비난은 내가 지금까지 열심히 연재하고 있는 〈초보 아빠의 좌충우돌 육아일기〉 시리즈에 집중됐는데, 글을 쓰는 나의 입장에서는 안타까운 부분이었다. 어쨌든 일상을 기사화한다는 것은 일정 부분 사생활 노출의 희생을 감수하겠다는 것인데, 이를 무조건 비난만 하니 섭섭할 수밖에.

게다가 나의 육아일기는 처음부터 많은 '안티'들을 가지고 있었다. 첫 번째 기사 〈"우리 아이, 산부인과에서 낳지 않을 거야"〉(2009. 12. 6) 때문이었다. 나의 반대에도 불구하고 굳이 자연주의 출산을 고집한 아내가 산부인과가 아닌 조산원을 택했던 이유를 이 글에 소상히 기록했고, 이는 대한산부인과협회를 비롯하여 조산원에서 아이를 낳다가 사고를 당한 사람들의 모임 등 관련된 많은 이들의 분노를 일으켰다. 당시 기사가 올라간 뒤 편집부에서는 대한산부인과협회에서 연락이 왔다면서 그 내용을 설명해줬는데, 나의 기사 내용 중 세 가지가 불법의 소지가 있으니(조산원에서는 초음파를 볼 수 없다. 역아를 돌려서는 안 된다. 회음부 절개 시술을 해서는 안 된다) 고소를 하겠다는 이야기였다. 다행히 송사가 진행되지는 않았지만 그 기사 이후 나의 육아 관련 기사 점수는 항상 마이너스를 기록했으며 주기적으로 악의적인 내용의 쪽지를 받아야 했다.

기사로 세상을 바꾼 경험들

기사를 썼다 하면 역시나 달리는 악성 댓글들. 그것들을 보고 있노라면 가끔 내가 왜 이런 욕을 먹으면서까지 글을 쓰는지 자문할 때도 있다. 하지만 이내 마음을 추스르고 다시 기삿거리를 찾는다. 나의 기사로 인해 내가 속한 세상이 아주 조금은 변할 수 있다는 믿음 때문이다. 어쨌든 누군가가 나의 글을 읽고 새로운 사실을 알거나 변화의 필요성을 인지하게 된다면 그것만으로도 가치 있는 것 아닐까? 다행히 나는 이런 경험을 몇 번 했다.

둘째를 집에서 출산한 뒤, 나는 출산에 대한 지원을 받기 위해 꼼꼼히 정부 정책들을 살폈는데 그중 가장 이해되지 않는 것이 '고운맘 카드' 정책이었다. 정부는 고운맘 카드를 병·의원에서만 쓸 수 있도록 한정했는데, 이는 정부가 고운맘 카드를 발행하는 은행과 산부인과 등으로부터 청탁을 받은 결과가 아닐까 의심할 정도로 불합리한 정책이었다. 우리와 같이 병·의원을 이용하지 않는 가정은 그 어떤 혜택도 받을 수 없기 때문이었다. 도대체 고운맘 카드 정책은 누구를 위한 정책이란 말인가.

그런데 어처구니없는 것은 모든 산모들에게 지원되는 고운맘 카드의 경우, 하필 조산원에서는 사용할 수 없다는 사실이다. 보건복지부는 이에 대해 가타부타 설명도 없이 '고운맘 카드는 사용이 가능한 병·의원이 정해져 있다'고만 공지해놓았을 뿐이다. 하지만 이는 우리 부부와 같이 조산원을 이용하며, 될 수 있으면 산부인과에서 많은 검사를 하지 않으려는 이들에게 매우 불합리한 정책이라는 것이다. 산부인과를 아주 가끔 다니며 조산원에서 아이를 낳으면 고운맘 카드에 들어 있는 돈을 모두 쓸 수 없기 때문이다. (……)

정부는 하루바삐 고운맘 카드 정책을 수정해야 한다고 생각한다. 육아·출산에 사용되는 비용이 지정된 의료기관에서만 사용되는 것만은 아니다. 곧 태어날 아이의 옷을 사는 것도, 엄마 뱃속 아기의 건강을 위해 산모가 잘 먹는 것도 육아 · 출산에 관계된 비용이기 때문이다.

— 〈애 생기고 받은 돈, 쓰지는 못한다고?〉(2011. 11. 27)

우연인지 몰라도 이 기사가 실린 뒤 정부의 고운맘 카드 정책이 바뀌었다. 기존 병 · 의원에만 적용되던 혜택이 우리의 바람대로 조산원에까지 확대된 것이다. 물론 나의 기사가 정책 수정을 직접적으로 이끌어냈다고는 단언할 수 없다. 그러나 중요한 건 나의 기사를 28만 명 이상 보았다는 사실이다. 그들 중 적지 않은 이들은 나의 글을 통해 비슷한 문제의식을 지녔을 테고 이는 어떤 방식으로든 정부 정책에 영향을 끼쳤을 가능성이 높다.

팟캐스트 방송 〈나는 꼼수다(나꼼수)〉 열풍과 관련된 기억도 있다. 내가 처음 〈나꼼수〉를 듣게 된 것은 2011년 7월 초였다. 당시 〈나꼼수〉는 아직 많은 사람들에게 알려지지 않은 상태였는데, 난 이 팟캐스트 방송을 듣자마자 뜰 것이라고 예감했고, 또 떠야 한다고 생각했다. 그래서 재빨리 기사를 작성했다. 이 기사는 약 14만 명이 읽었는데 당시 팟캐스트 리뷰에는 오마이뉴스를 보고 〈나꼼수〉를 듣게 됐다는 내용의 글들이 심심찮게 올라와 있었다. 나의 기사가 소위 '나꼼수 현상'을 퍼뜨리는 데 일조했다는 자부심을 가질 수 있었다.

현재 〈나는 꼼수다〉는 9회까지 방송되었다. 좀 더 많은 이들이 이 방송을 들어 겁 없이 마냥 고를 외치대는 그들에게 경종을 울렸으면 하는 바람이다. 가카. 우리는 가카의 꼼수를 다 읽고 있답니다. 물론 절대 그럴 리 없겠지만.

― 〈'나가수' 위에 '나꼼수', 김어준 미치겠어요〉(2011. 7. 9)

또한 '나꼼수 비키니 사건'에 대한 나의 글 역시 많은 이들에게 영향을 끼친 듯하다. 당시 편집부에서는 내게 '나꼼수 전문가' 아니냐며 원고를 청탁했는데, 어정쩡한 결론 등을 수정한 뒤 기사로 나가게 됐다. 그럼에도 이 기사는 〈나꼼수〉를 옹호하는 대표적인 논거로 많은 이들의 입에 오르내렸다. 약 70퍼센트는 내게 지지 의사를 밝혔지만 30퍼센트에 속하는 어떤 이는 내게 "MB만도 못하다"라는 막말까지 했다. 어쨌든 당시 나의 글은 다른 매체에도 인용될 정도로 회자됐다.

현재 〈나꼼수〉에 요구하는 추상같은 사과 요청은 조금 불편하다. 물론 그들의 언행이 옳았다는 것은 아니지만, 해적방송으로 사람들을 대신하여 욕하고 시시껄렁 농담하던 그들에게 현재 너무 엄격한 도덕의 잣대를 들이대고 있기 때문이다. 그들은 한 번도 스스로 도덕적으로 완벽한 진보임을 자처한 적이 없다. 다만 그들이 비판하고 있는 가카와 그 무리들이 너무 부패했고 무능력하다고 이야기했을 뿐이다.

― 〈나꼼수에 엄격한 도덕성 잣대…… 그게 맞아?〉(2012. 2. 4)

고운맘 카드나 〈나꼼수〉는 공적인 일이지만 사적인 부분에서도 나의 글이 타인에게 영향을 준 적이 있다. 2008년 12월에 썼던 기사가 대표적인 예이다. 당시 회사는 비정규직이라는 이유만으로 나와 같이 일하던 여직원을 불합리하게 쫓아냈고, 이를 보다 못한 난 그 이야기를 기사로 썼다. 여직원은 내게 고마워했고, 회사를 떠나 지금까지 연락이 이어진다. 물론 회사 인사팀은 이후 나의 기사들을 주시했다.

　　아마도 많은 정규직들은 지현 씨의 경우를 보며 자신의 차례도 머지않았음을 느꼈을 것입니다. 그리고 이와 같은 상황 판단은 각 개인에게 패배주의를 안겨줄 것입니다. 세상이 그렇다고 하니 회사의 입장을 이해해야 한다고 생각할 것이며, 조직에 있어서 각 개인이 얼마나 하찮은 부분인가를 다시금 각인할 것이고 그 속에서 살아남기 위해 얼마나 더 납작 엎드려야 할 것인가에 대해 고민할 것입니다. 결국 이는 우리가 어렸을 때부터 각 개인들 간의 경쟁에 길들여진 탓에 서로 연대하는 법을 모르기 때문에 겪는 일입니다. 순망치한. 우리는 이와 같은 위기에서 내가 희생자가 아니라서 다행일 줄만 알지 그다음 순서가 바로 내가 될 수 있음을 까맣게 잊어버립니다. 아직 우리 사회에서 정규직 노조가 비정규직을 감싸지 못하는 것은 이와 같은 분위기에서 비롯된 것입니다.
　　　　　　　　　　　— 〈'비겁한 정규직'이 '힘없는 비정규직'을 떠나보내며〉(2008. 12. 15)

오마이뉴스 시민기자로서 글을 쓴다는 것은 결코 쉬운 일이 아니다. 꽤 오랜 시간 수많은 고민을 필요로 하는 작업이기 때문이다. 한때는 여행과 영화에 관련된 글만 쓰기도 했고, 갑작스러운 환경 변화에 초심으로 돌아가 글쓰기 자체에 대해 또다시 고민을 하기도 했다. 이제는 나의 일상을 사회적 이슈와 엮어 정치적인 의제로 만들어내는 데 열중하고 있는 나의 글쓰기. 시민기자로 글을 쓴다는 것은 결코 단기간의 교육 등을 통해 하루아침에 이루어지지 않는다. 그것은 나를 둘러싼 세상을 냉철하게 바라보면서 나의 글이 아주 미약하게나마 세상을 바꿀 수 있다는 믿음을 가지고 꾸준히 접근할 때 이룰 수 있는 작업이다. 선배 시민기자로서 몇 가지 글쓰기 팁을 정리하면 다음과 같다.

첫째, 모든 일상은 정치적이라는 것을 잊지 않는다. 이미 앞에서 강조했듯이, 이 명제는 기사를 작성할 때 시민기자가 잊지 말아야 하는 매우 중요한 전제이다. 취재를 업으로 하는 직업기자와 달리 시민기자는 기사에 자신의 일상을 드러내는 경우가 많을 수밖에 없는데, 이때 중요한 것은 그것을 어떻게 정치적으로 맥락화하느냐이다. 결국 평범한 일상을 사회의 어떤 이슈와 결부시키느냐가 그 기사의 가치를 좌우하기 때문이다. 자신의 일상을 근간으로 하는 시민기자의 기사는 시의성이 갖춰질 때 더 큰 파괴력을 갖는다. 좀 더 많은 사람들의 공감을 이끌어낼 수 있기 때문이다. 따라서 시민기자로서 처음 기사를 작성하는 이들은 항상 자신의 일상을 정치적으로 해석해내는 훈련을 해야 한다.

둘째, 쉽게 쓴다. 학창시절에 항상 들었던 말이지만 가장 좋은 글은 누가 읽어도 쉽게 이해할 수 있는 글이다. 시민기자로서 현장이 아닌 곳에서 글을 쓰다 보면 괜히 어려운 이론을 늘어놓거나 권위자의 이름에 기대어 자신의 논거를 주장하는 경우가 생기는데, 이는 되도록 지양해야 한다. 시민기자의 경쟁력은 그런 형식을 갖춘 글보다는 자신의 경험을 바탕으로 친근하게 다가가 좀 더 많은 이들을 공감시키는 데 있기 때문이다.

셋째, 꾸준히 쓴다. 취재를 업으로 하지 않는 시민기자는 특히 더 기사에 대한 '감'을 잃지 말아야 한다. 대부분의 기사는 시의성이 생명이기 때문에 어느 시점을 넘어가면 쓸 수 없게 된다. 그러다 보면 한참 동안 글을 어떻게 써야 할지 막막한 상태에 놓이게 된다. 나의 경우 2010년이 바로 그런 시기였는데, 이를 극복하기 위해서는 자신 있는 분야의 글을 꾸준히 쓰는 노력이 필요하다. 내가 아직까지 틈틈이 영화를 보면서 그와 관련된 글을 쓰는 이유이기도 하다.

아직 우리의 갈 길은 멀기만 하다. 여전히 사회의 양극화는 심화되고 있고, 몇몇 사람들은 심한 절망에 못 이겨 스스로 목숨을 놓았다. 노무현 전 대통령의 말마따나 "민주주의의 최후의 보루는 깨어 있는 시민의 조직된 힘"이거늘, 우리의 한심한 시민의식과 조직 수준은 그나마 제도적으로 이루어놓았던 민주주의마저도 지켜내지 못하고 있으며, 권력에 종속된 대부분의 언론들은 이와 같은 현실을 애써 외면한 채 오히려 스스로 권력을 탐하고 있다.

언론이 제 기능을 하지 못하는 사회에서 권력을 감시하기 위해서는 시민들 개개인이 언론이 되어야 한다. 시민들 모두가 감시자가 되어 사회 곳곳에서 벌어지고 있는 잘못된 현실을 비판해야 하며, 그것을 바탕으로 분노하고 고민해야 한다. 좀 더 나은 사회를 위한 변혁이란 대다수의 시민이 깨어 있을 때 가능하기 때문이다.

오마이뉴스의 시민기자는 그와 같은 변화를 이끌어야 한다. 자신의 일상을 정치화시켜 사람들의 공감을 일으키고, 그 공감대를 바탕으로 변화의 필요성을 자각시키고, 그 자각을 발판 삼아 사회 변혁을 이끌어내는 역할. 그것이 바로 오마이뉴스의 시민기자가 할 일이기 때문이다. 절망이 계속되는 이때, 다르게 생각하면 시민기자로서는 행복한 때일 수도 있다. 할 일이 너무도 많다. 🖉

이희동 서울 오금동에 사는 까칠이 아빠. 학부에서 역사와 사회학을 전공했고, 배운 것을 현실에 적용해보겠다는 생각에 대학원에서 북한학을 공부했다. 졸업 이후 책상 앞 샌님이 되기 싫어 취업을 결심했는데, 그나마 북한학을 선호하는 업종이 물류업뿐이라 개성공단을 가겠다는 목표 하나로 그 업계에 취직했다. 비록 '북한'과 한 끝 차이라며 인천 '북항'으로 첫 발령을 받았지만.
공부의 꿈을 포기하지 않은 채 열심히 글을 쓴 결과, 오마이뉴스 시민기자라는 타이틀을 얻게 되었다. 2011년 오마이뉴스 '2월 22일상'과 2012년 '시민기자 명예의 숲 으뜸상'을 받았다. 남북관계는 오리무중이고 전공을 살리며 일을 할 수 있을지는 미지수다. 그러나 한 가지는 분명하다. 앞으로 더 열심히 기사를 쓰겠다는 생각이다. 지금 이 자리에서 할 수 있는 최선이기 때문이다.

시민의 눈으로 분석하는

한국 사회

- 정치 · 사회 비평

강인규 • 진태원 • 이종필

시민기자는
OOO이다

강인규

시민기자는 프리랜서다

시민기자야말로 진정한 의미의 '프리랜서'라고 생각한다.
쓰고 싶을 때, 쓰고 싶은 주제를, 쓰고 싶은 만큼 쓸 수 있는 드문 기자이기 때문이다.
시민기자는 가장 이상적인 '전문기자'이기도 하다.
농민만큼 농촌의 현주소를 잘 아는 사람이 없고, 학생과 교사만큼 교육제도의
폐해를 몸으로 느끼는 사람이 없으며, 구직자만큼 취업의 어려움을 절감하는
사람도 없다. 몇 명의 직업기자들이 사회 각지의 요구와 필요를
빈틈없이 전하기란 불가능하다. 전달하는 과정에서 오해나 왜곡이 발생하는 것도
피하기 어렵다. 시민기자는 이 일을 직접 맡아서 해낸다.
삶의 현장에서 발견한 문제를 가장 진솔한 언어로 시민사회와 정치권에
전달할 수 있는 사람이 시민기자다.
자신의 자리에서 더 나은 사회를 만들어가는 사람들이다.

전대원

시민기자는 아마추어 정신이다

"왜 이래 아마추어같이~"라는 유행어가 있었듯이 '아마추어'라고 하면 어쩐지
프로보다 못하고 어설프다는 이미지를 갖고 있다. 그러나 '아마추어 정신'이라고 하면
느낌이 달라진다. 지금은 그렇지 않지만 올림픽은 원래 스포츠에서 아마추어 정신을
보여주는 제전으로 여겨졌다. 따로 월급을 받지 않으면서 오직 글쓰기의 재미와
사회에 대한 비평적 시각을 추구하며 글을 쓰는 시민기자를 보면
과거 올림픽에서 아마추어들이 세계 최고 기량을 겨루던 것이 떠오른다.
시민기자들은 종이신문 기자들이 보여주지 못하는 아마추어 정신으로
기사를 쓰는 사람들이다.

이종필

시민기자는 시민기자다

시민기자는 한마디로 오마이뉴스의 존재 이유다. 시민기자 없는 오마이뉴스는
상상조차 할 수 없다. 오마이뉴스가 다른 언론사와 뚜렷이 구별되는 가장 독특한
특징은 시민기자가 주축이 된 언론사라는 점이다. 따라서 시민기자는
기존의 다른 어떤 개념에 빗대어 설명하는 것보다 '오마이뉴스'처럼 고유명사로
인식하는 것이 훨씬 바람직하다. 시민기자는 그냥 시민기자일 뿐이다.
마치 아이폰이 그냥 아이폰인 것처럼, 더 이상의 설명이 필요 없는 존재들이다.

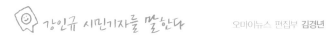

강인규 시민기자를 말한다   오마이뉴스 편집부 **김경년**

요즘 잘나가는 어느 문화심리학자가 스스로 '여러가지문제연구소장'이란 직함을 사용하고 있어서 픽 웃음을 지은 적이 있습니다. 얼마나 다방면에 관심이 많으면, 또 얼마나 자신이 있으면 그럴까 싶네요.

오마이뉴스 시민기자 중 제일 잘나가는 강인규 기자도 만약 별도의 직함을 사용해야 한다면 아마도 '여러 가지 문제 전문가'가 될 것 같습니다. 그가 써온 칼럼의 제목들을 보면 과한 말이 아님을 알 수 있습니다. 정치, 사회 문제부터 FTA, IT, 스마트폰 정책까지 그의 눈길이 닿지 않는 분야가 없습니다. 딱딱하고 골치 아픈 분야에만 관심 있는 것도 아니고 재즈, 발레, 미술 등 예술에도 조예가 깊습니다.

그렇지만 어느 글 하나도 허투루 쓰인 것은 없습니다. 그의 글은 모두 상당한 양의 독서와 치열한 연구가 바탕이 되어야만 나올 수 있는 글들입니다. 그의 기사를 검토하다 보면, 한두 개의 오탈자 외에는 거의 손댈 부분이 없을 정도로 공들여 탈고한 흔적이 역력하다는 것을 알 수 있습니다. 삽입한 사진들까지 정확한 크기로 편집해 보내오니 편집기자로서 할 일이 없을 정도입니다.

독자들도 그런 글을 알아봅니다. 매 기사마다 수십 만 건의 조회수는 기본입니다. 이런 시민기자와 함께 일할 수 있다는 사실이 행복하고 뿌듯할 따름입니다.

여행자의 시선으로 낯설게 들여다보기

강인규

　　인생을 바꾸는 경험. 우리는 평생 이런 일을 몇 번이나 겪으며 살까? 사람마다 다르겠으나 삶에서 이런 극적인 경험을 하기는 쉽지 않은 것 같다. 그런 면에서 나는 오마이뉴스에 큰 빚을 졌다. 내 삶이 완전히 바뀌었으니 말이다.

　　오마이뉴스에 첫 글을 쓴 지 벌써 11년이 됐다. 꽤 긴 세월이지만, 그동안 쓴 글을 다 긁어모아도 대단한 숫자가 못 된다. 어림잡아 한 달에 두 개쯤 썼다. 직업기자라면 밥줄을 지키기 어려웠을 것이다. 하지만 시민기자인 내게는 그것으로도 삶을 바꾸기에 충분했다.

　　그렇다면 오마이뉴스에 글을 쓰기 시작한 후 삶이 어떻게 바뀌었을까? 우선 책을 두 권 낸 저자가 됐다. 미국에서 이방인으로 살며 쓴 기사는《나는 스타벅스에서 불온한 상상을 한다》라는 책으로 묶였고, 한국 사회에 대한 고민을 담은 글들은《망가뜨린 것 모른 척한 것 바꿔야 할 것》이라는 칼럼집으로 엮였다. 과거에 책은커녕 일기조차 제대로 써본 일이 없으니, 꽤 큰 변화라 할 만하다.

내게 찾아온 또 다른 변화는 글쓰기를 가르치는 일을 업으로 하게 됐다는 점이다. 나는 미국에서 대학신문 주간교수로 학생들을 가르치고 있다. 대학원에서 언론학을 공부하기는 했지만 전공은 저널리즘과 무관한 분야였고, 오마이뉴스에 기고를 시작하기 전에는 어떤 글쓰기 훈련도 받아본 일이 없다. 하지만 오마이뉴스와 보낸 시간은 어떤 기자학교와도 비교할 수 없을 만큼 좋은 훈련의 기회였다.

오마이뉴스는 나를 이렇게 저자로 만들었을 뿐 아니라 직업까지도 바꿔놓았다. 하지만 정말 중요한 변화는 따로 있다. 일상의 매순간을 낯선 눈으로 바라보게 됐다는 것, 이것이 내 삶에서 일어난 가장 큰 변화다. 예전에는 무심코 지나치던 것들이 '글감'이 됐기 때문이다. 별 생각 없이 넘기고 말자질구레한 일도 글쓰기 대상이 되면 적극적으로 관찰하고 고민하고 즐기고 음미하게 된다.

뻔한 현실을 호기심 어린 눈으로 바라보면 삶을 바꾸는 경험은 하루에도 몇 번씩 일어난다. 평범한 것에서 평범하지 않은 의미를 찾아내는 작업은 한 사람을 좋은 글쟁이로 만들어줄 뿐 아니라 삶 자체를 '진하게' 만들어준다. 무의미한 것들이 의미를 갖게 되고, 당연한 일들이 당연한 일이 아니게 되며, 표현할 수 없던 것들이 언어의 날개를 달고 날아오르기 시작한다.

당신이라면 이런 순간을 어떻게 표현하겠는가? 이른 봄, 아이 살갗처럼 여린 나뭇잎 사이로 햇살이 내리비칠 때 느끼는 그 따사로움과 평화로움,

인심 좋은 식당에서 김 오르는 국밥을 한 술 퍼 입에 넣을 때 느끼는 그 만족감, 무대 위에서 혼신을 다한 연주자가 관객의 환호 속에서 발산하는 웃음의 충만함. 하지만 삶 속에서 발견하는 의미의 가짓수와 덩치가 커지는 것이 꼭 기쁜 일만은 아니다. '삶의 강도'가 진해지는 만큼, 삶의 즐거움과 더불어 슬픔과 고민도 커지기 때문이다.

2012년 가을, 집세가 밀려 쫓겨나게 된 40대 여성이 세 살짜리 아이를 안고 고층 건물에서 뛰어내렸다. 한국 사회에서 생활고로 인한 자살은 더 이상 주목을 받지 못할 정도로 흔한 일이 됐다. 우리는 이런 사건을 대할 때 '얼마나 힘들었으면 그랬을까' 하며 안타깝게 여기면서도 '자식을 소유물로 여기는 부모의 그릇된 태도'를 원망하곤 한다. 여기서 좀 더 성의가 있는 사람이라면 기사 아래에 '명복을 빕니다'라는 댓글을 남길지 모른다.

하지만 한국의 부모가 자식과 함께 죽음을 택하는 까닭이 정말로 자식을 소유물로 여기기 때문일까? 만일 자신이 돌보지 못해도 국가가 아이를 맡아 길러주고, 사회 구성원들이 아무런 편견이나 따돌림 없이 맞아주어도 부모가 아이를 죽음으로 데리고 갈까? 우리는 그 '무책임한 부모'를 비난함으로써 자신의 책임을 회피하는 것 아닐까?

이런 소식을 듣고 우리가 할 수 있는 최선의 선택이 명복을 비는 것일까? 분노해야 하는 건 아닐까? '출산장려책'은 수없이 내놓으면서 정작 태어난 아이는 책임지지 않는 정부에 대해, 부모 없이 자라는 어려움을 극복한 사람을 존경하기보다 이방인 취급하고 따돌려온 우리 자신에 대해서 말이다.

이렇듯 세상을 낯선 눈으로 바라보면 평범한 사건이 비범한 사건이 되고,

지극히 개인적 사건이 사회 구조의 문제로 확대되며, 가늠할 수 없을 만큼 거대한 사회 문제도 나 자신의 문제로 수렴되기도 한다. 오마이뉴스와 보낸 지난 11년은 때로는 흥미진진한, 때로는 가슴 아픈 여행이었다. 좋은 여행이 항상 그렇듯 말이다.

나는 이 글을 '여행가이드'로 쓰려고 한다. 때로는 아무 것도 모르고 떠나는 여행에서 값진 경험을 얻기도 하지만, 앞서 여정을 떠났던 사람의 경험담에 귀 기울이는 것도 나쁘지 않을 터이다. '비결' 따위를 말할 생각은 없다. 나는 '맛집'이라는 곳에서 종종 내세우는 '며느리도 모르는 비법' 따위를 믿지 않는다. 만일 그런 게 있다면 둘 중 하나일 것이다. 알려줄 며느리가 없거나, 알려질 비법이 없거나.

여기서 말하려는 것은 이미 많은 사람들이 알고 있는 이야기다. "좋은 재료를 아끼지 말라"는 조언처럼 말이다. 하지만 여기서 한발 더 나아가려고 한다. 지난 11년간 오마이뉴스에 글을 쓰면서 어떤 것을 '좋은 재료'로 삼았는지, 그리고 어디서 그런 재료를 구할 수 있었는지 말하려고 한다. 아울러 요리한 음식을 어떻게 더 많은 사람들에게 먹일 수 있는지에 대해서도 살피려 한다.

당연한 상식을 문제 삼기

글쓰기에 앞서 생각할 것이 있다. 내 글이 어떤 사회적 역할을 할 것인가이다. 사회 속에서 기존의 신념을 강화하는 글이 있고, 그런 통념을 깨는 글이 있다. 우리는 이런 사회적 통념을 '상식' 또는 '이데올로기'라 부른다. 그리고 기존의 인식을 옹호하거나 강화하는 입장을 '보수', 그런 인식을 문제삼는 글을 '진보'라고 말할 수 있다.

비록 두 가지 범주를 말하긴 했지만, 글이 순수하게 진보적이거나 완벽하게 보수적일 수는 없을 것이다. 모든 글에는 이 두 가지 관점이 뒤섞여 있기 마련이다. 사람들의 인식 자체가 일관되지 않기 때문이다.

이를테면 한국 여성의 낮은 사회적 지위를 한탄하는 사람이 '김 여사' 사진을 신 나게 퍼 나르기도 하고, '암탉이 울면 집안이 망한다'며 호주제 폐지 결사반대를 외치던 사람이 '이제는 여자 대통령을 뽑을 때'라며 지지를 호소하기도 한다. 혁명적인 복지 투자만이 한국 사회를 살리는 유일한 길이라고 믿는 사람이 증세 이야기만 나와도 '세금 폭탄'이라며 길길이 뛸 수도 있다.

이처럼 사람은 모순적인 인식들의 집합체다. 흥미롭게도, 대개의 사람들은 대립하는 인식 간의 충돌에 아무런 모순이나 불편을 느끼지 않는다. 이 점을 기억하는 것은 매우 중요하다. 글을 쓰는 작가와 글을 읽는 독자 모두가 이런 모순적 인식 속에서 살아가기 때문이다. 작가 내면의 모순을 살피지 못하면 좋은 글을 쓰기 어렵고, 독자들의 모순적 인식을 깨닫지 못하면 그들에게 도움을 주는 글을 쓰기 어렵다.

사람들이 모순적 인식체계를 지니게 되는 데는 여러 이유가 있을 수 있다. 단순히 이해관계(혹은 이해관계의 착각) 때문에 편한 대로 믿어버리기도 하고, 충분한 정보를 접하지 못하거나 그저 깊이 생각해볼 기회가 없어 깨닫 오마이뉴스에 글을 쓰면서 내 삶은 완전히 바뀌었다.
일상의 매순간을 낯선 눈으로 바라보게 된 것이 가장 큰 변화다.
예전에는 무심코 지나치던 것들이 이제는 '단감'이 된다.
이곳 미국에서 한국 사회를 낯가롭게 들여다보는 일을 계속 즐기고 싶다.
우리 사회는 더 많이 달라져야 한다.

지 못하기도 한다. 최소한 기자라면 첫 번째 부류에는 속하지 말아야 한다. 이해관계에 따라 입장을 바꾼다면 그것은 기자가 아니라 사업가, 그것도 교활한 사업가이기 때문이다. 한국 사회의 불행 중 하나는 이해관계에 따라 발언하는 사업가들이 언론 노릇을 해왔다는 점이다.

아이러니하게도, 제 구실을 못한 한국 언론은 대안매체와 시민 저널리즘을 성장시키는 거름 역할을 했다. 언론을 믿지 못하기에 시민이 직접 나서야 했던 탓이다. 시민이 주주로 참여해 1988년에 창간한 '국민주 신문'이 〈한겨레〉였고, 시민이 아예 기자로 뛰는 '시민 저널리즘' 매체가 2000년에 태어난 오마이뉴스였다. 주류언론에 대한 불신이 참여 저널리즘의 탄생 배경이라는 점을 생각하면, 시민기자의 역할이 얼마나 중요한지 알 수 있다. 자신의 글이 수행할 사회적 역할에 대해 고민해야 할 이유가 여기에 있다.

그렇다면 '좋은 글'이란 무엇일까? '대상을 새롭게 인식시키는 글'이다. 다시 말해 '당연한 상식'을 문제 삼는 글이 좋은 글이다. 당연시 되는 현실을 비판적으로 바라볼 수 있어야 사회 변화가 가능해지기 때문이다. 그렇다면 좋은 글은 진보적인가? 나는 그렇다고 믿는다. 적어도 한국의 대안언론이라면 진보적이어야 한다. 한국을 지배해온 주류언론이 통념을 강화하고 변화를 거부해왔다는 점을 생각할 때, 대안언론이 이들과 다른 목소리를 내야 하는 건 당연하다. 주류언론의 주장을 되풀이하는 대안언론은 그 자체가 모순일 수밖에 없다.

이를테면 한국 사회에 만연한 '○○녀' 담론을 부풀리고 퍼뜨리는 기사보다 이 말에 담긴 고정관념과 차별을 지적하는 기사가 좋은 글이 될 것이다. 이는 통념을 거부하고 주류언론과 다른 목소리를 내는 일일뿐 아니라 기자 본연의 역할에 충실한 선택이기도 하다. 미국의 언론인 핀리 피터 던(Finley Peter Dunne)은 기자의 사명을 이렇게 정의했다. "고통받는 사람을 편안하게 하고, 편안한 사람을 고통스럽게 만드는 것." 기자는 사실을 말해야 하며, 약자 편에 서야 한다.

좋은 기자는 소심하다. 자기도 모르게 글 속에 사회적 고정관념을 강화하는 표현과 주장을 담지는 않았는지 끊임없이 살피기 때문이다. 모순적 인식을 하루아침에 해결할 수도 없고 완전히 극복할 수도 없지만, 모순을 깨닫고 바로잡으려는 노력만큼은 계속해야 한다. 이를 위해서는 자신의 생각과 글을 섬세하게 바라보는 눈과 외부의 비판을 듣는 귀가 필요하다. 자신을 살피는 섬세한 눈과 귀를 지니지 못한 사람은 타인의 고통을 감지할 수 없고, 따라서 약자의 편에서 글을 쓸 수도 없다.

시민기자는 '아마추어'라는 오해

글의 주제가 시민기자인 만큼, 시민기자가 무슨 일을 하는 사람인지 생각해볼 필요가 있다. 시민기자를 '시민'과 '기자' 둘로 나누어 살피기로 하자. 앞에서 '기자'의 역할에 대해 말했으니, 이제 '시민'에 대해 알아볼 차례다.

가장 먼저 '시민'이 '아마추어'를 뜻하지 않는다는 점을 말하고 싶다. 시민기자는 직업기자를 어설프게 흉내 내는 사람이 아니라, 직업기자가 하지 못하는 일을 하는 기자다. 삶의 현장에서 얻은 구체적인 경험과 지식을 토대로 이해관계를 넘어서는 발언을 하기 때문이다. 시민은 사회 변혁의 직접적인 수혜자이기 때문에 변화를 주도할 수 있고, 직업기자와 달리 언론기관의 구속에서 자유롭기 때문에 조직의 사사로운 이익에 얽매이지 않고 믿는 바를 말할 수 있다.

시민은 자신의 전문 영역을 지니고 있는 전문가들이기도 하다. 학생만큼 한국 사회의 교육 문제를 잘 아는 사람이 없고, 농민만큼 홀대받는 한국 농업의 현주소를 잘 파악하고 있는 사람은 없으며, 비정규직 노동자들만큼 고용불안정 문제를 피부로 느끼는 사람도 없다. 사회 각 분야의 사람들이 자신의 목소리를 내기 시작할 때 한 사회가 안고 있는 문제는 더 구체적으로 모습을 드러내고, 시민사회는 이에 대한 해결책을 모색할 수 있게 된다.

시민은 그냥 전문가가 아니라 자신만의 비밀을 간직한 전문가들이다. 누구나 자신만의 '라면 끓이는 비법'을 가지고 있고, 과일과 생선 고르는 '노하우'가 있으며, 아무도 모르는 비경의 여행지로 가는 길을 알고 있다. 우리는 이런 경험, 지식, 취향을 나눔으로써 서로의 삶을 더 풍요롭게 만들 수 있다. 남과 공유하고 소통하는 것 자체가 기쁜 일이다. 이런 '공유'와 '협업'의 즐거움은 오마이뉴스, 위키피디아, 트위터, 페이스북, 플리커와 같은 소셜미디어를 작동시키는 원동력이기도 하다.

기존의 뉴스매체는 소수가 생산하고 다수가 소비한다. 생산자와 소비자의 역할은 분리되어 있고, 둘 사이의 소통은 거의 예외 없이 일방적이다. 이와 달리 시민 저널리즘은 다수가 생산하고 다수가 소비하며, 생산자와 소비자의 역할 구분이 느슨하거나 존재하지 않는다. 원하면 누구나 글을 쓸 수 있고, 누구든 이에 반박하는 글을 쓸 수 있기 때문이다.

내가 오마이뉴스에 쓴 첫 글도 한 시민기자의 기사를 반박하는 글이었다. 2002년 4월, 내 기사가 '문제의 기사'와 나란히 화면에 떠 있는 것을 보며 신기해하던 기억이 난다. 일반 뉴스매체라면 문제제기 자체를 무시했거나, 본래 기사가 사라지고 난 뒤 '독자투고란' 같은 곳에 작게 싣는 것으로 끝났을 것이다. 물론 오마이뉴스의 이런 장점은 글 쓰는 이들을 긴장시키는 요인이기도 하다. 자신의 글도 언제든지 반론의 대상이 될 수 있기 때문이다.

내 글이 어떤 역할을 수행할 것인지에 대해 고민했다면, 그다음으로 생각할 것은 글쓰기의 형식이다. 사람들마다 다른 경험과 취향을 가지고 있듯, 사람들마다 좋아하는 글쓰기 양식도 다르다. 기사는 흔히 '스트레이트 뉴스(straight news)'와 '피처(feature)' 두 가지로 구분된다. '스트레이트 뉴스'가 정해진 형식에 따라 객관적 내용을 기술한다면, '피처'는 자유로운 형식으로 개인의 경험이나 주장을 담는다. 그러나 사실을 다뤄야 한다는 점에서는 동일하다. '사실'은 저널리즘을 문학과 구분하는 기준이기도 하다.

나는 주로 주장을 담은 비평 기사를 쓴다. 즐겨 다루는 영역은 미디어, 문화, 교육, 사회 문제다. 처음에는 주류언론의 보도를 비판하는 매체비평에 전념하다가 오마이뉴스에 글을 쓰는 기간이 길어지면서 관심 분야도 자연스레 넓어졌다. 독자이자 기자라는 '이중 정체성'이 글쓰기에 생산적인 영향을 미친 결과라고 생각한다. 최근에는 사회 문제를 다룬 칼럼을 중점적으로 쓰고 있다.

어려운 글은 게으른 글이다

그렇다면 글은 어떻게 써야 할까? 내가 주로 쓰는 글이 사회비평이므로, 이 형식에 초점을 맞추어 효과적인 글쓰기 전략을 살펴보겠다. 글쓰기의 첫 번째 원칙은 '쉽게 쓰는 것'이다. 쉽게 써야 최대한 많은 사람이 읽을 수 있다.

물론 이 원칙이 모든 글에 적용되지는 않는다. 소수 독자를 위해 쓰는 글, 예컨대 논문이나 보고서는 어떤 분야의 특정한 용어를 쓰는 게 불가피할 수도 있다. 하지만 기사는 그렇지 않다. 기사는 대중, 즉 가능한 한 많은 독자를 위해 쓰는 글이다.

쉬운 글은 결코 쉽게 나오지 않는다. 쉽게 쓰려면 다루는 내용을 잘 알아야 할 뿐 아니라, 쉬운 단어를 선택해서 글을 쓰고, 쓴 후에도 거듭 읽고 고쳐야 한다. 잘 아는 사람만이 쉽게 쓸 수 있다. 복잡하고 혼란스러운 글은 쓴 이가 내용을 잘 이해하지 못하고 있음을 말해준다. 필자도 잘 모르고 쓴 글이 독자들에게 쉽게 읽힐 수는 없다. 어려운 글은 게으른 글이고, 독자를 배려하지 않는 무책임한 글이다.

그렇다면 어떻게 해야 쉽게 쓸 수 있을까? 우선 잘 알아야 하고, 그러기 위해서는 폭넓은 자료를 찾아 읽어야 한다. 여기서 중요한 것은, 자료를 비판적으로 소화해서 내 것으로 만드는 과정이다. 이때 '정보'와 '지식'을 구분할 필요가 있다. 많은 사람들이 두 가지를 혼동하기 때문이다. 여러 정보를 비교하고 판단한 뒤 이해한 바를 자신의 말로 표현할 수 있어야 정보는 비로소 '지식'이 된다.

글을 쓸 때는 편하고 쉬운 말로 써야 한다. 특별한 단어를 고를 필요는 없다. 일상적으로 쓰는 말 가운데서도 가장 쉬운 것을 고르면 된다. 되풀이하지만, 기사는 대중을 위해 쓰는 글이다. 누구라도 이해할 수 있어야 한다. 불행히도 한국의 대다수 언론이 좋은 본보기를 보여주지 못하고 있다. "저성장 기조" "경제 펀더멘탈 양호" "노견포장 개원 전 마무리" "글로벌 경제 디프레션 진입" 같은 표현만 봐도 그렇다. 도대체 누가 읽으라고 이런 말을 쓰는 걸까? 기사 작성은 쉽고 명확하게 정보를 전달하는 과정이지, 어려운 것을 안다고 과시하는 기회가 아니다. 아무리 언론에 자주 등장하더라도 나쁜 언어 습관을 따라 해서는 안 된다. 최대한 쉬운 일상어로 바꾸고, 불가피하게 어려운 용어를 써야 할 때는 뜻을 풀어서 쓰는 습관이 필요하다. 외국어나 한자어는 최대한 피하는 게 좋다.

웃음을 이용하여 끝까지 읽게 하기

가끔 오마이뉴스 편집부로부터 잔소리를 듣는다. 글이 너무 길다는 지적이다. 물론 꼭 길이 때문만은 아닐 것이다. 쉽고 재미있는 글이라면 아무리 길어도 상관없다. 문제는 '길게 느껴지는' 글이다.

편집부가 이런 조언을 하는 데는 이유가 있다. 기사는 매체의 특성과 밀접한 관련을 갖는다. 이 글을 읽는 독자라면 모두 알겠지만, 오마이뉴스는 인터넷 매체다. 종이신문이나 책과 달리, 인터넷에 떠 있는 글은 집중해서 읽기가 매우 어렵다. 인터넷이 얼마나 볼 게 많고 유혹이 많은 공간인가. 독자들은 조금만 따분해도 클릭 한 번에 다른 곳으로 가버린다.

인터넷은 화려한 음식 수백 가지가 차려진 뷔페식당과 같다. 현란한 동영상, 사진, 그림이 즐비한 곳에서 글을 읽도록 만드는 일은 희귀한 산해진미 속에서 된장국을 권하는 것과 비슷하다. 물론 아주 불가능하지는 않다. 하지만 먹음직스러워 보이도록 만들고, 한술 뜨면 놓지 못할 만큼 맛있게 끓여야 할 것이다. 그것도 아주, 아주 맛있게.

어떻게 하면 독자를 글로 끌어들일 수 있을까? 사람들이 관심을 가질 만한 내용을 다루는 게 가장 중요하다. 독자를 끌어들이려면 시의성 있는 소재는 빼놓을 수 없는 요소다. 적절한 글감을 골라 이를 새로운 관점에서 보여주는 것이다. '상식을 문제 삼는 기사'는 사회 변화에 힘을 보탤 뿐 아니라 글을 차별화하는 데 도움이 된다.

그다음 생각해야 할 것이 서두다. 첫 문장은 독자의 시선을 끄는 미끼와 같다. 장황한 문장으로 글을 시작하면 독자들에게 읽지 말라고 경고하는 셈이다. 짧고 감각적인 문장으로 시작해야 효과적이다. 추상적이고 모호한 표현을 피하고, 가능하면 손에 잡히듯 구체적인 상황을 보여주는 게 좋다.

우연치고는 기괴했다. 2011년 말 한나라당(현 새누리당)이 한미자유무역협정(한미 FTA) 비준안을 날치기 처리하던 순간, 나는 미국 남부 앨라배마 주에 있었다. 그것도 현대자동차가 현지 공장을 운영하는 몽고메리 시에.
　　　　　　　　— 〈뉴욕 지하철역서 분뇨 냄새 나는 '진짜' 이유〉(2011. 12. 23)

정부가 FTA를 강행하던 배경에는 한국 제조업체, 특히 자동차업계의 입김이 크게 작용했다. 무역협정 체결로 관세가 사라지면 대미 자동차 수출이 늘어난다는 게 그들의 주장이었다. 하지만 한국 자동차업계의 해외 현지생산량이 국내생산량보다 많고 해외생산을 계속 늘려가는 추세여서, 관세 철폐는 자동차 수출에 큰 영향을 줄 수 없다. 나는 이 모순을 지적하는 기사를 쓰면서, 몽고메리를 방문했던 개인적 경험으로 글을 시작했다.

첫 문장 가운데서도 첫 단어가 중요하다. 뻔한 낱말은 피하고 독자가 신선하게 받아들일 표현으로 시작해야 시선을 사로잡을 수 있다. 앞의 예에서 볼 수 있듯, 나는 첫 문장을 가급적 짧게 쓰려고 노력한다. 단순하면서도 호기심을 자극하는 문장으로 글을 시작하는 게 좋다.

그다음 할 일은 계속 읽게 만드는 것이다. 독자가 눈을 떼지 못하도록 하는 가장 효과적인 수단은 글에 재미를 추가하는 것이다. 특히 유머와 재치는 누구나 좋아하는 매력적인 요소다. 긴 기사를 끝까지 읽게 만드는 데 웃음만 한 도구가 없다.

설사 로봇 물고기가 다른 고기들의 환대 속에서 4대강을 누빈다고 하자. 이들이 오염 상황을 경고하는 신호를 보낸다 치자. 이제 어떻게 할 것인가? 로봇 물고기 눈에서 광선이 나와 댐과 보를 폭파해 자연상태로 되돌리기라도 하는가? 강의 오염은 장기적이고 누적적인 결과다. 강의 수질을 되살리는 작업은 수영장에서 뜰채로 장난감을 건져내는 것처럼 간단하지 않다.

이 글은 이명박 정부가 4대강 사업을 벌이기 위해 국민들을 어떻게 기만했는지를 다루고 있다. 이명박 전 대통령은 반대 의견을 일시적으로 차단하기 위해 즉흥적으로 '로봇물고기' 이야기를 꺼냈고, 이렇게 별생각 없이 나온 이야기가 공식 정책으로 추진되는 웃지 못할 일이 벌어졌다. 이 기사는 웃음을 통해 어처구니없는 상황의 희극성을 드러내고 있다. 또 "수영장에서 뜰채로 장난감을 건져내는" 상황을 비유해 하천 오염이 하루아침에 해결될 수 있는 간단한 문제가 아님을 강조했다. 독자의 시선을 잡아두는 또 하나의 방법은 다양한 비유를 활용하는 것이다. 비유를 쓰면 복잡하고 추상적인 상황을 쉽고 흥미롭게 이해시킬 수 있다. 기사는 허구를 다루는 문학과 다르지만, 수사학적 비유를 적절히 활용하면 호소력 있는 글이 될 수 있다. 이 때 비유의 논리적 관계를 파악하는 것이 중요하다. 어긋난 비유는 주장의 설득력을 떨어뜨리고 독자를 더 혼란스럽게 만든다.

문장의 길이와 형태를 조금씩 바꿔주는 것도 기사의 흥미를 유지하는 좋은 방법이다. 비슷한 길이와 형태의 문장이 반복되면 지루한 느낌이 들기 쉽다. 기차를 탈 때 규칙적으로 들려오는 '철커덕' 소리와 창가에서 '똑 똑' 떨어지는 물방울 소리가 졸음을 몰고 오는 것과 같다. 따라서 독자들을 편안히 잠들게 하려는 목적이 아니라면, 의문문 등을 섞어 다양한 문장 형태를 활용하는 게 바람직하다.

글 속의 사진 역시 독자를 사로잡는 데 요긴하다. 작은 카메라를 항상 가지고 다니는 습관을 들이면 글에 어울리는 사진을 쉽게 찍을 수 있다. 편집부에 부탁해 오마이뉴스 자료사진을 쓸 수도 있지만, 글의 매력을 최대한 살린 사진을 보면 필자가 직접 찍은 경우가 많다.

사실과 의견 구분은 기본

좋은 글을 쓰려면 다양한 정보가 필요하다. 물론 인터넷 시대에 자료 찾기는 어려운 일이 아니다. 컴퓨터나 스마트폰 검색창에 단어를 입력하고 버튼만 누르면 감당할 수 없을 만큼 수많은 자료가 쏟아져 나온다. 하지만 여기에 맹점이 있다. 무수한 자료들 가운데 신뢰할 만한 정보는 많지 않기 때문이다. 자료는 출처와 필자가 분명한 것만 골라야 하고, 읽을 때 '사실'과 '견해'를 엄격히 구분해야 한다.

— 토끼는 풀을 먹는 동물이다.
— 토끼는 귀여운 동물이다.

이 두 문장은 같은 대상을 다루고 있지만, 전혀 다른 성격의 정보이다. 첫 번째는 객관적 사실이지만, 두 번째는 주관적 평가를 담은 의견이기 때문이다. 저널리즘은 이 두 가지를 구분하는 것에서 출발한다. 물론 기사도 주관적 견해를 담을 수 있다. 하지만 이 경우 사적 견해임을 분명히 하거나 객관적 사실을 통해 주장을 뒷받침해야 한다.

― 한국 청소년들의 사망 원인 1위는 자살이다.
― 한국 청소년들은 불행하다.

첫 번째 문장은 통계적 사실을 다루고 있다. '사실'의 문제를 다루는 경우, 다음과 같이 인용한 자료의 시기와 출처를 밝히는 것으로 충분하다.

통계청이 발표한 '2012년 청소년 통계'에 따르면, 청소년(15~24세)의 사망 원인 중 1위가 자살이었다.

두 번째 문장, '한국 청소년들은 불행하다'는 사실이 아닌 '견해'이다. 많은 이들이 동의하거나 당연하게 받아들일 수도 있지만 주관적 견해라는 사실에는 변함이 없다. 한국 청소년들 가운데는 불행한 사람도 있고 행복한 사람도 있으며, 조금 전까지 행복했다가 방금 불행해졌을 수도 있기 때문이다. 물론 '한국 청소년들은 대체로 불행하다'라는 의미일 수 있지만, 이 경우에도 주장을 뒷받침할 근거가 필요하다.

한국 청소년들은 불행하다. 2012년 연세대 사회발전연구소 조사를 보면, 한국 어린이와 청소년들의 행복지수는 경제협력개발기구(OECD) 23개 국가 중 최하위다.

사실과 견해의 구분은 자료를 비판적으로 소화하는 데 매우 중요하다. 근거 없이 주장만 내세우는 글은 믿을 수 없기 때문에, 출처와 필자가 분명한 경우라도 섣불리 써서는 안 된다. 글을 쓸 때도 사실과 견해를 혼동하지 않도록 주의해야 한다.

글을 쓸 때 주장의 근거를 제시해야 하지만, 통계 자료에만 의존할 필요는 없다. 주장과 맞아떨어지는 사례를 보여주는 것도 좋은 방법이다. 이때 다수의 독자가 수긍할 만한 예를 드는 것이 좋다.

한국 기업들이 지겨울 정도로 '고객 서비스'를 강조하는 것은 고객을 끔찍이 아껴서라기보다는 경영진의 무능을 덮기 위해서다. 투자와 혁신을 통해 물건을 제대로 만들어놓으면 판매원들이 얼굴 경련을 일으킬 정도로 웃지 않아도 잘만 사간다. '욕쟁이 할머니' 식당을 보라. 서비스는커녕 욕을 바가지로 먹고, 바가지로 얻어맞으면서도 먹는다. 애플도 잘 보여주고 있듯, 최근 부상하는 마케팅은 오히려 '고객이 안달할 때까지'다.

— 〈'왕'의 착각에 종업원들은 벌벌 떤다〉(2012. 7. 16)

투자와 혁신보다 직원들의 감정노동에 의존해 연명하는 기업의 나태함을 비판하는 글이다. 여기서 앞의 두 문장은 주장이고, 뒤의 두 문장은('욕쟁이 할머니 식당'과 '애플') 주장의 타당성을 보여주는 예시에 해당한다. 앞에서도 언급했듯, 웃음과 재치는 언제나 매력적인 요소다. 심각한 글을 쓰는 순간에도 유머감각을 발휘할 마음의 여유는 남겨두도록 하자.

진정성으로 울림을 더하다

요약하면, '좋은 글'은 통념을 거부하는 글이며, 독자들이 쉽고 즐겁게 읽을 수 있도록 배려한 글이다. 아울러 글 속에서 '사실'과 '의견'이 명백히 구분되어야 하며, 의견이 설득력을 갖기 위해서는 사실로 뒷받침되어야 한다.

중요한 한 가지가 더 있다. 글 쓰는 이의 진정성이다. 아무리 효과적인 글쓰기 도구를 동원한다 해도, 필자의 진실한 마음이 들어 있지 않은 글은 사회적 울림을 만들어내지 못한다. 앞에서 여러 '글쓰기 전략'을 말할 때 '진정성'을 언급하지 않은 이유가 있다. 글 쓰는 이의 믿음, 희망, 애정, 분노는 연습으로 얻을 수 있는 게 아니기 때문이다.

아리스토텔레스는 《수사학》에서 대중을 설득하는 세 가지 방식을 언급했다. 로고스(Logos), 파토스(Pathos), 에토스(Ethos)이다. 로고스는 논리를 통한 설득이고, 파토스는 감정적 호소를 통한 설득이며, 에토스는 '진정성'에 가깝다. 간절한 마음을 지닌 사람의 말과 글에는 설명하기 어려운 힘과 매력이 있다.

필자의 한계는 곧 글의 한계다. 필자의 인식을 넘어서는 글은 존재하지 않는다. 이게 가능하다면, 독자가 (고맙게도) 잘못 읽었거나 오해한 경우일 것이다. 물론 신의 계시를 받아쓰는 경우라면 가능할지 모르겠지만 기자들에게 이런 일은 잘 일어나지 않는다.

필자의 한계가 글의 한계라는 말에 낙담할 분들이 있을지도 모르겠다. 하지만 이것은 희망을 주는 말이기도 하다. 더 나은 글을 쓰기 위해 노력하는 것은 인식을 넓히는 일인 동시에 자신의 한계를 넘어서는 일이기 때문이다. 오마이뉴스와 더불어 보낸 지난 11년은 나 자신의 한계를 극복해온 시간이었다. 좁디좁은 인식의 지평을 한 뼘이라도 늘려보려고 발버둥 쳤으나, 아직도 한심한 수준이다. 그럼에도 앞으로 오랫동안 오마이뉴스와 함께하고 싶은 이유는 내 보잘것없는 글쓰기가 꾸준히 삶을 변화시켰다는 확신 때문일 것이다.

오늘도 내 주머니에는 수첩과 펜이 들어 있고, 가방에는 어제처럼 카메라가 담겨 있다. 나는 이 시간에도 여행자의 호기심 어린 눈으로 일상의 골목을 누빈다. 여러분들을 이 기쁨 속으로 초대하고 싶다. 삶을 바꾸는 여행 속으로. 🖉

강인규 저널리스트이자 미디어학자. 한국에서 영문학, 국제경제학, 신문방송학으로 학위를 받았고, 미국에서 커뮤니케이션학(뉴미디어)을 공부했다. 현재 펜실베이니아 주립대학교(베런드 칼리지)에서 학생들을 가르치고 있다. 글은 언제나 새로운 시각을 보여주고 즐거움을 줘야 한다고 믿으며, 자질구레한 일상에서 사회와 문화의 흔적을 캐내는 글을 써왔다. 인터넷 매체에서 글쓰기를 시작해 《대자보》에 만평을 연재했고 오마이뉴스에 해외통신원으로 글을 쓰고 있다. 2008년과 2011년에 오마이뉴스 '올해의 뉴스게릴라상', 2011년 '올해의 기사상' 등을 받았다.

외부인의 낯선 시각에서 한국과 미국 사회를 분석하는 작업을 계속하고 있다. 사회 문제를 '심리치유'나 '아프니까 청춘'처럼 개인의 문제로 환원하는 움직임을 우려하며 이를 비판하고 사회적 해결책을 찾는 작업에 관심이 많다. 지은 책으로 《나는 스타벅스에서 불온한 상상을 한다》 《대중문화 낯설게 읽기》(공저) 《지난 10년, 놓치면 안 될 아까운 책》(공저) 《아까운 책 2012》(공저) 《망가진 것 못로 고친 것 바꿔야 할 것》 등이 있고, 옮긴 책으로 《미디어 기호학》이 있다.

전대원 시민기자를 말한다 오마이뉴스 시민기자전략부 **김병기**

글쓰기 책에 꼭 등장하는 단어 중 하나가 '솔직담백'입니다. 좋은 글에서는 글쓴이의 진정성이 느껴지기 때문입니다.

고등학교에서 '법과 사회'라는 과목을 가르치는 전대원 시민기자의 글이 그렇습니다. 그는 글을 쓸 때 과장하거나 치장하지 않습니다. 정치와 사회, 교육 영역의 글을 주로 쓰는데, 대부분의 기사에서 자신을 드러냅니다. 가장 인상 깊었던 기사는 〈'고물상' 내 아버지는 못 누렸지만 김 회장이 100% 누린 '피의자 인권'〉입니다. 새벽에 고물을 줍다가 절도범으로 의심받아 경찰서를 들락거리는 아버지와 '보복 폭행'으로 수사를 받던 김승연 한화그룹 회장이 등장인물입니다. 오로지 김 회장을 탓할 목적으로만 썼다면 뻔한 스토리였겠죠. 하지만 그는 '불쌍한 아버지'도 법조문에 박혀 있는 피의자 인권을 함께 누려야 한다고 주장해 많은 독자들로부터 호응을 받았습니다.

2012년 대선 직후에 그가 쓴 기사의 후기도 기억에 남습니다. "이 글을 쓰다가 1992년의 절망감에 사로잡혀 있던 내가 나타나서 한참을 같이 울었습니다. 그리고 지금 절망에 빠져 있을 20대를 안아주고 같이 한번 울고 싶었습니다." 대선 다음 날 이 글을 읽던 40대의 저도 함께 울었습니다.

글을 잘 쓰려면 기술을 익혀야 합니다. 그러나 기술이 전부는 아닙니다. 독자들에게 눈물과 웃음을 강요할 게 아니라 글쓴이 자신이 먼저 울고 웃을 수 있어야 합니다. 좋은 글을 쓰고 싶다면, 전대원 기자처럼 글 속에 자신의 살과 뼈, 그리고 영혼을 고스란히 녹여낼 수 있는 용기가 필요할 것입니다.

독창적인 정치 기사를 위한 방법론

전대원

　　시민기자 활동이 활발한 사람들과 비교하면 나는 글을 많이 쓰는 편이 아니다. 간혹 가다가 '필(feel)이 꽂히는' 기삿거리가 있으면 썼고, 오마이뉴스 편집부는 이를 받아서 머리기사에 자주 실어줬다. 물론 서로 견해가 맞지 않아서 기사로 채택되지 않는 경우도 더러 있었다.

　시민기자들마다 각자의 특색이 있는데, 나의 특징을 설명하자면 '게으른 생각쟁이'라는 것이다. 내가 쓴 기사들의 전체 목록을 쭉 훑어보면 취재가 필요한 기사를 쓴 일이 거의 없다. 시민기자가 아닌 직업기자들에게는 '기사는 발로 써야 한다'는 격언이 있다. 취재를 위해 사건 현장을 찾고, 새로운 기삿거리를 발굴하기 위해 열심히 뛰어야 한다는 뜻이다. 그러나 내 기사에는 그런 발로 뛴 기사는 없다. 물론 열심히 인터넷 서핑을 하긴 했지만 그런 방식으로는 생생한 현장 보도나 단독 취재는 어렵다.

　기사 작성의 대원칙에 어긋나는 나의 기사 쓰기 방식을 굳이 먼저 언급하는 이유는 이것이 직업기자들과는 다른, 시민기자 저널리즘을 추구하는 데 유용한 기사 작성법이 될 수도 있기 때문이다. 언론사가 아닌 다른 분야에서 일하고 있는 시민기자가 직업기자보다 더 빠르게 심층적인 현장 기사를 써낸다는 것은 불가능에 가깝다. 그리고 시민기자와 직업기자가 그런 것을 두고 경쟁할 필요도 없다고 본다. 다루는 기사의 영역이 중복될 수는 있지만, 기본적으로 시민기자와 직업기자들의 영역에는 서로 다른 부분이 존재하기 때문이다.

직업기자의 한계를 넘어서는 시민기자

무엇보다 시민기자의 장점은 '제3자적 시선'이다. 직업기자들은 공론장이라는 운동장에서 게임을 직접 뛰는 선수들과 같다. 특히 내가 자주 쓰는 기사 영역인 정치 분야는 기자들이 정치인들 못지않은 현역 선수들이다. 물론 정치인에 비해서는 객관적인 시각을 견지하고 있지만 일반 시민들처럼 객관적인 입장에서 정치를 바라보기 어렵다. 특히 언론사마다 정치적 당파성이 쉬 드러나는 시대에 직업기자의 현역 선수로서의 특성은 더욱 두드러진다. 그렇기 때문에 현장에서 뛰는 정치인과 정치부 기자들이 짚어내지 못하는 것을 시민기자는 제3자의 입장에서 잡아낼 수 있다.

물론 종이신문에서는 교수나 기업인, 관련 분야 전문가 등 사회적 명망가들의 외부 기고를 받아 선수들이 짚지 못하는 논조를 반영하려고 노력한다. 이런 글들의 말미에는 '본사의 논조와 일치하지 않을 수 있다'는 단서 조항이 붙는다. 다양한 내용과 다양한 시선의 글을 실어 직업기자들이 쓸 수 없는 주장이나 새롭게 재구성된 참신한 논조를 발굴하기 위함일 것이다.

그러나 여기에도 한계가 있다. 종이신문의 청탁을 받는 필진들은 대개 사회 계층적으로 '상층'에 위치하는 사람들이다. 불편한 진실을 말하자면, 그들의 글에는 위에서 아래를 내려다보는 식의 시선이 깔려 있는 경우가 많다. 사람을 아래로 '깔본다'는 의미가 아니라, 그들의 지위가 가진 시선의 한계를 노출할 수밖에 없다는 뜻이다. 이런 시선의 가장 큰 한계는 현장성의 결여나 탁상공론으로 나타나기 쉽다.

시민기자의 시선은 직업기자나 사회적 명망가들이 지닌 이러한 단점들로부터 자유로울 수 있다. 밑에서 위를 보는 시선으로 이야기할 수 있다는 점이다. 이것을 민중의 시선이라고 할 수도 있고, 있는 그대로의 실상을 바라볼 줄 아는 현실의 시선이라고 할 수도 있다. 이 시선을 포착하여 정치 관련 글을 쓴다면 그야말로 창의적이고도 시의적절하게 사람들의 마음을 움직일 수 있는 좋은 기사를 작성할 수 있다.

인터넷을 열심히 누빌 것

주장성 기사와 정치 분석 기사를 중심으로 구체적인 기사 쓰기 방법론을 이야기해보자. 앞에서 이야기했듯이 시민기자들이 직업기자들처럼 '발로 쓰는' 현장 정치 기사를 쓰기는 어렵다. 역사적인 특종으로 기록된 노태우 전 대통령의 4000억 원 비자금 기사는 당시 서석재 총무처 장관과 정치부

기자들이 식사를 하던 자리에서 나왔다. 정권 실세가 오프 더 레코드(off the record: 보도하지 않는 것을 전제로 한 비공식적 발언)를 조건으로 친한 정치부 기자들에게 '위험한 진실'을 이야기해준 것이다. 그러나 〈조선일보〉 기자가 사안의 중대성을 인식하고 다음 날 1면 머리기사로 보도를 함으로써 전직 대통령의 비자금 사건이 수면 위로 떠오르는 계기가 됐다. 이처럼 인맥과 매체력이 뒷받침되는 기사는 아주 특수한 경우가 아니면 시민기자들이 쓸 수 있는 기사들은 아닐 것이다.

그러나 주장성 기사나 정치 분석 기사는 사정이 다르다. 자기 나름의 시선으로 자료를 분석하고 종합하는 능력만 있으면, 막강한 사회적 영향력을 행사할 수 있는 글이 나올 수도 있다. 이러한 사례로, 시민기자가 정식 기사로 쓴 글은 아니지만 노무현 대통령이 당선된 2002년 대선 직후에 한 네티즌이 인터넷 게시판에 작성한 '민주당 의원 살생부'가 있다.

사건의 개요는 이렇다. 민주당 노무현 후보가 대선에 당선된 이후, 그동안 '후보 흔들기'를 했던 민주당 국회의원들을 대상으로 어떤 이름 모를 네티즌이 살생부를 작성했다. 민주당 내의 사정과 국회의원의 신상을 정확히 기술하고 노무현 후보 흔들기를 어떻게 했는지를 구체적으로 써 내려간 이 인터넷 글을 두고, 당시 일부 언론에서는 '당내 사정에 정통한 사람' 혹은 '민주당 대선 과정에 깊숙이 개입한 사람'이 작성했다고 추정했다. 당연히 친(親)노의 핵심 인물이 정권의 밑그림을 그리기 위해 작성한 글이라는 그럴싸한 분석이 뒤따랐다. 그러나 이 글을 쓴 사람은 정치권 경력이 없는 철공소 노동자였다. 그는 스스로 신문기자 앞에서 자신이 글을 썼고, 그 내용은 인터넷에서 취합한 정보이며, 이런 인터넷 문서를 만드는 데 한 시간도 걸리지 않았다고 밝혀 무수한 음모론을 편 직업기자들을 머쓱하게 만들었다. 정보의 바다인 인터넷에서 취합한 정보만으로도 그 분야에서 발로 뛰는 사람들을 깜짝 놀라게 할 고급 정보가 생산될 수 있다는 것을 보여준 일화이다.

지금은 정치 현장을 인터넷으로 생중계하는 일이 많아졌다. 따라서 네티즌들과 기자들이 현장을 생중계하듯 쓰는 스케치 기사도 과거에 비해 많이 늘어났다. 인터넷 앞에서 서핑을 하는 것만으로도 현장성을 느낄 수 있는 정보화 시대에 살고 있는 것이다. 이런 점에서 정치 분야는 인터넷에서 찾을 수 있는 재료만 가지고도 전문적인 분석 글이 가능하다.

주장 기사의 핵심은 논거 찾기

그러나 생선만 가지고 맛있는 생선 요리가 나오지 않듯이, 글 재료만 갖고 좋은 글이 나올 수는 없다. 글 재료 즉 다이아몬드 원석과 같은 데이터에서 다이아몬드 반지와 같은 정보를 뽑아내 가공을 해야 한다. 오히려 원석을 가공하는 일보다 더 어려운 일이 글 재료에서 좋은 기사를 재구성해내는 일이다. 다이아몬드는 공식화된 공정이라도 있지만 글은 오선지 위에 악보를 그리는 음악처럼 무궁무진한 과정과 다양한 변주가 존재하기 때문이다.

다이아몬드 가공에 빗댄 글 재료의 재구성은 자신만의 독특한 시각을 전제했을 때 가능한 일이다. 내가 쓴 기사 〈정말, 애국가는 국가가 아니었다〉

(2012. 6. 21)는 여러 가지 자료를 재가공해서 독특한 시각을 전한 대표적인 주장성 기사였다. 이 기사는 통합진보당 이석기 의원의 '애국가만 국가가 아니다'라는 뉘앙스의 오프 더 레코드 발언이 보도되면서, 보수 언론의 종북 몰이가 극대화된 시점에서 쓴 글이다.

이 기사는 나의 개인적인 경험이 바탕이 됐다. 우리나라 국가가 공식적으로 정해진 적이 없다는 사실을 초등학교 시절에 국사와 관련된 사전에서 읽은 적이 있다. 평소에 기억하고 있던 것은 아닌데, 이석기 의원의 발언이 보도되자 어릴 때 애국가에 대해 알아봤던 일이 떠올랐다. 이렇게 짧은 생각이 실마리가 되어 기사가 시작됐다. 어릴 때 찾아본 국사 사전을 다시 뒤져보니 "애국가는 국가에 대용하여 오늘에 이르고 있다"라고 쓰여 있었다. 종북 몰이와 상관없이 애국가의 국가성을 의심할 여지가 있다는 것을 알 수 있었다.

그러나 국사 사전의 한 구절만 가지고 긴 호흡의 기사를 쓸 수 없었다. 기삿거리가 될 만한 자료를 더 뒤졌다. 우선 어릴 때 보았던 오래된 국사 사전 말고 요즘 사람들이 많이 이용하는 포털 사이트의 각종 사전을 검색해 비슷한 내용이 있는지를 살펴보았다. 기사에 인용할 만한 무엇인가가 잡힐 것 같은 생각이 들었기 때문이다. 아니나 다를까. '애국가' 혹은 '국가' 항목으로 인터넷을 검색해보니 다음과 같은 구절이 눈에 들어왔다.

다만, 나라에서 국가로 제정하느냐 안 하느냐 하는 점에서 다를 뿐이다. 즉, 애국가라 할지라도 나라에서 국가로 준용하면 국가의 구실을 하게 된다. 현재 우리나라는 국가로 제정된 곡은 없고, 다만 안익태(安益泰)가 작곡한 「애국가」가 국가로 준용되고 있다.

— 《한국민족문화대백과사전》, 한국학진흥사업단

국사 사전에는 '대용', 백과사전에는 '준용'이라고 되어 있으니 애국가를 무조건 우리나라 국가라고 하기에는 무엇인가 부족한 부분이 있다는 것을 확인할 수 있었다. 그러나 이것만 가지고 '애국가는 국가가 아니다'라고 단정적으로 말하는 것도 무리가 있어 보였다. 그래서 〈조선일보〉 〈중앙일보〉 〈동아일보〉의 신문기사를 뒤지면서 애국가를 국가라고 할 수 있는 근거가 무엇인지 알아보기 시작했다.

설득력 있는 글을 쓸 때 가장 중요한 지점이 여기다. 생각이 다른 사람들의 근거를 알아본 후, 그 근거의 잘못된 지점을 정확하게 짚어내면 이것을 자신의 주장을 정당화하는 근거로 삼을 수 있다. 잘못된 주장은 그 근거를 잘못 인용하거나 해석을 잘못한 경우가 많다. 이를 짚는 것만으로도 잘못된 주장에 대해 쉽게 논박할 수 있다. 나와 생각이 비슷하거나 중립적인 사람이 아닌, 나와 견해를 전혀 달리하는 사람들의 근거를 나의 근거로 역이용할 수 있을 때 설득력은 배가된다. 또한 상대방의 근거를 찾아보는 습관은 나의 논리를 더욱 예리하게 가다듬는 자기 교정의 과정이 되기도 한다.

이석기 의원을 비난하는 보수 언론들이 애국가에 대해 국가성을 확실하게 규정하는 요소는 크게 두 가지였다. 국민의례 규정에 애국가를 부르게 되어 있다는 것과 관습법 혹은 관습 헌법에 의거하여 애국가는 대한민국의 국가라는 것이었다.

먼저 국민의례 규정에 대한 근거를 찾아보았다. 여기서 논리적 허점이 눈에 들어왔다. 국민의례 규정이 2010년에 제정됐고, 여기에는 애국가가 국가라고 되어 있는 것이 아니라 단지 국민의례 순서에 애국가 제창이 들어가 있을 뿐이었다. 보수 언론은 2010년에 제정됐다는 사실을 언급하면서 국민의례 규정에 있다고 써놓았지만, 이에 관련한 글을 쓰고자 하는 나에게는 문제점 세 가지가 머릿속에 떠올랐다. 2010년에 제정됐다고 하는데, 이것은 너무나 최근의 일이다. 국가의 공식화 시기가 너무 짧다. 2010년이라는 숫자가 단순히 숫자에 불과한 것이 아니란 점을 포착해냈다. 국가의 공식화 기간이 그렇게 짧으면 애국가의 국가성은 오히려 훼손된다. 다음으로 국민의례 규정에 단지 애국가 제창 순서가 있다는 점만으로 애국가의 국가성을 주장하는 것은 논리가 많이 허약해 보였다.

마지막으로 내가 가진 법적 상식이 논리적 허점 하나를 더 잡아냈다. 법은 국민투표로 결정되는 헌법이 최고의 자리에 있고, 다음으로 국회에서 제정하는 법률, 다음으로 행정부에서 정하는 명령 등의 순서로 단계가 있다는 고등학생 수준의 법 지식이었다. 규정은 국가가 정하는 법체계에서 가장 하위에 있는 것인데 이 정도의 단계에 있는 법적 근거로 애국가의 국가성을 주장하는 것은 논리가 참 빈약하다는 생각이 들었다.

이쯤에서 국민의례 규정에 근거한 보수 언론의 보도에 대해 쉽게 논박할 수 있겠다는 판단이 섰다. 이제 남은 것은 관습법 내지 관습 헌법에 의한 논거였다. 이것은 내가 보기에도 어느 정도 설득력이 있었다. 관습이란 말 그대로 법에 쓰여 있건 아니건 국민들이 애국가를 국가로 알고 살아온 세월이 그만큼 오래됐다는 것을 뜻한다. 이것은 감성적으로도 어느 정도 이해가 되는 말이다. 물론 이를 반박할 논리적 근거를 찾을 수도 있겠지만, 감성적으로 지지되는 주장을 무리하게 이성적 근거를 동원해서 논박하는 일은 피하는 것이 좋겠다고 판단했다.

이 정도 조사와 준비를 마쳤다면 이제 내가 무엇을 말하려고 하는지 결정해야 한다. 여기서 이런 이야기를 하면 의아해하는 사람이 있을지 모르겠다. 자료를 찾기 전에 무슨 이야기를 할지 결정되어 있었던 것 아니냐고 말이다. 물론 자료를 찾기 시작할 때 글에서 말하고자 하는 것을 어렴풋하게 정해놓는다. 그러나 구체적으로 무슨 이야기를 할지는 글의 재료를 찾아가면서 명확히 구성하게 되는 경우가 많다.

김대중 대통령은 "정치는 살아 움직이는 생물과 같다"라는 어록을 남겼다. 정치란 고정되고 결정되어 있는 것이 아니라 그때의 맥락과 상황에 따라 변할 수 있는 수많은 가능성을 지니고 있다는 것을 말해준다. 검찰이나 경찰의 수사도 이와 같다. 고구마 줄기처럼 뻗어 나오는 범죄의 가지들로 인하여 자신들이 하는 수사가 어디로 튈지 몰라서, '수사는 살아 있는 생물과도 같다'라는 말을 하기도 한다. 여기에 빗대 표현하자면 글을 쓰는 일도 살아 있는 생명체처럼 끊임없는 변화와 성장 과정을 거치게 된다.

재료가 모아지기 전에 관점이 완벽히 정리되어 마지막까지 그대로 유지되는 글은 생각만큼 많지 않다. 자료의 취합 과정에서 생각이 정리되기도 하고 글을 쓰면서 논점이 확실해지는 경우도 있다. 애국가와 관련된 글은 자료의 취합 과정에서 생각이 최종 정리된 경우였다.

그렇다면 내가 이 논란의 문제점을 기사로 지적하고 싶었던 이유는 무엇이었을까? 애국가가 국가가 아니라고 발언하면 무슨 대역 죄인이라도 된 것처럼, 국가의 상징에 과도한 의미를 부여하는 전체주의적 발상이 못마땅했다. 처음에는 막연히 못마땅한 감정으로 시작한 글이었지만, 자료를 취합하면서 국가주의의 문제점을 비판하는 쪽으로 논지를 잡을 수 있었다.

　이제 이를 뒷받침할 사례를 더 찾아보는 단계로 돌입했다. 애국가를 과도하게 강조하는 것을 비판하기 위해 이와 비슷한 사례를 찾기 시작했다. 이때 평소에 가지고 있던 상식이 글의 재료로 쉽게 접목됐다. 미국에서는 국기에 대한 맹세를 강요하는 것도 위헌이라고 판결한 사례가 있었다. 보수 언론의 논지를 비판할 때 미국의 자유주의적 개혁의 사례는 좋은 논거가 될 수 있다. 왜냐하면 우리에게 미국은 민주주의의 모범 국가로 오랫동안 롤 모델이 되어왔기 때문이다. 물론 미국 것은 모두 좋은 것이라는 문화 사대주의는 배격해야 하지만, 미국이 민주주의 선진국임을 인정하고 자유와 인권의 발전된 부분을 벤치마킹하는 것은 진보와 보수를 떠나 필요한 일이다.

　여기서 중요한 점이 있다. 참고 자료의 출처가 확실해야 한다. 미국의 국기에 대한 맹세 위헌 판결은 내 머릿속에 있는 사례였지만 기사로 쓰려면 정확한 판결 시기와 배경을 알아볼 필요가 있다. 물론 이것은 간단한 웹 서핑으로 충분히 확인 가능하다. 다만 인터넷에서도 공신력 있는 언론이나 사전 등을 활용하여 여러 번 확인하는 게 좋다. 한 번 깨진 신뢰는 회복하기 어렵듯이 글에 대한 믿음은 사소한 사실 관계의 오류에서도 쉽게 깨질 수 있음을 명심해야 한다.

현장을 발로 뛰지는 않지만 내 머릿속은 바쁘다.
정치 · 사회 이슈를 분석하기 위해
온갖 자료를 머리에 넣고 양질의 정보를 걸러낸다.
어떻게 하면 새로운 관점으로 사안을 분석하고,
타당한 주장을 기사로 표현할 수 있을지 늘 고민한다.

좋은 글에는 양념도 필요하다. 맛있는 음식을 만들려면 좋은 재료와 정확한 요리법도 중요하지만, 적절한 양념이 들어가야 제맛이다. 글도 마찬가지다. 자기 주장성 글이나 정치 현황을 분석한 글이라 하더라도 재미있는 에피소드가 있으면 읽는 사람의 흥미를 돋울 수 있다.

애국가에 대한 자료 조사를 하던 중, 유시민 전 통합진보당 공동대표가 진보 정당이 공식 석상에서 애국가를 부르지 않는 것에 문제제기를 하면서 애국가 논쟁이 촉발했다는 사실을 알게 됐다. 또 다른 재미있는 에피소드도 발견했다. 유시민 전 대표가 참여정부 시절, 국기에 대한 경례를 강요해서는 안 된다는 발언을 했다가 이석기 의원과 비슷한 곤욕을 치른 적이 있었다. 애국가 문제를 제기하여 이석기 의원을 곤혹에 빠뜨린 단초를 제공한 사람이 과거에 비슷한 일을 겪었다니, 사람들이 재미있어 할 이야기라고 생각했다. 그렇게 해서 글의 재미와 흥미가 한결 많아졌다.

정치를 분석하는 세 가지 방법

분석 기사는 어떻게 쓰면 좋을까? 분석은 좀 객관적인 것 같고, 주장은 주관적인 의견 같지만, 정치에 관해서 사실 둘의 차이는 백지 한 장 차이이다. 주장에도 분석이 들어가고 분석에도 주장이 어느 정도 들어가기 때문이다. 둘을 완벽히 분리해내기란 그리 쉽지 않다. 그럼에도 둘의 글쓰기를 분리한 것은 아무래도 분석적인 글이 객관적 논거를 들이미는 수고를 더 많이 해야 하기 때문이다. 사람의 일이라 실험이 불가능한 정치 현실에서 객관적인 분석은 어떻게 해야 할까? 방법은 세 가지 정도로 요약할 수 있다. 역사 비교 · 분석, 감정이입, 수치 해석이다.

먼저 역사 비교 · 분석이다. 역사는 매번 달라지면서도 비슷한 패턴이 반복되는 경우가 많다. 우리나라는 상대 다수제로 대통령을 결정하기 때문에 선거에서 단일화가 주요 변수로 작용하는 경우가 많았다. 단일화에 대한 예측과 전망을 주제로 글을 쓸 때 가장 먼저 살펴봐야 할 것은, 역대 선거에서 단일화가 어떻게 이뤄졌으며 그 과정이 어떻게 귀결됐는가이다. 지나간 역사는 분석 기사를 쓸 때 좋은 참고 사항이 된다. 과거의 사례와 현재의 과정에서 비슷한 점은 무엇이고 다른 점은 무엇인지를 정확히 짚어내기만 해도 좋은 분석 기사가 될 수 있다.

다음으로는 감정이입이다. 정치란 사람이 하는 일이고, 특히 정치적 영향력이 큰 사람의 결정이 모든 판세를 좌우하는 경우가 많다. 단일화의 사례와 비교해보면 1987년 김대중-김영삼 단일화의 실패가 정권 교체의 실패를 가져왔고, 1997년 김대중-김종필 단일화는 역사상 최초의 수평적 정권 교체를 이뤄냈다. 역사적으로 이런 배경을 짚은 다음, 단일화에 관여한 사람들의 입장에 서서 '나라면 어떻게 할 것인가'라는 경우의 수를 되짚어보면 다양한 분석이 가능하다.

가장 최근 사례였던 문재인-안철수 단일화도 감정이입을 통해 다양한 분석이 가능했다. 먼저 단일화 방법을 놓고 여론조사를 둘러싼 대립이 있었다. 안철수 측은 박근혜 후보와의 양자 대결에서 지지율이 높은 사람으로 결정하자고 했고, 문재인 측은 단일 후보 적합도를 주장했다. 이런 주장의 이면은 어렵지 않게 짐작할 수 있다. 자신이 단일 후보가 될 가능성이 높은 방법을 각각 주장했기 때문이다. 결국 양쪽 모두에게 유리한 여론조사 방식을 찾아야 했다. 물론 문재인-안철수 단일화에서는 그것이 불가능했기 때문에 여론조사 단일화 방식이 합의되지 않았다.

첫 번째 방법인 역사적 사례 비교와 두 번째 방법인 감정이입을 종합해보자. 2002년 노무현-정몽준 단일화는 어떻게 가능했을까? 당시 여론조사에서 정몽준이 우위에 있었기 때문에 정몽준 측이 단일화 방식에 합의해준 것은 감정이입으로 쉽게 설명이 된다. 자신이 이길 가능성이 높은 방식을 채택하는 것이 당연하다. 다음으로 노무현은 왜 불리한 단일화 방식을 받아들였는지를 생각해봐야 한다. 이는 노무현의 과거의 도전 사례, 즉 부산 지역에서 정치적 명운을 걸고 도전했던 것에서 이유를 찾아볼 수 있다. 즉 승부사 기질이 있는 노무현의 캐릭터를 통해 감정이입을 추론해내면 노무현의 선택을 설명할 수 있다. 단일화를 해야만 대통령 선거에서 이길 수 있고, 여론조사 말고 방법이 없다면, 이를 받아들여 정면 승부를 해보는 것도 나쁘지 않겠다는 판단을 했을 가능성을 찾아낼 수 있다.

물론 이런 감정이입은 매우 주관적일 수 있기 때문에 경우에 따라 설득력이 떨어질 수 있다. 그래서 보다 많은 사람들의 동의를 끌어낼 수 있는 감정이입 적용 여부에 따라 글의 생명력이 좌우된다.

양보라는 하나의 프레임만 가지고 과거로 돌아가 문재인의 입장에서 감정이입을 해보자. 문재인은 안철수와의 단일화에서 양보를 할 수 있었을까? 나는 불가능에 가깝다고 생각했다. 왜냐하면 문재인은 민주당의 공식적인 경선에서 당선된 대통령 후보였기 때문이다. 개인이 마음대로 후보를 양보할 수 있는 입장이 아니었다. 정통 야당의 후보가 마음대로 후보를 양보했을 때 나타나는 후폭풍은 안철수의 경우보다 훨씬 더 클 수 있었다.

반대로 안철수의 경우는 양보가 쉬웠을까? 사실 그렇지도 않았다. 안철수의 입장에서는 당시 지지율이 박근혜와의 양자대결에서 문재인 후보보다 우위에 있었기 때문에 이 기회를 내려놓는 것은 권력 의지를 가진 개인으로서는 하기 어려운 결정이다. 공당의 후보는 아니었지만 이미 열혈 지지자를 확보한 입장에서 생각하면 더욱 그렇다. 그럼에도 만약에 둘 중 한 명이 양보를 한다면, 문재인보다는 안철수 쪽이 쉽다는 분석은 가능했다. 단일화 결정 전에 감정이입을 통해 이 정도의 분석만 해내도 훌륭한 분석 기사로 평가됐을 것이다.

이제 객관적 분석의 백미라 할 수 있는 수치 해석으로 들어가 보자. '객관적'이라는 말은 '숫자로 이야기한다'와 거의 동일하게 쓰일 때가 많다. 숫자로 이야기하면 그 내용이 객관적으로 들릴 가능성이 커진다. 따라서 분석 기사를 쓰려면 수에 밝아야 한다. 객관적으로 보이기 위해서 수를 이용할 필요도 있지만, 여러 성향을 가진 정치 평론가들의 오류를 짚어내고 그들에게 속지 않기 위해서라도 수치에 밝을 필요가 있다. 사실 직업적인 정치 평론가들이라고 해서 선거를 분석할 때 특별한 자료를 갖고 하는 것은 아니다. 분석에 필요한 여론조사 자료는 언론을 통해 거의 공표가 되고 정치 평론가들도 이를 바탕으로 분석을 한다.

우리나라에서는 지역주의가 선거에 영향을 미치는 핵심적인 변수가 되기 때문에 지역별 지지율이 매우 중요한 분석의 기준이 된다. 여기에 20대, 30대 등 세대별 투표 분석도 중요하다. 지역과 세대 정도만 가지고 수치를 해석해도 정치 분석이 다 끝날 정도로 많은 부분을 차지한다.

그렇지만 수치 해석에서 숫자에 밝아야 하는 게 기본이라고 해도, 이것이 분석 기사의 전체적인 질을 좌우하지는 않는다. 수에 생명을 부여하는 것은 숫자 자체가 아니라 그것을 바라보는 해석이기 때문이다. 2012년 대선 때 나타난 투표율의 오류를 예로 들 수 있다. 대부분의 정치 평론가들이 투표율이 높으면 박근혜 후보보다 문재인 후보가 유리할 것이라고 했다. 그렇지만 근래에 유례가 없던 높은 투표율에도 불구하고 결과는 박근혜 후보의 승리였다. 이른바 72퍼센트 가설, 즉 투표율 72퍼센트가 넘으면 문재인 후보가 당선된다는 가설이 대선 전에 파다하게 돌았지만, 이는 결국 오류로 판명됐다.

만약 투표율 상승이 야권에 무조건 유리할 것이라는 낙관적인 전망에 대해 경고하는 분석 글이 대선 전에 나왔다면 매우 좋은 반향을 불러일으켰을 것이다. 또한 젊은 층의 투표 참여율도 높을 수 있지만 상대적으로 고령층의 결집력도 상당하다고 짚어낼 줄 아는 정치적 식견이 있어야 했다. 이처럼 남들이 보지 못하는 곳에 진실의 문이 있는 경우가 허다하다.

정치 분석 기사를 쓸 때 특별히 주의해야 할 두 가지가 있다. 첫째, 분석이 기대에 간섭을 받아서는 안 된다. 분석 기사에서 가장 큰 병폐는 나의 정치 성향이 분석을 왜곡시킬 수 있다는 것이다. 내가 특정 정치 세력의 선거 운동원이나 적극적 지지자로서 행위를 할 때는 문제될 것이 없지만 분석 기사를 쓸 때는 조금 다르다. 나의 확신이 다른 사람에게 전파되어 내가 지지하는 후보가 정치적 승리를 거두기를 바라는 경우에는 기대와 예측을 적극적으로 융합시켜야 하지만, 기사를 쓸 때에는 그런 것들이 왜곡된 분석을 낳는 시발점이 된다. 간혹 보수 언론이나 진보 언론에서 예측이 크게 어긋나는 경우는 모두 이런 오류가 작용했기 때문이다.

둘째, 결론이 난 사건에 대한 분석 기사를 쓸 때, 후견 편파(hindsight bias)의 오류를 주의해야 한다. 후견 편파의 오류란 일이 일어난 후에 '나는 이미 알고 있었어'라고 생각하는 현상을 말한다. 사건이 생기고 나면, 마치 그 사건이 필연적으로 일어날 것만 같았던 사건으로 보인다. 모든 일은 지나고 보면 명약관화(明若觀火)해지는 면이 있기는 하지만, 실제로 그런 것은 아니다. 우리는 과거의 사건을 통해 교훈을 얻지만 여전히 미래는 안갯속이다. 지나고 나서 그럴 줄 알았다는 식의 기사는 본의 아니게 읽는 이로 하여금 짜증을 불러일으킬 수 있다. 많은 정치 평론가들이 그런 식의 분석을 하지만 이는 객관적인 분석으로 볼 수 없으며, 앞으로의 방향성을 예측하는 데도 아무런 도움이 되지 않는다.

생각의 힘을 어떻게 키울 것인가

이 글을 시작할 때 나는 발로 뛰며 쓴 취재 기사가 많지 않다고 고백했다. 대신에 '게으른 생각쟁이'라는 표현을 사용했다. 지금까지 발로 뛰지 않고 게으름을 부리면서도 설득력 있는 주장성 기사나 분석 기사를 쓰는 나름대로의 노하우를 정리해봤다. 결국 발로 뛰지는 않아도 머릿속 생각은 부지런히 진보와 보수, 여와 야, 그리고 역사의 순간순간들을 넘나들어야 좋은 정치 기사를 쓸 수 있다는 이야기였다. 발이 긴박하게 뛰든지 머리가 긴박하게 뛰든지 둘 중 하나는 되어야 좋은 기사가 나올 수 있다. 직업기자는 발로 뛰는 기사가 많은 부분을 차지하지만, 그런 여건이 되지 않는 시민기자는 머릿속 생각이 부지런히 뛰어다녀야만 한다.

그러나 준비 운동 없이 갑자기 머릿속 생각이 뛰어다닐 수는 없다. '촉'을 길러둬야 한다. 정치에 대한 촉이 발달하기 위해서는 별다른 방법이 없다. 글 잘 쓰는 법을 이야기할 때 나오는 '삼다(三多)'를 실천해야 한다. 다독(多讀), 다작(多作), 다상량(多想量). 많이 읽고, 많이 쓰고, 많이 생각해야 한다.

주요 신문의 정치 기사를 자주 읽다 보면 자신만의 안목이 생긴다. 많이 읽을수록 한국 정치사의 여러 사례들을 익힐 수 있고, 다양한 수치 해석과 감정이입을 통한 합리적 분석들을 접할 수 있다. 그리고 오마이뉴스의 정식 기사로 채택될 만한 정형화된 글쓰기를 많이 해보는 것이 좋다. 이렇게 경험을 쌓다 보면 언젠가는 좋은 정치 기사를 쓸 수 있을 것이다.

다양한 분석 기사를 읽으면서 공통점과 차이점을 찾아보고, 자신의 생각은 어떤 분석과 일치하는지 찾아내는 훈련을 해보는 것도 좋다. 혹은 서로 다른 분석 기사를 비교해보고 어떤 분석이 나에게 더 설득력 있게 다가오는지를 살펴보기만 해도 큰 도움이 된다. 그리고 좀 더 욕심을 낸다면, 다른 사람들의 비슷한 해석에서 맹점을 찾아 나만의 분석을 설득력 있게 전개해보는 것도 필요하다. 무엇보다 남들이 하지 않는 생각을 기사로 써야 한다.

남이 하지 않는다고 해서 얼토당토않은 것을 기사로 쓴다는 의미가 아니다. 한번쯤 나올 법도 한데, 기존 언론에서도 다루지 않고 시민기자들 중에서도 아직 쓴 사람이 없는 이야기를 기사로 쓰는 것이다.

오마이뉴스 편집부의 의견을 들어 글을 고치면 그렇지 않은 경우보다 훨씬 좋은 글이 된다는 점도 알아두었으면 좋겠다. 때로는 교정을 보는 사람보다 글을 쓴 사람의 말이 맞을 때도 있지만, 많은 글을 다루는 편집부의 의견이 사람들의 정서와 맞아떨어질 때가 더 많다. 정치란 수학 공식처럼 딱딱 떨어지는 것이 아니라, 수많은 사람들과 소통하면서 만들어지고 구성되는 진실이기 때문이다. 사람들의 이야기와 수많은 자료를 통과하며 글을 완성한다면 그보다 더 좋은 글은 없다. ✏

전대원 고등학교에서 '법과 정치' '사회·문화' '경제' 등 사회 과목을 가르치는 교사다. 학교에서 제대로 사회 과목을 배우지 못하고 나간 수많은 어른들을 애프터서비스하기 위해 정치·사회 분야 글쓰기를 한다. 사람들의 지식과 교양이 좀 더 쌓이면 세상이 지금보다 더 평화롭고 행복해질 것이란 믿음으로 오늘도 글을 쓴다.
1992년부터 PC통신 하이텔에 'amharez'라는 필명으로 정치 관련 글을 쓰기 시작해, '노하우'와 '시프리라이즈' 동호회 등에서 논객으로 활약했고, 2002년부터 오마이뉴스 시민기자로 활동 중이다. 2009년에 오마이뉴스 '2월 22일상'을 받아서 그 상패를 집에 고이 간직하고 있다. 교직 생활 틈틈이 청소년 교양서와 교과서, 참고서 등을 집필했다. 지은 책으로 《나의 권리를 말한다》《세상을 보는 경제》《고등어 사전》 등이 있다.

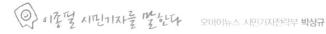

이종필 시민기자의 글은 오프라인에서 처음 봤습니다. 그것
도 서울시청 앞에 붙은 현수막을 통해서 말입니다. 노무현 전
대통령 서거 관련 기사였는데, 글 전체가 현수막에 인쇄돼 있었
습니다. 오마이뉴스가 설치한 게 아닙니다. 이종필 기자의 글에
감동받은 시민이 자발적으로 한 일이었습니다.

길을 오가는 많은 시민이 그 기사를 읽었습니다. 저도 그 앞
에 선 채 처음부터 끝까지 읽었습니다. 굳이 현수막으로 인쇄해
거리에 내건 시민의 마음을 알 것 같았습니다. 어려운 주제를
논리적으로 잘 전달한 힘 있는 글이었습니다. 온라인에서의 반
향은 더 컸습니다. 현수막으로 걸린 기사 〈그들은 '제2의 노무
현' 탄생이 싫었다〉에 시민들이 건넨 '좋은 기사 독자원고료'는
700만 원이 넘었습니다.

세상에 언론 매체는 많고, 올라오는 기사는 이루 다 헤아릴
수 없습니다. 하지만 전문이 현수막에 인쇄돼 거리에 전시되는
기사가 과연 몇 개나 될까요? 시민들이 자발적으로 원고료 700
만 원을 건네는 기사는 얼마나 될까요?

이종필 기자는 입자물리학을 연구하는 과학자입니다. 인문학
전공자가 아닌 사람이 이렇게 글까지 잘 쓰다니 옛날로 따지면
문무를 겸비한 사람쯤 되겠죠. 이종필 기자는 말도 잘합니다.
무언가를 그럴듯하게 잘 포장한다는 뜻이 아닙니다. 그의 글쓰
기 강의를 들은 적이 있는데, 무척 차분하고 논리적이며 핵심을
깔끔하게 전달합니다.

솔직히 가끔 얄밉기도 합니다. 질투심 때문이죠. 독자들도 이
질투심을 느껴봤으면 좋겠습니다. '나도 좀 잘해보자.' 이런 마
음이 들게 하는 질투심이기 때문입니다.

취미 삼아 시사 평론하는 아인슈타인의 후예

이종필

오마이뉴스에 첫 기사를 쓴 때는 2006년 5월이었다. 그 무렵 서울시장 선거에 나선 강금실 전 장관에 대해 쓴 기사로, 〈지금 강금실에게 필요한 것〉이라는 제목이었다. '강효리'(강금실의 인기가 높은 것을 가수 이효리에 빗대어 만든 합성어)의 팬으로서 안타까운 마음이 들어 오마이뉴스에 이메일로 투고했었다. 그때까지만 해도 시민기자 제도를 잘 몰랐고, 굳이 오마이뉴스 회원으로 가입하는 것도 성가신 일이었다. 그리고 이전에도 그런 식으로 오마이뉴스에 글을 보낸 적이 있었다.

그런데 이메일을 본 오마이뉴스 편집부의 담당기자가 이왕이면 시민기자로 등록해서 글을 싣는 게 어떻겠냐고 제안을 했다. 시민기자로 등록해서 글을 올리면 곧 실어주겠다는 뜻으로 들렸다. 나는 내 글을 실어준다면 그보다 더한 수고도 기꺼이 감내할 준비가 되어 있었다.

그렇게 시민기자로 등록하고 처음 쓴 기사가 운 좋게도 머리기사에 올랐다. 게다가 인터넷 포털 사이트에도 그 기사가 주요하게 배치되어 지인들이 연락을 해오기도 했다. 야구로 치자면 1군 첫 경기에 출전해서 만루 홈런을 친 셈이었다. 천성이 게으른 탓에 그리 많은 기사를 쓰지는 못했지만, 2006년 5월부터 약 6년 6개월 동안 100여 편의 기사를 오마이뉴스에 등록했다.

인터넷에 글을 쓴 게 오마이뉴스가 처음은 아니다. 그 전에도 가끔씩 공개 게시판에 글을 올렸고, 〈딴지일보〉나 〈인터넷 한겨레〉에 글을 쓰기도 했다.

2003년 이공계 위기가 한창 사회적인 이슈로 떠올랐을 때, 나는 현직 물리학자로서 직접 보고 느낀 점들을 정리해서 〈딴지일보〉에 투고했다. 이공계의 위기를 학문 자체의 위기로 보아야 하고, 국가 차원에서 근본적이고 혁신적인 대책 마련에 나서야 하며, 돈이 없는 것이 문제가 아니라 철학이 없는 것이 문제라는 점 등이 내 글의 요지였다. 당시 나오는 온갖 이야기들 중에서 이런 고민을 대변하는 내용이 거의 없었기 때문에 내가 직접 글을 썼다.

반응은 나쁘지 않았다. 그해 연말쯤 나는 이 글을 A4 15쪽 정도 분량으로 다시 보완한 뒤 보다 완성된 형태로 정리했다. 2003년이면 당시 노무현 대통령의 임기 첫 해였다. 당시 노무현 대통령은 평검사들과 직접 대화도 했고 청와대 홈페이지를 통해 국민들의 의견을 많이 듣는다고 했다. 그래서 이공계 위기를 걱정하는 한 물리학자의 목소리를 혹시 들어주지 않을까 하는 기대를 품고, 정리된 글을 노무현 대통령에게 이메일로 보냈다.

나는 이 글에 대해 어느 정도 자신감이 있었다. 〈딴지일보〉에서 1차적인 검증을 거치기도 했지만, 이런 내용을 주장하는 사람이 당시에는 거의 없었다. 그래서 대통령이 본다면 분명히 어떤 반응이 있을 거라고 확신했다. 하지만 답신을 받지 못했기 때문에 노무현 대통령이 내 글을 읽었는지, 아니면 그냥 지나쳤는지 알 길이 없었다. 나는 대통령이 너무나 많은 이메일을 받아보는 바람에 이 글을 지나쳤을 것이라고 결론짓고 우회로를 찾아 나섰다.

한 해가 저물고 새해가 다가올 무렵, 나는 청와대 보좌진과 집권당의 정책 담당자를 검색해서 다시 이메일을 돌렸다. 족히 10여 명에게 보냈는데 그중 딱 한 명에게서만 답신이 왔다. 그 내용도 통상적이고 의례적인 인사말이라 나는 적잖이 실망했다. 내가 무엇을 바라고 이런 일을 하는 것일까? 무명의 젊은 물리학자의 의견을 누가 귀담아 듣고 정책에 반영해주려고 할 것인가?

해가 바뀌고, 내 글을 처분할 마지막 방법을 찾았다. 인터넷 매체에 글을 싣는 것이었다. 내가 선택한 매체는 〈프레시안〉〈인터넷 한겨레〉 그리고 오마이뉴스였다. 이 중 〈인터넷 한겨레〉에서 반응이 왔다. 분량은 좀 많지만 인터넷 페이지에 싣고 싶다는 의견을 보내왔다. 그렇게 실린 글이 꽤나 큰 반향을 불러왔다. 내 이름이 인터넷에서 조금이나마 알려지기 시작한 것은 그 글 덕분이다. 나를 그 글의 필자로 기억하는 사람들이 여전히 적지 않다.

학생운동이 일깨운 글쓰기 욕구

현직 물리학자이다 보니 자연스럽게 과학 정책이나 이공계 문제에 관한 글을 쓰곤 했지만, 사실 내 취미는 시사 평론이다. 대학생 시절에 열심히 학생운동을 했던 경험이 이런 고약한 취미를 갖게 만든 것 같다. 1990~1994 년까지 대학에 다녔던 5년 동안 학생운동은 모든 면에서 정점을 찍었고, 운동의 구조도 완전히 달라졌다. 그 분기점은 1992년 대선이었다. 서태지와 함께 X세대가 본격적으로 등장한 해였지만, 그때까지는 대체로 386 세대의 유산들이 여전히 학생운동을 지배하고 있었다. 1993년 김영삼 대통령이 집권한 문민정부 시대의 학생운동은 그 이전과 확연히 달랐다. 그 이름도 유명한 전대협(전국대학생대표자협의회)이 한총련(한국대학총학생회연합)으로 바뀐 것도 1993년이었다. 이와 함께 마치 약속이나 한 듯이, 지하조직으로 존재하던 학생운동 조직들도 1993년으로 넘어오면서 거의 일제히 공개조직으로 전환됐다. 이는 단지 학생운동의 겉모습만 바뀌는 것이 아니라 학생운동이 재생산되는 메커니즘 자체가 완전히 바뀐다는 점에서 간단치 않은 문제였다.

　예나 지금이나 그때의 학생운동을 곱지 않은 시선으로 보는 사람들은, 학생들이 공부는 안 하고 사회를 부정적으로 바라보면서 사회 불만 세력을 선동해 불법 폭력시위만 일삼았다고 비난한다. 하지만 내 경험을 되돌아보면, 이런 비난은 학생운동의 현실과는 상당히 동떨어진 이야기이다. 학생운동에서 뒤처지지 않으려면 굉장히 많은 공부를 해야 한다. 단지 책이나 문건을 읽는 것에 그치지 않고 끝없는 토론과 논쟁, 글쓰기를 기본적으로 동반해야 한다. 내가 그저 평범한 이공계생으로만 대학생활을 했다면 말하기와 글쓰기, 토론과 논쟁에 대해서는 거의 배우지 못했을 것이다.

　그때 시대가 요구했던 모범적인 운동권의 모습은 못하는 것이 하나도 없는 슈퍼맨과도 비슷한 히어로였다. 운동권들끼리의 논쟁을 잘해야 했고, 대중연설도 능해야 했으며, 회의 주재와 진행도 잘해야 했다. 붓을 들면 대자보 문안이든 논쟁용 문건이든 대중용 자료집이든 교육용 교안이든 최소한의 수준을 유지해야 했다. 이것을 가능하게 해줄 능력, 예를 들면 컴퓨터를 다루는 기술이나 편집 능력, 심지어 대중을 한순간에 휘어잡을 수 있는 끼와 이야깃거리도 중요한 덕목이었다.

이런 기준에 비춰 본다면 나는 그다지 유능한 운동권이 아니었다. 그래서 한동안은 심한 콤플렉스에 시달리기도 했다. 그러다가 4학년이던 1993년 5월 어느 날, 한순간에 갑자기 어떤 깨달음을 얻게 됐다. 학생운동을 바라보는 어떤 소박한 관점을 갖게 된 것이다. 마치 구름 위 높은 산에 오른 것 같았다. 이전에는 혼란스럽게 느껴졌던 부분들이 모두 연결되면서 한눈에 모든 풍경이 들어오기 시작했다. 흔히 하는 속된 말로 '방언'이 터지기 시작한 것이다. 물론 그렇게 되기까지 숱한 고통의 시간이 필요했다.

일단 한번 그렇게 '말문'이 트이고 나니까 뭔가를 글로 쓰고 싶은 충동을 억제하기 어려웠다. 그 전에도 대자보 문안이나 토론용 문건을 가끔 쓰긴 했지만 본격적으로 글을 쏟아내기 시작한 것은 1993년이었다. 한창일 때는 일주일에 A4용지 100매 분량을 쓰기도 했고, 학생회 선거 기간에는 무박 3일 일정으로 두툼한 자료집을 만들기도 했다.

고등학교 시절의 문예부나 문학 동아리 활동도 지금 나의 글쓰기에 적잖은 영향을 주었지만, 대학교 4학년 때의 경험과 오랜 고통의 시간이 가장 결정적인 역할을 한 것 같다. 그 특별했던 경험과 기억 덕분에 시사 문제에 대한 내 생각을 글로 정리하는 것이 지금은 하나의 취미가 됐다.

지금 안 하면 나중에도 못 한다

예전에 학생운동을 했다거나 '혹은' 오마이뉴스라는 매체에 글을 쓴다는 사실은 현재의 한국을 살아가는 데 마이너스로 작용할 가능성이 있다. 그 '혹은'이 '그리고'가 되면 십중팔구 '꼴통좌빨'이나 '친북'의 딱지가 발급되는 게 현실이다. 상대적으로 다소 보수적인 학계에서 그런 딱지가 한번 발급되면, 당장에 큰 불이익이 생기는 것은 아니더라도 다소 불편함을 감수해야 하는 것은 어쩔 수 없다. 특히 나처럼 아직 비정규직 연구원인 경우에는 더더욱 그렇다. 물리학계에서는 물리학자가 연구에만 몰두하지 않고 사회의 다른 문제에 관심을 가지거나 '딴짓'을 하는 것을 달가워하지 않는 분위기가 강한 편이다.

예전에 학업을 잠시 중단하면서 학생운동에 몰입할 때 나는 그럴 만한 가치가 충분히 있다고 생각했다. 그때와 마찬가지로, 오마이뉴스에 시사 평론을 쓰는 일은 주변의 부담스러운 시선을 감수할 만한 가치가 있다.

물론 그때나 지금이나 "그런 일은 좀 더 안정적이고 영향력 있는 위치에 올랐을 때 해도 늦지 않아. 오히려 그게 더 효과적일지도 몰라"라고 충고하는 사람들이 적지 않다. 그러나 '나중에' 그런 용감한 발언이나 행동에 나서는 경우를 거의 본 적이 없다. 필요한 때에 뭔가를 말하지 않는 사람은 '나중에'도 말하지 않는다.

내 전공 분야(입자물리학)에서는 상대적으로 많은 연구자에 비해 교수직이 얼마 생기지 않아, 박사학위를 받고도 10년 이상 비정규직 연구원 생활을 하는 경우가 드물지 않다. 그래서 대부분은 비정규직 상태에서 결혼을 하고 아이를 낳는다. 본인이 임신을 했거나 배우자가 아이를 가진 경우, 그 연구원은 아무래도 한동안 정상적인 연구 활동을 하기가 어렵다. 조금 무리를 한다면 논문을 한두 편 더 쓸 수도 있고, 그러면 향후 교수직을 얻는 데 더 도움이 되겠지만, 그런 어리석은 선택을 하는 경우는 거의 없다. 너무나 당연한 말이지만, 지금 당장 중요한 것은 뱃속의 아이이지 논문 한두 편이 아니기 때문이다.

이런 상황에서 누가 그 연구원에게 "연구와 상관없는 일에는 신경 쓰지 말고, 논문을 한 편이라도 더 써서 얼른 교수직을 얻는 것이 결국 배우자와 2세에게 더 큰 이익이 될 것"이라고 하겠는가. 이것은 상식에 속하는 문제이다.

적어도 지금의 나에게는 사회와 소통하고, 일선 과학자로서 여러 문제에 대해 적극적으로 의견을 말하는 것이 연구만큼이나 중요하다. 이것이 내 삶의 전부는 아니더라도, 나라는 인간의 정체성에서 중요한 부분을 차지하기 때문이다. 그리고 궁극적으로는 학계와 사회를 위해서 더 이익이 되는 일이라고 믿고 있다.

하지만 애초에 나는 그리 대단한 사람도 아니거니와, 평범한 일상에서는 그저 새가슴에 소심한 성격을 가진 비정규직 연구원일 뿐이다. 한번 목소리를 내려면 내 딴에는 사뭇 대단한 결심을 해야 하는 것도 사실이다. 때로는 물리학자의 취미가 시사 평론이라고 하면 이상하게 들릴까?
소심한 비정규직 연구원이지만, 나의 글이 조금이나마 세상을 바꿀 수 있다는 믿음으로
기사 송고 버튼을 뚝심 있게 누른다.
지금 우리 사회에는 변화를 요구하는 목소리가 더 많아져야 한다.

내가 쓴 글 때문에 대단한 불이익을 받거나 심지어 학계에서 쫓겨날지도 모른다는 걱정도 한다.

이명박 대통령의 임기 첫 해였던 2008년, 미국산 쇠고기 파동이 터졌을 때가 꼭 그랬다. '이명박 정부가 국민의 생명과 안전, 국가의 검역권을 포기했다'며 분노한 시민들이 연일 시위를 이어가고 있었다. 정부와 보수 언론은 그에 맞서 필사적으로 대항했다. 급기야 보수 매체들이 색깔론을 제기하면서 한동안 좌우의 극심한 대립으로까지 치닫기도 했다. 이런 상황에서 내 이름을 걸고 정부에 비판적인 글을 쓴다는 것은, 적어도 나처럼 소심한 사람에게는 그리 쉬운 일이 아니었다. 그때 쓴 몇몇 기사들은 나름 큰 결심을 하고 쓴 글이었다. 이런 기사의 경우에는 글을 다 입력해놓고 마지막 '송고' 버튼을 누를 때까지 시간이 한참 걸리곤 했다.

그때 쓴 글 가운데 한 기사가 비교적 많이 읽혔는데, 보수적인 입장을 갖고 있던 어느 교수가 이 기사를 읽고서 격분한 나머지 실명으로 비판 댓글을 쓰려고 했었다는 이야기를 동료 연구원이 전해주기도 했다. 그런데 그 교수는 막상 오마이뉴스라는 매체에 댓글을 쓰려고 보니, 네티즌들이 몰려들어 자신을 사이버 테러하지 않을까 하는 생각이 들어서 댓글 쓰기를 포기했다고 한다.

그 이야기를 전해 듣고 묘한 기분이 들었다. 다소 과장되거나 필요 이상의 과민반응으로 보일지도 모르겠지만, '비정규직인 나는 나름 심각하게 내 자리를 거는 심정으로 결단을 내리고 글을 썼는데, 정년이 보장된 중년의 교수는 겨우 댓글 하나도 쓰지 못했구나' 하는 생각이 들었다. 자기주장을 비판하는 글을 기꺼워할 사람이야 아무도 없겠지만, 그 교수가 차라리 나를 비판하는 댓글을 썼더라면, 혹은 아예 오마이뉴스에 회원으로 등록해서 자기주장을 기사로 송고했더라면, 아니면 다른 매체에 투고라도 했더라면 오히려 내 마음이 훨씬 홀가분해지지 않을까 싶었다.

　물론 이 에피소드는 학계의 극히 일부분만을 보여줄 뿐이고 전체적인 모습은 상당히 다를지도 모른다. 하지만 그보다 3년쯤 전에 있었던 '황우석 사태'를 떠올려보면, 학계의 이 '극히 일부'가 한국 사회를 망친 건 아닐까 하는 생각을 지울 수 없었다. '나중에' 필요한 말을 하겠다는 사람에게 그 '나중'은 결코 다가오지 않는 미래의 허상일 뿐이다.

송고 버튼 앞에서 멈칫한 손

　오마이뉴스 편집부에 기사 송고 버튼을 누르기 전에 한참을 고민했던 글이 또 있다. 2012년 4·11 총선 정국이 한창이던 2~3월, 오마이뉴스는 팟캐스트 방송 〈이슈 털어주는 남자〉를 통해 '청와대가 민간인 사찰을 주도했을 뿐만 아니라 그 증거를 조직적으로 인멸했다'는 사실을 장진수 전 주무관의 입으로 폭로했다. 청와대의 민간인 사찰과 증거 인멸은 대통령이 그 직을 내어놓고 '하야'를 해야 할지도 모를 만큼 엄중한 사안이라는 생각이 들었다.

　청와대와 관계자들은 시간이 갈수록 계속 발뺌과 변명으로, 때로는 오히려 호통을 치면서 이 문제를 비켜 가려고 했다. 하지만 당시 이명박 대통령

본인에게 민간인 사찰 내용이 직통으로 보고됐으며, 권력의 최상부가 개입해 조직적으로 민간인을 사찰하고 증거를 인멸했다는 사실들이 계속 밝혀지고 있었다.

상황이 이런데도 대통령에게 응분의 책임을 묻는 목소리는 들리지 않았다. 야당이나 언론에서는 서로 눈치만 보는지 누구 하나 적극적으로 나서려고 하는 것 같지 않았다. 당장 총선이 코앞이라서 대통령에게 직접 책임을 추궁하는 것이 정치적으로 부담스러웠는지도 모르겠다.

하지만 이렇게 유야무야 넘어가는 것은 있을 수 없는 일이라는 생각을 떨칠 수가 없었다. 적어도 이 사안을 특종으로 보도한 오마이뉴스라면 보다 원칙적이고 강경한 입장을 주장해야 하지 않을까? 그래서 총선 전에 대통령의 하야를 요구하는 기사를 써야겠다고 작정했다.

마음을 먹기는 했지만 막상 기사를 쓰려고 하니 심리적인 압박감이 생각보다 컸다. 임기가 이제 1년도 안 남았지만 어쨌든 현직 대통령에게 그 자리에서 물러나라고 요구하는 것이었다. 무소불위의 권력을 가진 대통령을 마주하고 있는 인터넷 신문의 일개 회원, 정식 기자도 아닌 비정규직 연구원의 아주 초라한 모습이 떠올랐다.

그 주 주말에 나는 여느 토요일처럼 산행에 나섰다. 산을 내려오고 나서 기사를 쓸 작정이었다. 운동 삼아 취미 삼아 도봉산을 다니기 시작한 것이 벌써 6개월쯤 되던 때였다. 도봉산의 으뜸 봉우리는 자운봉이다. 자운봉은 온통 커다란 바위뿐이라 장비 없이는 오르지 못한다. 자운봉 바로 앞에는 신선대가 있다. 신선대에는 일반 등산객들이 오를 수 있는 보호대가 설치되어 있어서 누구나 오를 수 있다. 지난 6개월 동안 도봉산을 계속 다니면서 신선대에 오른 것은 처음으로 도봉산에 왔던 날뿐이었다. 그 뒤로는 신선대 앞을 지나가더라도 그냥 자운봉과 신선대 사잇길로 드나들며 양쪽 봉우리를 흘낏 올려다보는 것으로 만족했다.

그날 도봉산에 오를 때의 마음은 예전 같지 않았다. 그래서 신선대에 또한 번 오르기로 했다. 3월 말이라고는 하지만 정상 부근 여기저기에는 아직 녹지 않은 눈이 남아 있었다. 신선대에 오르자 사방 천지가 한눈에 들어왔다. 자운봉은 바로 앞에서 고고한 몸매를 여전히 희멀겋게 드러내놓고 있었다. 남쪽 상공에서 불어오는 바람이 세차게 얼굴을 때렸다. 신선대는 아직 겨울이었다.

'대통령 물러나라는 기사 하나 쓰는 게 뭐 그리 대단하다고.' 세찬 남풍에 실눈을 뜨고 저 멀리 산 아래를 내려다보던 나는 문득 이런 생각이 들어 혼자 쓴웃음을 지었다. 신선대에 오르고 나니 한결 편한 마음으로 기사를 쓸 수 있을 것 같았다.

기사는 일요일 밤늦게야 완성됐다. "민간인 사찰과 증거 인멸의 책임을 지고 대통령직에서 물러나라"라는 말은 기사의 마지막에 썼다. 이런 칼럼은 군더더기가 많으면 구차해 보일 수가 있어서 본문 내용을 가급적 간결하게 썼다. 과하지 않게, 읽는 사람에게 동의를 강요하지 않도록 몇 번을 퇴고한 뒤 기사를 입력하고 송고 버튼을 누르려는데 손이 멈칫했다. '별일이야 있으려고.' 나는 전날 찬바람을 맞으며 올랐던 신선대를 떠올리며 버튼을 눌렀다.

자신한테는 참 심각한 문제인데 시간이 지나고 보면 아무 일도 아닌 경우가 종종 있다. 이 기사의 경우도 그랬다. 결과부터 말하자면, 소심한 성격 때문에 쓸데없는 부담감만 많이 가졌던 셈이 됐다.

　내가 기대했던 최대치는 오마이뉴스 편집부가 제목에 '대통령 하야'라는 말을 넣고, 노출이 잘되는 자리에 기사를 큼지막하게 내주는 것이었다. 보통 편집부가 본문 내용을 수정할 필요가 있다고 판단하면 해당 기자와 사전에 충분히 논의를 거치는 게 일반적이다. 반면에 기사의 제목은 온전히 편집부의 몫이다.

　그런데 이 기사가 처음 노출됐을 때 그 밋밋한 제목을 보고 나는 적잖이 실망했다. 머리기사로 배치해준 것은 무척 고마웠지만 '이래서야 어디 마지막 문장에 힘이 실리겠나' 하는 안타까운 마음이 들었다. 그런 생각으로 기사를 읽어 내려가다가 마지막 문장에 눈이 멈췄다.

　없었다. 내가 쓴 마지막 문장이 없었다. 노출된 기사에는 '대통령 물러나라'라는 마지막 문장이 없었고, 바로 앞 문장으로 끝나 있었다. 그제야 편집부가 기사 제목을 그렇게 뽑은 이유를 알게 됐다.

　얼마 뒤 편집부의 담당기자가 전화를 했다. 나는 편집부가 어떤 고민과 판단을 했을지 짐작할 수 있었다. 그래서 더 이상의 항의는 하지 않았다. 다만 이틀 전에 신선대에 올랐던 호기가 갑자기 민망하게 느껴졌다. 그 뒤로 신선대에 다시 오른 적은 아직 없다.

즐거움에는 대가가 따른다

2009년에는 오마이뉴스에 쓴 기사를 모아서 《대통령을 위한 과학 에세이》라는 책을 냈다. 오마이뉴스 기사에다가 60퍼센트가량 원고를 새로 썼다. 새로 쓴 원고의 대부분은 과학적 내용을 보다 쉽게 풀어 쓴 것들이다. 이 책은 '과학적 방법론의 관점으로 세상을 바라보면 어떻게 될까'라는 개인적인 호기심과 일종의 실험적인 도전으로 기획됐다. 예를 들면, 2007년 대선 때 야당은 이명박 한나라당 후보에 대해 'BBK' 한 방이면 끝날 것이라고 했지만, 결코 그렇게 되지는 않을 것이라는 점을 과학 발전의 역사와 비교해서 설명하는 식이었다. 이 책에 실린 기사들은 2007년 대선정국과 2008년 미국산 쇠고기 수입 논란으로 촛불시위가 있었던 시기까지 썼던 것 중 일부였다. 아무래도 2007년의 이명박 후보와 2008년의 이명박 대통령을 비판적으로 다루는 내용이 많았다.

한번은 어느 대학 교양학부에서 교양과학을 가르칠 교수를 뽑는다고 해서 지원한 적이 있다. 물리학과에 지원을 했다면 그러지 않았겠지만, 교양학부에 지원을 한 까닭에 저서, 번역서, 전공 논문들과 함께 이 책도 업적물로 등록했다. 그런데 막상 1차 심사를 통과하고 다음 심사를 위해 업적물들을 우편으로 보내려니, 편집부 송고 버튼을 누르기 전의 상황이 재현됐다. 내가 이 책을 보내도 되는 것일까? 나는 우체국으로 가던 발걸음을 멈추고 10여 분을 선 채로 고민했다. '지금이 어떤 시절인데, 별일이야 있겠나. 업적물로 등록까지 한 마당에.' 이렇게 마음을 정리하고 그 책도 우편으로 보냈다.

결과부터 말하자면, 나는 마지막 총장 면접 대상자에 들지 못했다. 여러 가지 이유가 있었을 것이다. 아직은 내가 부족한 점이 많고, 인터뷰를 아주 흡족한 수준으로 하지도 못했다. 그런데 따로 전해 들은 바에 따르면, 교수들 중 한 명이 '정부 비판만 일삼는 좌파 운동권을 동료 교수로 뽑을 수 없다'라고 완강하게 반대했다고 한다. 나로서는 그 요인이 얼마나 큰 영향을 미쳤는지 알 길이 없다. 어쨌든 결과가 좋지 않게 나오자, 나를 위로하는 차원에서 다소 과장이 섞인 후문을 전했을 가능성도 높다. 그런 불리함까지도 극복할 수 있는 월등한 실력을 내가 갖추었으면 되는 일이 아니었던가.

하지만 아쉬움이 전혀 없지는 않았다. 나를 반대했던 교수가 내가 쓴 글들을 인터넷에서 검색까지 해봤다고 하니, 그 책을 보내든 보내지 않았든 결과가 다르지는 않았을 것이다. 그렇지만 지금도 가끔 그때 그 책을 왜 보냈을까 자책할 때가 있다. 그 뒤로는 교양과정에서 교수를 뽑을 때 그 책을 업적물에 넣지 않았다. 그랬더니 이번에는 나도 그냥 이렇게 길들여지는 게 아닐까 하는 생각에 우울해졌다. 현실적으로는 내가 어떤 선택을 하든 그 결과가 크게 달라지지 않겠지만, 이런 고민을 짊어지고 사는 것도 어쩌면 내가 시사 평론을 취미 활동으로 즐기는 대가가 아닐까 싶다.

그들은 '제2의 노무현 탄생'이 싫었다

오마이뉴스 시민기자로 활동하면서 가장 기억에 남는 일을 꼽으라면, 역시 2009년 노무현 전 대통령 서거 때 '그 기사'를 썼던 일이다. 금요일이던 2009년 5월 22일, 나는 신촌에서 《대통령을 위한 과학 에세이》 출간 기념으로 대중 강연을 했다. 그다음 날에는 당시 재직 중이던 한국과학기술원(KAIST) 부설 고등과학원(KIAS)에서 오전부터 하루짜리 워크숍에 참가했고, 그날 밤 비행기로 출국이 예정되어 있었다. 그다음 주 월요일부터 일주일간 이탈리아의 파도바에서 열리는 국제학회에 참석하기 위해서였다.

금요일 밤 강연을 마친 뒤 늦게 귀가해서 출장 준비를 하던 나는 노트북의 전원 선을 신촌 강의실에 두고 온 것을 알았다. 아침부터 워크숍에 참석해야 하는데 회기동 집에서 신촌까지 전원 선을 가지러 다시 갈 생각을 하니 짜증이 몰려왔다. 그 밤엔 결국 짐 정리 때문에 잠자리에 늦게 들었다. 그런데 아침에 일어나 보니 세상이 완전히 달라져 있었다. '노무현이 죽었다…… 노무현이 자살했다.'

새벽부터 봄비가 추적추적 내렸다. 밤잠을 설친 탓도 있지만, 그날은 하루 종일 얼이 빠져 있었다. 빗길을 뚫고 신촌을 다녀오는 그 길을 어떻게 운전했는지 기억나지 않는다. 라디오에서 끊임없이 흘러나오는 속보 소식에 홀려 있었고, 차는 혼자 알아서 제 갈 길을 가는 듯했다. 워크숍에 참석한 사람들은 의외로 이 놀라운 사건에 대해서 많은 말을 하지 않았다. 아직까지 그 소식의 무게감이 현실로 느껴지지 않은 탓으로 보였다. 하지만 모두의 얼굴 한편에는 어두운 그림자가 깔려 있었다.

비행기는 밤 11시 57분 출발이었다. 어둠이 내리고 공항버스에 몸을 실었다. 내가 지금 출국해도 되는 것일까? 서울 도심을 대각선으로 가로질러

공항까지 가는 내내 불편한 마음을 가눌 수 없었다. 일주일간의 학회 일정을 마치고 돌아오면 장례식도 끝나 버릴 텐데 이렇게 학회에 다녀와도 되는지…… 마음이 복잡했다.

토요일 남한 전직 대통령의 자살과 일요일 북한의 핵실험은 학회에 참석한 외국인들에게도 화제였다. 한국에서 무슨 큰일이 계속 터지는 게 아니냐고 물어오는 사람들도 꽤 있었다. 하지만 학회 일정이 진행될수록 나도 마음을 차분히 가라앉히고 되돌아볼 여유를 가질 수 있었다.

학회에서는 암흑물질의 신호로 의심되는 위성 데이터가 가장 큰 화제였다. 그 학회의 주제는 전혀 아니었지만 갈릴레오 갈릴레이도 화제의 인물이었다. 갈릴레오가 손수 제작한 망원경으로 천체를 관측한 것이 1609년의 일인데, 2009년은 그로부터 400년이 되는 해였다. 유엔에서는 이를 기념해 2009년을 세계 천문의 해로 지정했다. 파도바는 갈릴레오와 인연이 깊다. 조선에서 임진왜란이 일어났던 1592년, 갈릴레오는 피사를 떠나 이곳 파도바로 왔다. 세계 천문의 해를 맞은 조그만 도시 파도바는 온통 갈릴레오 일색이었다. 이렇게 학회 일정을 소화하는 동안에는 잠시 한국과 노무현을 잊을 수 있었다. 그래도 국민장이 치러지던 날에는 학회장에 앉아 인터넷만 내내 검색했다.

귀국한 다음 날엔 집안 제사로 부산에 다녀왔다. 오랜만에 모인 친지들 사이에서도 단연 노무현 서거가 큰 화제였다. 부산 사람들에게는 "사람은 참 좋은데……" 하는 식의 노무현에 대한 야릇한 애틋함이 있다. 모두들 노무현의 죽음에 충격과 안타까움을 드러내면서 어떻게 이런 일이 벌어졌는지 의견들이 분분했다. 친지들은 이런 사회 문제들에 대해 내 의견을 물어보는 경우가 많았다. 옛날에 학생운동을 했고 지금 여기저기 글을 쓰고 있다는 사실 외에도 '서울 사람'이라는 점이 크게 작용했다. 그렇게 이야기를 나누는 동안 노무현이 왜 자기 몸을 던질 수밖에 없었는지, 그가 왜 죽음으로 내몰리게 됐는지 나름대로 생각을 정리할 수 있었다.

수요일 밤부터 작심하고 글을 썼다. 그날 저녁 예비군 훈련이 있었는데, 훈련이 끝난 뒤 후배들과 맥주 한잔 하고 들어와서 밤을 새워 글을 썼다. 그 당시 나는 거의 1년 정도 오마이뉴스에 기사를 쓰지 않던 때라 오랜만에 칼럼을 쓰려니 쉽지 않았다.

새벽에 기사를 송고하고 잠깐 눈을 붙인 뒤 나중에 확인해보니 그 기사는 그다지 비중 있게 실리지 않았다. 당연히 조회수도 얼마 나오지 않았다. 나는 적잖이 실망했다. 밤을 샌 피로감이 두 배로 몰려왔다. 근 1년 만에, 그것도 밤을 새워가며 쓴 글인데 그냥 이렇게 묻히는가 싶어서 허탈한 한숨이 새어나왔다. 노무현 서거도 열흘 정도 지난 시점이라 이런 내용의 기사는 시기를 놓치면 그만큼 가치가 떨어질 수밖에 없었다.

상황이 바뀌기 시작한 것은 오후 늦게부터였다. 유명 인터넷 포털 사이트에서 내 기사를 비중 있게 내보낸 것이 결정적이었다. 그 뒤로 조회수가 순식간에 10만 건 가까이 치솟았다. 나는 그것으로 만족했다. 평소 노무현 전대통령과 반대되는 의견을 많이 실어주는 것으로 알려진 포털 사이트에서 내 기사를 돋보이게 소개했으니 충분히 보상받은 기분이었다. 오마이뉴스 편집부에서 기사 제목을 잘 뽑아준 것도 도움이 됐다. 기사의 제목은 〈그들은 '제2의 노무현' 탄생이 싫었다〉(2009. 6. 9)였다.

오마이뉴스에 기사가 올라간 뒤에 그 반응을 점검하는 방법은 여러 가지가 있다. 우선 오마이뉴스 자체 시스템인 조회수, 점수 주기, 좋은 기사 독자원고료 주기, 쪽지, 댓글 등이 1차 지표이다. 2차 지표는 인터넷에서 감지된다. 괜찮은 기사는 짧은 시간에도 각종 게시판이나 인터넷 커뮤니티에 급속하게 퍼진다. 3차 지표는 주위 사람들로부터 확인된다. 반응이 좋은 기사의 경우 "기사 잘 봤다"고 인사말을 건네기도 하고, 문자와 이메일도 많이 들어온다.

노무현 기사에 대한 반응은 2차 지표와 3차 지표에서 월등했다. 그런데 얼마 지나지 않아서 독자원고료가 엄청나게 불어나기 시작했다. 이 기사에는 약 2000명의 독자들이 700만 원이 넘는 원고료를 보내줬다. 원고료가 순식간에 불어나자 약간 당황했다. 평소에는 나도 욕심 많고 이기적인 소시민일 뿐인데, 왠지 이 원고료는 나에게 준 돈이 아니라는 생각이 들었다. 그래서 '사람사는세상 노무현재단'이 만들어진 뒤, 이 기사의 원고료 총액을 재단에 기부했다.

어떤 사람은 이 기사를 현수막에 인쇄해서 서울 시청 길 건너 대한문 앞 노무현 분향소에 내걸기도 했다. 이 사실을 처음 알려준 사람은 오마이뉴스의 상근기자였다. 내게 전화한 상근기자는 대한문에 직접 다녀왔는지 현장 분위기도 전해줬다. 나로서는 이런 일들이 무척이나 고마웠다. 어쨌든 내 기사에 공감해서 손수 자비를 들여가며 널리 알려준 것이니 기사를 쓴 사람으로서 고맙고 영광스런 일이었다. 그 무렵 현수막을 제작해서 내걸었던 분이 오마이뉴스 회원 쪽지를 보내왔다. 미리 상의하지 못해 미안하다는 내용이었다. 나는 내 기사를 널리 알려줘서 고맙다는 답장을 보냈다.

며칠 뒤 노무현 추모행사에 참석하러 대한문 앞으로 나갈 기회가 생겼다. 지하철 시청역에 내려 대한문 쪽으로 걸어가면서 곁눈으로 내 기사가 인쇄된 현수막을 쳐다보았다. 두어 명이 그 앞에서 글을 읽고 있었다. 사람들이 내 얼굴을 알 리도 없고 내가 그 글을 썼다는 사실을 아는 사람도 없는데 괜히 부끄러운 마음에 황급히 그 앞을 지나쳤다. 그때 길거리에서 인쇄물을 나눠주는 누군가가 나에게도 불쑥 유인물 한 장을 내밀었다. 얼른 받아 들고 자세히 보니 내 기사를 종이에 인쇄한 유인물이었다. '살다 보니 이런 일도 있구나.' 동행했던 친구들도 그 유인물을 받아 들고는 내게 미소 지어 보였다.

나는 마치 15년 이상 시간을 거슬러 대학생 때로 돌아간 기분이었다. 내가 쓴 문안이 전지에 깨알같이 옮겨 적혀서 사람들이 많이 다니는 캠퍼스 길목에 크게 나붙었을 때의 느낌, 또 유인물로 만들어져 아침 등굣길에 뿌려지는 느낌. 그때도 묘한 긴장감과 알 수 없는 부끄러움이 수시로 교차하곤 했다.

그런 기분과 분위기를 15년도 더 지나 시청 앞에서 느끼게 될 줄은 몰랐다. 그동안 우리 사회가 많이 성숙하고 발전해서 이제는 더 이상 옛날 식의 대자보나 유인물이 필요 없다고 생각했는데, 2009년의 한국은 그렇지 않았다. 신문이든 방송이든 인터넷이든, 알리고 싶고 또 알고 싶은 내용이 얼마나 소통되지 않으면 이렇게 유인물과 대자보가 거리를 뒤덮고 있는 것일까. 왜 전직 대통령이 죽음으로 내몰릴 수밖에 없었던가. 우리는 왜 또 지금 여기에 그를 추모하기 위해서 바쁜 시간을 쪼개 모여들었을까. 조금이라도 더 나은 세상을 만들어보려고 학생운동에 투신했던 지난날들이 재빠르게 머릿속을 스쳐갔다. 우리가 지금 겨우 이런 꼴을 보자고 황금 같은 20대 청춘을 바쳤던가.

고된 감정노동은 계속될 것이다

이 기사 때문에 나는 주변 사람들에게 확실한 '노빠'로 각인돼버렸다. 안 그래도 주변의 적지 않은 사람들이 '운동권=좌파=친북=노빠'라는 공식을 갖고 있는데, 이 기사는 그런 공식에 확실한 물증을 제공해준 셈이었다. 하지만 사실 나는 지금까지 주요 선거에서 계속 진보정당 후보에게 투표해왔다. 2002년 대선도 예외는 아니었다.

좀 더 정확하게 말하자면 나는 '노빠'라기보다는 노무현을 '이해'해야 한다고 생각하는 부류이다. 노무현이라는 정치인과 노무현의 집권을 이해하지 못하면 진보정당의 집권도 성공적일 수 없기 때문이다.

그러나 이런 미세한 차이가 다른 사람들에게 무슨 의미가 있으며, 또 어떻게 정확히 구분될 수 있을지도 의문이다. 내가 이 노무현 기사로 유명세를 탄 이상, '노빠'라는 딱지는 내가 오랫동안 짊어져야 할 업보임이 분명해 보인다. 하지만 이렇게 내게 업보를 지울 만큼의 글을 앞으로 다시 쓰기도 쉽지 않을 것 같다.

취미 삼아 하는 일이지만 글쓰기는 여전히 어렵다. 좋은 기사가 나오려면 처음 구상부터 마무리까지 대략 일주일이나 열흘의 시간이 걸린다. 대부분의 시간은 글의 소재와 내적 논리 혹은 스토리를 구성하는 데 소요된다. 관련된 주제로 주위 사람들과 수다를 떨거나 토론을 하다 보면 좋은 영감을 얻을 가능성도 높아지지만 매번 그러기는 쉽지 않다. 본격적으로 글을 쓰기 위해 컴퓨터 앞에 앉으면, 글을 쓰면서 관련 사실관계를 확인하는 데 또 많은 시간이 든다. 지금은 인터넷을 잘 검색하면 기본적인 사실관계를 거의 정확하게 확인할 수 있어서 시간을 들이는 만큼 원하는 결과를 얻을 수 있다.

공을 들여 기사를 쓸 때는 단어나 표현의 선택에도 많은 시간이 들어간다. 어떤 때는 하루 종일 딱 한 문장만 쓰고 마는 경우도 있다. 글을 쓰면서 내가 가장 중요하게 생각하는 점은 첫째가 사실관계 확인이고, 둘째가 읽는 이와 호흡과 감정을 나누는 것이다. 내가 표현하고 나누고 싶은 감정은 1차적으로 나만의 것이기 때문에, 다른 사람들은 알 길이 없다. 초보자들은 흔히 과욕이 앞서다 보니 독자들에게 자신의 감정을 강요하는 경우가 많다. 자신의 생각과 감정을 읽는 이와 나누고 공감하기 위해서는 우선 그것이 얼마나 인간의 보편적인 정서와 연결될 수 있는지를 냉정하게 분석해 봐야 한다.

인간의 보편적인 정서에 대한 통찰력이 높을수록 좋은 글이 나온다. 감정의 보편적 중심이 잡히면 그에 따라 자신의 모든 감정과 정서를 해체해서 그 중심에 맞게 재구성해야 한다. 이 과정이 내게는 가장 고통스럽다. 내 감정의 밑바닥까지 완전히 내려가서 확인하고 그것을 처음부터 다시 짜 맞추는 작업은 시간도 많이 걸릴뿐더러 일종의 고된 감정노동이다. 어떤 경우에는 그 고통이 피를 쥐어짜고 살을 도려내는 듯한 느낌이 들 때도 있다. 그러나 그렇게 '공'을 들인 글은 무엇보다 스스로 만족도가 높아서 그 자체로 글을 쓰는 보람이 있다. 그런 글은 다른 사람들의 반응도 대체로 좋은 편이다.

2012년은 총선과 대선을 함께 치른 해라 그 어느 때보다 많은 기사를 썼다. 보통 한 해에 10개를 겨우 쓸까 말까 한데, 2012년에는 무려 28개의 기사를 썼다. 그만큼 나 자신도 2012년 양대 선거가 한국 사회의 중요한 고비라고 생각한 모양이다. 그리고 그렇게 평소보다 많은 기사를 쓴 만큼 고통스러운 순간도 많았다.

아마 앞으로도 이 고된 감정노동에서 완전히 벗어나기는 어려울 것이다. 어쩌면 심장과 살을 더 고통스럽게 쥐어짜야 할지도 모르겠다. 그러나 힘들 때마다 위로와 격려를 아끼지 않았던 독자들이 내게는 가장 큰 힘이 된다. 언젠가는 나도 음악 감상이나 전시회 순례 같은 고상한 취미에 푹 빠지고 싶다. 하지만 그런 고상한 취미 생활에서는 "힘내라는 한마디 말을 전하기 위해서 일부러 회원 가입했다"라는 가슴 뭉클한 이야기를 결코 들어볼 수 없을 것 같다. 아직도 이 지긋지긋한 중노동을 취미 삼아 하는 이유는 어쩌다 한번 느끼는 그놈의 보람 때문이다. 다행히 오마이뉴스는 이 취미 생활을 하면서 지내기에 더없이 좋은 놀이터다. 🖊

이종필 신의 뜻을 알고 싶은 아인슈타인의 후예. 1971년 부산에서 태어나 1990년 서울대학교 물리학과에 입학했다. 2001년 같은 학교 대학원에서 박사학위(입자물리이론)를 받았고 이후 연세대학교, 고려대학교, 고등과학원 등에서 연구원을 지냈다. 현재 서울과학기술대학교 특별연구원으로 재직 중이다. 2006년 오마이뉴스 시민기자 기획취재단, 2007년 7월~2008년 7월 오마이뉴스 시민기자 편집위원(4기), 2012년 총대선 이슈분석팀에서 활동했고, 2013년 2월 22일상'을 받았다. 《신의 입자를 찾아서》 《대통령을 위한 과학 에세이》 《물리학 클래식》 등을 썼고, 《최종 이론의 꿈》과 《블랙홀 전쟁》을 우리말로 옮겼다.

모든 시민은

전문기자

법률 / 역사 / 환경

김용국 ● 김종성 ● 최병성

시민기자는
OOO이다

김용국
시민기자는 다듬어지지 않은 보석이다

모든 시민은 기자다. 아니 좀 더 정확히 표현한다면
모든 시민은 기자가 될 자격이 있다.
소수 전문가가 취재와 기사 쓰기를 독점하던 시대는 지났다.
취재와 글쓰기를 위해 조금만 시간과 열정을 투자한다면 누구나 좋은 기자가
될 수 있다. 그런 측면에서 시민기자는 아직 다듬어지지 않은 보석이다.
시민 누구에게나 기자로서의 숨은 끼와 잠재된 능력이 있다.
시민기자여, 당신의 능력을 잘 다듬기만 하면 보석이 된다. 진심이다.
당신도 감동을 주는 기사, 날카로운 특종기사를 쓸 수 있다.

김종성
시민기자는 자유로운 언론 게릴라다

시민기자는 언론매체에 기자 명의로 글을 쓰지만 언론사에서 월급을 받지는 않는다.
이 덕분에 시민기자는 언론사의 방침에 얽매이지 않는다.
시민기자는 누구의 눈치도 살피지 않고 소신껏 글을 쓸 수 있다.
오로지 독자와 자신의 눈치만 살피면 된다. 주위의 경계심을 일으키지 않고 편하게 취
재할 수 있다. 그래서 시민기자는 자유롭다.
시민기자는 그저 생활인의 자세로 자료를 수집하면 된다.

최병성
시민기자는 다윗이다

내가 오마이뉴스에 쓰는 기사들은
세상의 부정(不正)과 불의(不義)라는 골리앗을 향해 던지는 다윗의 짱돌이다.
대부분의 사람들은 골리앗의 횡포에 분노할 뿐이지만, 내겐 그 어떤 골리앗도
'기사'라는 짱돌 한 방이면 쓰러질 거품에 불과하다.
오마이뉴스는 개인의 목소리를 세상에 전할 수 있게 한 '혁명'이자
무한한 '가능성'의 공간이다. 글을 쓰려는 마음을 지닌 사람, 세상을 바꾸고자
하는 열정을 지닌 사람이라면 누구나 시민기자가 될 수 있다.
우리 사회를 엉망으로 만드는 거대 골리앗에게 용기 있는 기사로 맞서는
시민기자는 모두 다윗과 같다.

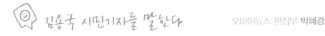 김용국 시민기자를 말한다   오마이뉴스 편집부 **박혜경**

"다른 기사 쓸 때보다 시간이 몇 배 더 걸려요."

〈제대로 이혼 도와주는 남자(이도남)〉 김용국 시민기자의 말입니다. 시민기자 8년차 베테랑인 그는 요즘 단어 하나를 두고도 고민이 많다고 합니다. 〈이도남〉 연재 때문입니다. 상담자가 상처를 받진 않을지, 이혼하라고 등 떠미는 것처럼 보이진 않을지 맘이 쓰인다고 합니다.

법률 기사를 쓰는 그는 얼핏 보면 딱딱해 보이지만, 참 섬세합니다. 전화를 걸거나 받을 때마다 목소리를 알아듣고 알은체를 꼭 합니다.

법원 공무원이라는 직업을 살려 기사를 쓰는 그는 '시민기자의 표본'이라고 말할 수 있습니다. 자신이 잘 아는 분야에서 누구 못지않게 전문성 있는 글을 쓰기 때문이죠. 법을 잘 모르는 독자가 봐도 이해할 수 있을 만큼 쉽게 쓰기도 합니다.

김용국 기자 덕분에 속 시원했던 적이 한두 번이 아닙니다. 독자들도 마찬가지였을 겁니다. 어떤 문제든 거침없이 풀어내는 그이지만 생각해보면 엄연한 '공무원' 신분입니다. "대통령이 누구냐에 따라 느끼는 '표현의 자유' 지수는 천양지차였다." 한 기사에서 그가 고백한 대목이 문득 떠오릅니다.

하지만 대한민국에 어떤 정부가 들어서건, 간지러운 곳을 콕콕 짚어 긁어주는 그의 자상한 법률 기사를 계속 볼 수 있길 기대합니다.

'시민을 위한 밥'을 위해 선택한 이중생활

김용국

지극히 평범해 보이는 40대 남성이 있다. 그는 평일 아침부터 저녁까지 여느 직장인처럼 동료들 틈에 섞여서 일을 한다. 하지만 본업을 마친 저녁과 주말이 되면 그의 눈빛과 표정은 유난히 빛난다. 화려한 '외도'가 어김없이 시작되기 때문이다. 유별나게도 그의 외도는 둘이 아닌 혼자서 하는 외도이고, 돈을 쓰는 대신 버는 외도이다.

그는 전문기자 겸 저자로 변신한다. 그가 글을 올릴 때마다 네티즌들은 인터넷신문과 포털 사이트에서 수만 아니 수십만 번 클릭하면서 많은 관심을 보인다. 그의 책은 수만 권 팔려나갔다. 오마이뉴스 '올해의 뉴스게릴라상'과 '이달의 뉴스게릴라상'을 여러 차례 받았고, 10쇄를 찍은 베스트셀러를 포함하여 세 권의 책을 냈다. 그가 쓴 기사의 누적 조회수와 원고료 수입은 각각 천만 단위를 넘어섰고, 인세 수입은 그 몇 배에 달한다.

그가 누구냐고? 부끄럽지만, 바로 나다. 웬 자랑이냐고 타박하지 마시라.

사실을 말했을 뿐이니. 몇 년 전만 해도 내가 이렇게 잘나가게 될 줄은 꿈에도 생각하지 못했다. 세상과 대화하는 수단이었던 글쓰기가 기대 이상의 성과를 내고 있는 셈이다.

다른 일을 하면서 혹은 본업을 포기하지 않고도 글쓰기로 이름을 널리 알릴 수 있을까? 많은 이들이 불가능하다고 여길 것이다. 전업 작가나 직업기자가 아니고서야 어떻게 그럴 수 있느냐고. 그런데 꼭 불가능한 것은 아니다. 적어도 내겐 그랬다. 부와 명예를 거머쥔 유명작가까지는 아니더라도, 펜으로 자신의 소신을 펼치고 세상과 소통하는 즐거움을 느끼는 글쟁이가 됐다. 덤으로 경제적 '보상'까지 받고 있으니 이 정도면 구미가 당기지 않을까.

여기까지 오는 데 꼬박 8년이라는 시간이 걸렸다. 숱한 밤을 원고지 아니 컴퓨터와 씨름하면서 보낸 결과가 헛되지는 않았나 보다. 더 중요한 건, 내 인생은 이제 시작에 불과하다는 점이다. 마흔이라는 나이 때문에 저물어가는 인생이라고 치부할지 모르겠으나 적어도 글쓰기에서는 이제 출발선을 조금 지났을 뿐이다.

물론 그 대가로 적잖은 고통이 따르기도 한다. 글이 술술 나온 적은 단 한 번도 없다. 밤새도록 단 한 줄도 못 쓴 날이 허다하다. 오래 앉아 있다고 해서 반드시 좋은 글이 나오는 것도 아니었다. 허나 좋은 글을 쓰려면 많은 시간을 투자해야 한다는 점만큼은 확실해서 난 항상 시간에 쫓긴다. 세상에 내보내야 할 글들이 밤늦게까지 써도 다 못 쓸 지경에 이르렀다. 이젠 원고 청탁이나 출판 제의를 적당히 뿌리쳐야 할 정도다. 이런 걸 사치스런 고민, 즐거운 비명이라고 해야 하나. 어쨌거나 글쓰기는 다른 무엇과도 비교할 수 없는 매력적인 소통 수단이다. 그래서 많은 이들이 고통을 자처하고 있는 게 아닐까.

남을 의식하지 않고 자기만의 공간에 글을 쓰려고 한다면 부담을 느낄 이유가 없다. 솔직하게 자기 이야기를 쓰면 되니까. 하지만 글쓰기로 세상과 소통하거나 경제적 수입을 얻겠다고 한다면 좀 다르다. 밤새워 글을 쓸 만한 열정이 없다면 아예 시작하지 않는 편이 낫다.

다시 타오른 꿈

다소 민망하지만, 나의 글쓰기는 어떻게 시작해서 어떻게 진화해왔는지, 그래서 돈은 어떻게, 얼마나 벌게 됐는지 이야기해보려고 한다. 내 경험에 비추어 초심자들이 글쓰기에서 유의할 만한 점도 털어놓으련다. 내가 누구에게 충고를 하거나 조언을 해줄 만한 능력이 안 된다는 걸 잘 알면서도 이 글을 쓰는 까닭이 있다.

글로 세상과, 사람과 교감하고 그 과정에서 나름대로 성취도 얻고자 하는 이들에게 조금이나마 도움이 됐으면 좋겠다. 단순한 취미 생활을 하는 이들보다는 세상을 향해 제대로 된 글을 써서 경제적 자립까지 하려는 이들에게 선례가 될 수 있다면 영광이겠다. 다만 화려한 조명 뒤에 숨은 어두운 그림자까지 읽길 바란다. 글쓰기라는 중노동이 버티고 있는 길을 마다하지 않고 가려는 벗들에게 경의를 표하며.

내 글쓰기가 어떻게 시작됐는지를 보려면 20여 년 전으로 거슬러 올라가야 한다. 1990년 딱 스무 살이었던 나는 글이 쓰고 싶었다. 참으로 무모했지만 내가 대학을 택한 것도 그 때문이었다. 그리고 문학에 도움이 되리라는 막연한 착각으로 대학 학보사 문을 두드렸다. 학보사에서는 선배들에게 수도 없이 깨져가며 밤마다 기사를 쓰고 고치기를 반복했다. 그렇게 3년이 지나고 나니 문학은 온데간데없고 F 학점만 수십 개 남았다.

1996년 복학생이 된 나는 열정이나 노력만으로 문학을 할 수 있는 게 아니라는 현실을 깨달았다. 대신 학보사 생활을 거치면서 기자는 열정과 노력으로 가능하다고 믿게 됐다. 기자가 되고 싶었다. 20대 중반의 나이에 방향을 약간 선회한 셈이다. 그래서 당시 잘나가던 한 월간지 기자모집에 원서를 냈다. 경쟁률은 100 대 1에 육박했다. 기자로서 정론을 펼칠 열정과 능력이 차고도 넘친다는 착각 속에 당연히 합격할 줄 알았다. 하지만 겨우 서류 전형을 통과한 나는 영어 필기시험이 있다는 사실도 모를 만큼 대책이 없었다. 당연히 불합격이었다.

본격적으로 언론사 시험에 도전하기에는 난 이미 '늦은' 복학생이었다. 게다가 5학년에 계절학기를 꽉 채워도 졸업이 불투명한 상황이었고 돈도 한 푼 없었다. 이른바 '언론고시'에 매달릴 능력도 여유도 없는 데다 '스펙'도 부족했다. 나는 몇 년 후 공무원이 되는 길을 택했다. 당연히 기자의 꿈은 사라졌을 줄 알았다. 그런데……

"당신이 진짜 기자인 줄 알아? 당신은 공무원이야! 당신 일이나 똑바로 해."

2006년 2월 어느 날, 퇴근해서 집에 들어가자마자 날벼락이 떨어졌다. 아내는 평소와는 달리 단단히 화가 난 표정이었다. 영문을 모르던 나는 아무 말도 하지 못하다가 서재에 켜져 있는 컴퓨터를 보고서야 눈치를 챘다.

컴퓨터 모니터에는 오마이뉴스 홈페이지 메인화면이 열려 있었는데 '김용국 기자'라는 이름과 함께 내가 쓴 인터뷰 기사가 머리기사로 버젓이 실려 있었다. 전혀 예상치 못한 일이었다. 그렇지 않아도 글쓰기를 탐탁지 않게 생각하던 아내는 그 기사를 남편이 썼다는 사실에 적잖이 당황했고, 인터뷰 날짜와 장소를 보고 또 한 번 경악했다. 인터뷰를 한 시각은 평일 오후. 분명 사무실에 있어야 하는 시각에 서울 신촌의 찻집에서 한 변호사를 만나고 있었으니…….

사실 난 그날 아내 몰래 휴가를 내고 인터뷰를 '감행'했다. 당일 오전엔 피곤한 듯한 목소리로 아내에게 전화를 걸어 "사무실에 일이 많아서 야근을 해야 한다"라고 '밑밥'도 깔아놓았다. 하지만 거짓말이 들통 나고 말았으니, 그 뒤로 한동안 나의 시민기자 생활은 결코 순탄치 않았다(물론 지금은 아내와 신사협정을 맺었다. 활동을 보장하는 대신 원고료와 인세의 상당 부분을 아내에게 '상납'하기로 했다).

기자가 되겠다는 젊은 날의 꿈은 이렇게 30대 중반에 다시 꿈틀대기 시작했다. 아니 꿈이 아닌 현실로 다가오고 있었다. 내가 시민기자의 길로 들어선 계기는 사실 단순하다. 가족의 이야기를 제대로 써보고 싶어서였다. 2005년, 몇 년 전까지 직장에서 복잡한 일을 맡았다가 정리를 한 뒤 그동안 소원했던 가족들과 부대끼며 살아가자고 다짐했다. 그래서 반성하는 뜻으로 글로 써 진술하게 가족 사랑을 표현하고 싶었다.

초기 기사는 당연히 '사는 이야기'가 중심이었다. 둘째 아들의 이야기를 담은 첫 번째 기사부터 포털 메인화면에 노출되면서 많은 네티즌의 주목을 받았다. 얼마 뒤 컴퓨터 게임에 빠진 큰아들의 사연을 담은 글도 톱을 장식했다.

그러던 어느 날부터인가 내 관심사는 세상을 향하기 시작했다. 기자가 되고 싶었던 꿈, 20대 젊은 나이에 품었으나 한동안 접고 살아왔던 그 꿈이 오마이뉴스라는 창을 통해 다시 꿈틀대고 있었다. 가장 이상적인 시민기자는 자기가 일하는 분야의 기사를 제대로 쓰는 기자라는 생각이 들었다. 내가 일하는 곳은 법원이다. 법원, 검찰에서 쏟아져 나오는 이른바 '법조기사'는 무수히 많지만, 제대로 깊이 있게 다루는 기사는 보기 힘들다는 개인적인 불만이 컸기 때문에 직접 도전해보고 싶었다.

첫 도전은 2005년 〈가정법원에서 생긴 일〉이라는 제목의 연재기사였다. 법정에서 가정폭력과 소년범죄 재판을 보고 알게 된 구구절절한 가정사와 가슴 아픈 사연들을 나만의 방식으로 쓰기 시작했다. 그렇게 법원 이야기로 글을 쓰던 중 여대생 마사지 영업이 무죄라는 판결이 나왔다. 여종업원이 남자 손님의 신체를 손으로 자극하는 방법으로 '유사 성행위'를 했는데 무죄가 됐으니 언론에서도 흥미 있게 다루었다. 그런데 대부분의 기사는 음성적인 성매매에 면죄부를 준 판결이라는 식으로 보도하거나, 아니면 선정적인 내용만 부각시켰다. 내가 보기에는 그게 전부가 아니었다.

그래서 직접 기사를 써보기로 했다. 관련법을 뒤져보고, 판결문을 분석했다. 또 담당판사까지 어렵게 인터뷰하여 판결 의도를 들었다. 판사는 명확한 법규정이 없는데도 손으로 자극한 행위를 구강·항문성교처럼 처벌하는 게 맞는지, 성매매가 부도덕하다는 도덕적 비난과 별개로 형벌로 처벌해야 하는지 등 많은 고민이 들었다고 했다. 판사는 판결을 통해 '법은 최소한의 도덕이므로 도덕의 영역은 가능하면 법이 개입하지 말아야 한다'는 메시지를 전하고 있었다. 지금까지 법원이 기계적으로 성매매를 단죄하거나 준엄하게 꾸짖던 것과 비교하면 파격적이었다. 그날 밤을 새워 글을 썼다. 기사 제목은 〈'대딸방' 무죄…… "법은 최소한의 도덕"〉(2005. 12. 1)이었는데 이 글로 오마이뉴스 '이달의 뉴스게릴라상'을 받았다.

2006년부터 내 글쓰기 키워드는 법원, 판사, 판결, 사법개혁이라고 해도 과언이 아니었다. 우선 〈판사, 법원을 말하다〉라는 제목으로 판사 연쇄 인터뷰를 시작했다. 사법개혁의 선두주자로 불렸던 정진경 판사(현 변호사), 지천명에 평판사로 돌아온 임희동 판사, 친일재산 되찾기에 쐐기를 박은 판결을 내린 이종광 판사, 사회적 반향을 불러온 판결로 유명한 이정렬 판사 등을 차례로 만났다. 사람들에게 법원과 판사의 맨 얼굴을 보여주고 싶다는 의도였는데 다행히 반응도 좋고 보람도 있었다. 그해 이른바 '법조비리 사건'으로 법원이 들끓을 때 내부 분위기를 전한 기사들을 쓰면서 내 자리와 역할을 찾기 시작했다. 그 후 사회적으로 파장을 일으킨 판결을 분석하거나 시사·정치와 관련된 법률문제를 풀어내는 글을 주로 썼다.

'촛불재판 파동'과 '아는 만큼 보이는 법'

시민기자 5년차인 2009년은 내 글쓰기에 일대 전환을 가져온 해였다. 이

때 본격적인 법조 전문 시민기자의 길로 들어섰다. 2009년 나의 글쓰기를 두 가지로 정리한다면 '촛불재판 파동'과 〈아는 만큼 보이는 법〉이다.

먼저 '촛불재판 파동'으로 기자로서의 역할을 하게 됐다. '촛불재판 파동'을 요약하자면 이렇다. 신영철 당시 서울중앙지방법원장이 미국산 쇠고기 반대 촛불시위와 관련된 형사재판에 관여하려 한 행위가 드러났다. 그가 촛불사건 배당을 특정 재판부에 몰아주거나 판사들에게 이메일을 보내 사건 처리를 독려했던 사실이 뒤늦게 알려진 것이다. 전국 법원의 판사들이 이를 재판권 침해로 규정하고 판사회의를 열거나 신영철 법원장을 성토하는 초유의 사태가 벌어졌다. 당연히 사람들의 이목이 법원에 집중됐다. 이때 판사와 법원 공무원들의 목소리를 생생하게 전하거나 사태를 분석하는 글을 쓰면서 내 주가는 올라갔다.

이무렵 나는 작정하고 〈아는 만큼 보이는 법〉이라는 연재를 시작했다. 소수 전문가의 전유물처럼 여겨지던 법을 대중의 곁으로 보내겠다는 각오로 시작한 일이었다. 실제 사례를 중심으로 일반인이 꼭 알아야 할 법률용어와 소송절차 등 법의 모든 걸 소재로 삼았다. 법을 고리로 대중들과 대화하는 일이 결코 쉽지는 않았다. 부족한 글쓰기 실력과 법률지식 때문에 밤을 샌 적도 많았다. 전문용어로 넘쳐 나는 법률을 쉽게 풀어 쓰는 일도 고역이었다.

그런데 연재 횟수가 늘어날수록 메일과 쪽지함에는 비판과 함께 감사와 격려의 메시지가 끊이지 않았다. 상담을 바라는 이들도 늘어났다. 내가 목표로 두었던 법의 대중화를 실현하는 과정이라고 여기니 뿌듯했다.

2011년 11월 한나라당의 한미 FTA 강행 처리가 조용하던 사법부를 흔들었을 때도 마찬가지였다. 어느 판사가 이를 성토하는 글을 페이스북에 올리자 보수 언론은 '정치 편향' 논란을 부추겼다. 법원 내부는 들끓었다. 판사가 SNS(Social Network Service)를 사용하는 것이 타당한지, SNS로 어느 정도까지 의견 표명이 가능한지에 대해서도 논쟁이 일었다. 'SNS 사태'라고 불러도 좋을 정도였다. 그 와중에 대법원 공직자윤리위원회는 이 사안을 공식 안건으로 다뤘고, 대법원도 SNS 사용 가이드라인을 만들겠다고 밝혔다. 분위기는 판사들의 SNS 사용을 규제하는 쪽으로 흘러갔다. 그냥 넘어가면 안 될 것 같았다. 당시 논란의 중심에 있던 최은배, 이정렬, 서기호 판사의 진솔한 이야기를 인터뷰 기사로 담았다. 나는 이른바 '개념판사' 3인방을 모두 단독 인터뷰한 유일한 기자가 됐다. 2012년 9월에는 〈아는 만큼 보이는 법〉 기사도 100회를 넘어섰다. 그동안 조회수 600만 건을 훌쩍 넘길 만큼 큰 관심을 받아왔다. 나에게는 모험이자 새로운 도전이었다.

2012년 하반기부터는 또 다른 연재를 진행 중이다. 〈제대로 이혼 도와주는 남자〉, 줄여서 〈이도남〉이다. 한 해 10만 쌍이 넘는 부부가 이혼을 하는데도 정작 이혼에 대한 준비나 법률지식은 너무 부족한 게 우리의 현실이다. 법적인 문제를 제대로 알고 신중하게 이혼을 결정하자, 그리고 이혼 후까지 생각하는 바람직한 문화를 만들자는 게 연재의 목적이다. 반응이 뜨거워서 상담 메일에 일일이 답변을 해주기 힘들 정도다.

오마이뉴스에 글을 쓰면서 많은 상을 받기도 했다. 2005년 '이달의 뉴스게릴라상', 2009년과 2011년 두 차례 '올해의 뉴스게릴라상', 2010년에는 '명예의 숲 으뜸상'을 받았다.

이제야 고백하지만 가슴 떨리는 사건도 있었다. 어느 해 국회 법사위원회에서 내 기사를 놓고 '공무원이 기자로 활동하면서 이런 기사를 써도 되느냐'는 문제로 논쟁이 벌어졌다. 누군가 귀띔해줘서 국회 회의록을 보고 뒤늦게 이 사실을 알았다. 내게 닥칠 후폭풍이 거세리라 각오했으나 다행히 신변에 큰 이상은 없었다. 법원 비판기사를 쓴 뒤에는 한동안 내부 항의에 시달려야 했다. 열심히 일하는 판사들을 욕 먹일 일 있느냐는 핀잔을 듣기도 했다. 하지만 나를 응원하고 도와주는 법원 사람들도 많다. 그래서 힘을 얻는다.

유명세를 치르는 일도 종종 있다. 한번은 업무를 하고 있는데 한 사람이 다가와서 알은척을 했다. 초면이었다. 그는 뜻밖의 말을 전했다. "김용국 기자 되시죠? 요즘 연재 기사 잘 보고 있습니다. 앞으로도 좋은 글 계속 써주시길 부탁드릴게요."

갑자기 뜨끔해졌다. 어떻게 나를 알아보았을까. 속으로 '이젠 사기 치기도 힘들겠구나' 하는 생각까지 들었다. 얼마 전에는 법정 견학을 왔던 학생이 재판조서를 작성하고 있던 나를 알아보고 사인을 요청했다. 사진을 보고 내 얼굴을 알고 있었다니 울어야 할지, 웃어야 할지 난감했다.

나를 부끄럽게 만든 일이 또 한 번 있었다. SNS에서 만난 어느 변호사가 내 기사를 애독한다면서 "정말 읽기 쉽습니다. 현존하는 최고의 법률 리포터입니다. 기자님한테 많이 배웁니다"라고 과분한 칭찬을 해주었다.

사회적으로 반향이 있는 기사를 쓰고 난 다음에는 언론사 기자들도 연락을 해온다. 인터뷰나 취재, 자료 제공 요청이 목적이다. 나도 엄연한 기자인 오마이뉴스 시민기자로 활동하며 잃어버린 꿈을 되찾았다. '기자'라는 꿈을 말이다.
낮에는 법원 공무원으로 일하고, 밤과 주말에는 글을 쓰는 이중생활이 버거울 때도 있지만
그래도 신이 난다. 법은 시민의 것, 시민을 위한 것이어야 한다는 소신을 글에 담으며
온 열정을 바치는 내가 스스로도 놀랍다.

데, 기자가 기자를 상대로 취재를 한다는 건 성의 없는 일이라 여겨 응하지 않는 편이다.

그래서인지 내 기사가 나도 모르게 도용되기도 한다. 가끔씩 내 기사와 유사한 글들을 보면 씁쓸하기도 하지만 이 정도는 애교에 속한다. 표절에 가까운 사건도 종종 겪는다. 어느 뉴스통신사 기자가 내 기사를 거의 그대로 베낀 적이 있었다. 문제가 커지자 그 기자는 사과의 뜻을 밝히면서도 "직업기자를 물먹게 했다"는 어처구니없는 항변을 늘어놓기도 했다. 최근에는 한 공중파 방송에서 내 기사의 구성을 거의 바꾸지 않고 프로그램을 제작해 방송한 사실을 알게 됐다. 항의의 뜻을 밝혔더니 방송작가가 사과 메일을 보내오기도 했다. 시민기자를 무시하는 직업 언론인들의 단면을 엿볼 수 있는 사건들이기도 하고, 달리 생각하면 시민기자의 능력을 보여준 사건들이기도 하다.

전문성이 없는 시민기자들이 어떻게 충실한 기사를 쓸 수 있냐고 비판하는 이들도 있다. 하지만 내가 보기에 직업기자들은 많은 지식을 두루 섭렵하고 있는 듯 보이지만 한 분야를 깊이 있게 알지 못한다는 약점도 있다. 최근 언론사들이 앞다투어 '전문기자' 자리를 만든 것도 그런 한계를 극복하려는 움직임일 것이다. 시민기자라고 해서 전문기자가 되지 말란 법은 없다. 어쩌면 세상에는 이미 수없이 많은 전문기자가 있다. 다만 제대로 다듬어지지 않았을 뿐이다.

8년째 기사를 쓰면서 수많은 독자와 취재원을 만났다. 시민기자에게는 언론사 입사시험처럼 영어성적과 학벌이 중요하지 않았다. 대신 능력과 열정으로 기자의 자질을 검증하고 있었다. 기자라는 이름은 더 이상 소수만이 누릴 수 있는 특권이 아니었다.

글은 엉덩이로 쓴다

"책만큼 개인에게 성취감을 주는 글쓰기는 없다."

어느 선배가 건넨 이 말에 공감한다. 아무리 하찮은 글을 모아놓았더라도 한 권의 책이 나오기 위해서는 뼈를 깎는 노력이 있어야 한다는 사실을 책을 써본 사람은 알 것이다. 기사, 리뷰, 블로그의 글이나 그 밖의 단문들이 단편적인 정보나 지식을 제공한다면 책은 속성상 체계화된 지식을 전달하는 역할을 한다. 책을 쓰는 과정에서 저자 자신도 지식을 재구성하고 머릿속에서 온갖 정보들이 정리되는 느낌을 갖게 된다. 책을 완성하면서 느끼는 만족은 대단히 크다. 어디 정신적인 만족뿐일까. 책은 인세라는 목돈을 쥐어준다.

지금까지 책 세 권을 썼고, 네 번째 책을 준비 중이다. 2010년 1월에 나온 첫 책 《생활법률 상식사전》은 정말로 공을 많이 들였다. 구상은 출간 몇 년 전부터 해왔는데, 처음에는 막연한 아이디어 수준이었다. 법을 쉽고 만만한 대상으로 여기게 만들 만한 책을 쓰자는 생각이었다. 좀 더 구체적인 계획으로 발전한 건 2009년 오마이뉴스에 〈아는 만큼 보이는 법〉 연재를 시작하면서부터다. 연재 초기부터 책으로 출간할 것을 염두에 두고 자료도 많이 찾아보고 공부도 해가며 기사를 썼다. 인터넷 연재는 규칙적인 글쓰기를 하게끔 긴장감을 주고, 독자들의 관심과 반응을 살필 수 있다는 장점이 있다. 그 덕분인지 《생활법률 상식사전》은 과분한 사랑을 받았다. 법률 서적으로는 이례적으로 제법 잘 팔린 책이 됐다. 이미 10쇄를 넘어섰다.

두 번째 책 《생활법률 해법사전》은 첫 번째 책의 응용편인 셈이다. 일상생활에서 일어난 실화를 소개하며 법률적으로 접근하는 방식이었다. 가정 문제, 성(性) 문제, 교통사고, 직장생활 등 모든 사례들을 1년 넘게 수집했다. 독자들의 반응은 첫 책보다 떨어졌지만 글쓰기에는 상당히 많은 도움을 준 책이다. 2012년엔 세 번째 책으로 서기호 판사와의 대담집 《국민판사 서기호입니다》를 냈으니 해마다 책 한 권씩을 세상에 내보낸 셈이다.

세 권의 책을 내면서 출판용 원고를 쓰는 게 얼마나 힘들고 외로운 일인지 절실하게 깨달았다. 병원 신세를 진 적도 있다. 이 세상 모든 저자들이 존경스러워 보였고, 남이 써놓은 책을 읽는 일이 얼마나 행복한지 비로소 알았다. 고생스러웠던 기억 때문에 '내가 다시 책을 내면 사람이 아니다'라는 다짐까지 했다. 하지만 이 다짐은 여지없이 무너지고 말았다. 마치 산모들이 출산의 고통을 잊고 언제 그랬냐는 듯 또 아이를 낳듯이, 창작의 고통이 잊힐 때쯤이면 다시 책을 쓰고 싶은 마음이 슬그머니 고개를 들었다. 그렇게 해서 지금은 네 번째 책을 쓰고 있다.

책을 내려면 많은 시간이 필요하다. 품도 많이 든다. 만약 책을 쓰려고 마음먹었다면 평소 틈틈이 준비하는 게 좋다. 블로거라면 초안 수준의 글이라도 블로그에 차곡차곡 정리해보고, 시민기자라면 기사를 쓰면서 독자들의 반응을 살펴보는 것도 도움이 된다. 지금 쓰는 글이 책으로 엮인다고 가정하면 더 책임감 있는 글쓰기를 할 수 있다.

2005년 오마이뉴스에 글을 쓴 이래 책 출간 이외에도 여기저기서 원고 청탁을 받고 있다. 최근에는 강연 요청까지 들어오면서 할 일이 더 늘었다. 현재 정기적으로 쓰는 원고는 오마이뉴스 주 1~2회, 일간지 인터넷판 연재 월 2회, 월간잡지 연재, 모 대학신문 격주 연재 등이다. 어림잡아도 200자 원고지 10~30매 정도의 글을 매달 열 꼭지 정도 쓴다. 주말 시간은 주로 자료를 모으거나 책을 보는 데 활용하니, 평일을 기준으로 하면 이틀에 한 번 꼴로 글을 완성하는 셈이다. 그 밖에 때때로 들어오는 원고 청탁이나 강의 요청도 조건이나 시간이 맞으면 수락한다. 그리고 출간을 앞두고는 책을 준비하는 데 훨씬 많은 시간을 할애한다.

이미 밝혔듯이 난 직장생활을 한다. 그런데 어떻게 이런 글쓰기가 가능할까? 방법은 간단하다. 내가 온전히 글을 쓸 수 있는 시간은 저녁 6시부터 잠자기 전까지다. 본업을 빼고는 취미활동이나 운동, 술자리도 거의 삼가고 글 쓰는 일에만 몰두한다. 개인 약속도 거의 잡지 않는다. 독자들은 내 글 자체를 보고 판단할 뿐이지 내 개인 사정을 감안해서 읽지 않는다. 그러니 글을 대충 쓸 수는 없다. 책을 낼 때도 최소한 6개월 이상씩 꼬박 투자했다. 남들이 술 마시고 놀거나 쉬면서 보내는 시간을 활용하는 방법밖에 없었다. 보람을 느끼기도 하지만 때때로 감옥에 갇힌 기분이 들기도 한다. 글은 엉덩이로 쓴다는 말을 실감하고 있다.

흔히 두 가지 일을 한다면, 시간적 여유가 있거나 본업을 소홀히 해도 될만큼 여건이 좋다고 생각할 수도 있겠다. 천만의 말씀이다. 자신의 일을 열심히 못하는 사람이 기사를 쓰거나 책을 낸다는 건 어불성설이다. 이건 능력보다 자세의 문제이기도 하다. 특히나 자신의 전문 분야를 살려서 글을 쓰려고 준비한다면 본업을 무시해서도 안 된다. 스스로 열정이 있고 준비가 된다면 본업과 글쓰기를 병행하는 일은 충분히 도전해볼 만하다.

그래서 얼마를 벌었을까?

나는 오마이뉴스 시민기자로 본격적인 글쓰기를 시작했고, 점차 기고를 늘려나갔다. 그리고 글쓰기의 성과를 책 출간으로 모았고, 지금은 외부 강연을 늘려나가는 방식으로 외연을 확장하고 있다. 기사, 출간, 강연으로 활동 영역을 넓혀가고 있는 셈이다. 내가 이렇게 많은 일을 벌이게 된 데는 마흔으로 접어든 나이 탓도 있다. 더 나이 들면 하고 싶은 일을 못 할 수도 있겠다는 위기감이 들었다. 더 늦기 전에 성과가 있든 없든 한번 저질러보자는 각오로 뛰어들었다. 그 결과 성취감과 함께 돈까지 덤으로 따라오고 있다. 그래서 얼마를 벌었을까?

난 월급쟁이다. 한 달에 한 번 들어오는 돈으로 나를 포함한 네 가족이 먹고산다. 그냥 먹고만 사는 수준이다. 문제는 내가 하고 싶은 일이 너무 많다는 거다. 그런데 월급에 자꾸 손을 대자니 나를 뺀 가족, 즉 나머지 세 명의 '삶의 질'이 떨어지는 것 같았다. 그래서 부업을 생각했다. 그렇다고 대리운전, 편의점 심야 알바를 하기에는 능력도 부족하고 체력도 안 따라준다. 주식이나 펀드, 부동산은 아예 쳐다보지도 않는다. 돈이 되더라도 삶에는 별

도움이 안 되니까. 그렇다면 동기나 과정도 중요하고, 성취감도 있고 세상을 향해 목소리도 내면서 돈을 벌 수는 없을까? 답은 바로 글쓰기였다. 내가 좋아하는 글쓰기를 통해 즐기면서 돈을 벌 수 있게 된 것이다.

사실 '돈을 벌었다'고 말할 수 있는 건 그리 오래되지 않았다. 블로그에 취미로 글을 쓴다면 고민할 게 없다. 하지만 언론매체에 글을 보내거나 책을 쓴다면 경제적인 측면도 고려하지 않을 수 없다. 스포츠 경기에 나간 선수가 "수상이 아닌 참가에 의의를 둔다"라거나 책을 낸 저자가 "내게 돈은 중요하지 않다"라고 말한다면 정말 존경스럽겠지만 난 그럴 자신이 없다. 그래서 돈 이야기를 해보려고 한다.

오마이뉴스 원고료는 등급에 따라 다르다. 기본 2000원부터 최고 5만 원까지 있다. 기본 원고료를 인상해야 한다는 이들도 있고, 원고료 편차를 줄여야 한다는 이들도 있다. 주된 벌이가 글쓰기인 시민기자들에게는 더 절실한 문제일 것이다. 원고료는 최소한의 노동 대가이자 좋은 글을 쓰기 위한 동기가 되고 있음은 틀림없다. 내가 쓴 기사는 2005년부터 2012년 12월까지 300개에 조금 못 미친다. 운이 좋게도 그중에서 머리기사가 200개 정도를 차지했고 상도 여러 차례 받았다. 이렇게 받은 원고료가 1000만 원이 넘었고 생활에 적지 않은 보탬이 됐다. 이 돈으로 취재원을 만나거나 책을 사보는 식으로 좋을 글을 쓰기 위해 재투자한 경우도 있다.

시민기자치고 원고료나 기사 등급에 신경 쓰지 않을 사람이 어디 있을까. 나 역시 마찬가지였다. 그런데 사실 머리기사가 반드시 좋은 글이라는 보장은 없다. 돌아보니 남는 건 머리기사가 아니라 기사를 쓰는 자세와 태도였다.

나는 시민기자를 스포츠 경기에서 출전을 앞둔 후보 선수라고 빗대고 싶다. 후보라고 좌절할 이유가 없다. 대신 경기 중에 언제라도 경기에 나갈 수 있도록 몸 상태를 최상으로 유지해야 한다. 그러다 보면 화려한 주전이 되어 활약할 기회가 반드시 생긴다. 준비된 시민기자는 반드시 빛을 보는 날이 온다. 나는 '내 기사가 머리기사가 됐으면 좋겠다'보다 '내 기사가 머리기사가 되어도 부끄럽지 않았으면 좋겠다'를 먼저 떠올리려 한다.

아쉽게도 오마이뉴스의 원고료는 수많은 시민기자들을 만족시킬 만한 수준은 아니다. 그렇다면 시민기자 스스로 뭔가를 얻어 가야 한다. 나는 연재를 통해 출간을 준비하거나 다른 곳에서 원고 청탁을 받는 쪽으로 방향을 잡았다. 일단 기사로 전문성과 능력을 인정받아야 한다고 판단했기에 기사 쓰기에 나름대로 공을 들였다. 독자들과의 교감도 원고료 몇 푼으로는 얻을 수 없는 소중한 글쓰기 자산이 됐다.

그동안 받은 인세가 얼마인지 정확히 계산해보지는 않았다. 하지만 결코 적은 돈은 아니었다. 먼저 《생활법률 상식사전》은 독자층이 한정된 법률 분야의 책치고는 상당히 많이 팔렸다. 그리고 두 권을 더 냈으니 인세 수입은 원고료와 비교할 수 없을 정도로 큰 금액이다. 물론 본업 수준에는 한참 못 미치는 수준이다. 그래도 어떻게 보면 직업이 있으면서 인세 수입을 꾸준히 받고 있기 때문에 전업 작가에 비해 훨씬 나은 편이다.

책을 냈다는 성취감은 글쓰기의 원동력이 되기도 한다. 책을 통해 인지도가 높아지면서 강연 요청, 출판 제안이 들어오는 일도 제법 된다. 따라서 원고료가 얼마나 쌓이건, 책이 몇 권 팔리건, 최선을 다해서 글을 쓰는 게 우선이고 도리이다. 이렇게 되면 점차 자신의 뜻에 맞는 곳, 쓰고 싶은 공간을 골라서 글을 쓸 수 있게 된다.

나를 알리는 작업도 필요하다. 알린다고 해서 특별한 건 없다. 한 분야를 계속 파면 된다. 남들과 다른 독창적인 분야에서 깊이 있는 글을 계속 쓰면 사람들이 찾게 된다. 블로그나 SNS를 통해 자신을 알리는 것도 하나의 방법이 될 수 있겠다. 글쓰기에서의 경쟁력은 무엇보다 독창성과 전문성이다.

글을 쓰면서 세운 원칙

그동안 글을 쓰면서 내가 세운 원칙은 네 가지이다. 쉽게 쓰자, 허투루 쓰지 말자, 독창적인 글을 쓰자, 비판의식을 지키자. 얼마나 지켰는지 잘 모르겠으나 앞으로도 이 원칙을 지키고 싶다. 특히 남들이 쓰지 않는 글, 아니 쓸 수 없는 소재의 글을 기획해보고 싶다. 내가 글을 쓰면서 강조하고 싶은 몇 가지를 소개한다.

쉽게 쓰는 것처럼 어려운 일은 없다

글을 써본 사람이라면 안다. 쉽게 쓰는 것이 얼마나 어려운지. 쉽게 못 쓰기 때문에 어쩔 수 없이 어렵게 쓴 적도 많지 않은가. 대중을 상대로 하는 글쓰기에는 서비스 정신이 필요하다. 서비스의 첫 번째가 쉽게 쓰기이다.

독자가 이해하지 못하는 글처럼 쉬운 것은 없다. 반대로 중요한 사상을 누구나 쉽게 이해할 수 있게끔 글을 쓰는 것처럼 어려운 일은 없다.
— 《쇼펜하우어 문장론》, 쇼펜하우어 지음, 김욱 옮김

나뿐만이 아니다. 쇼펜하우어도, 이오덕 선생도 쉽게 쓰는 게 능력이라고 강조한다. 특히 전문 분야의 글에서는 쉽게 쓰는 게 대단한 강점이다. 내가 법률기사를 쓸 때는 법률용어 때문에 쉽게 고쳐야 할 내용이 너무 많았다. 그래서 글쓰기 전에 중·고등학생 독자를 염두에 두고 그들에게 풀어서 설명한다는 기분으로 접근했다.

그래서 쉬운 말부터 고민해본다. '기소한다' 대신 '법원에 넘긴다'로 고치거나 '모두 진술' 대신 '최초 진술'이란 말을 사용한다. 여기서 중요한 건 원뜻을 훼손하지 않도록 유의해야 한다는 점이다. 문장을 잘게 잘 자르는 일도 중요하다. 또 일상생활에서 잘 쓰지 않는 표현은 최대한 피하는 게 좋다.

'많이'보다 '제대로', 허투루 쓰지 말자

부족하더라도 많이 쓰는 게 좋을까, 적게 쓰더라도 제대로 쓰는 게 나을까. 그냥 취미로 글을 쓰겠다면 고민할 필요도 없다. 블로그에 자유롭게 쓰면서 맞춤법 신경 쓸 필요도 없고, 스트레스 받을 일도 없다. 무조건 쓰면 된다. 그게 아니라면 난 후자를 택하겠다. 돈을 받는 글, 대중에게 읽히기 위한 글이라면 더더욱 그렇다.

연재를 시작하고, 한 편의 기사를 쓰려면 보통 일주일이 걸린다. 소재를 정하고, 어떤 방향으로 쓸지 구상한다. 2~3일 정도 글과 관련된 책과 자료

들을 검토하고 나서 본격적으로 글을 쓴다. 스스로 글이 부족하다고 생각하면 고치고 또 고치기를 반복했다. 많이 쓰는 게 목적이 아닌 이상 1년 후, 10년 후라도 부끄럽지 않을 글을 쓰고 싶었다.

이런 나를 보고 "하룻밤에 몇 개씩 쓰는 사람도 있는데, 그렇게 해서 요즘 같은 시대를 어떻게 살겠느냐"라고 타박하는 사람이 있다. 하지만 난 허투루 쓰지 말자는 원칙을 고수한다. 사람들의 뇌리에 박히고 감동을 주는 글은 쉽사리 나오지 않는다. 적절한 비유인지 모르겠지만, 딱 한 곡 히트해서 대중들의 사랑을 받고 평생 먹고사는 가수도 있지 않은가. 최선을 다한 글 한 편이 인생을 바꿀지도 모른다.

독창성: 자기만의 블루오션을 찾아라

우리나라에 블로그는 몇 개나 될까. 아마도 수백만 개는 족히 될 것이다. 그중에서 기억에 남는 블로그들을 떠올려보자. 어떤 특징이 있을까? 내가 보기에는 독창성이다. 독창적인 시각, 독특한 소재로 남들과는 다른 모습이 돋보이면 인기를 끌 수밖에 없다. 예를 들어 같은 영화, 같은 책을 분석한 글도 누가 어떤 관점에서 썼느냐에 따라 독자들의 반응은 크게 갈린다. 사회나 정치 이야기를 하면서 신문 사설 식으로 훈계하는 글을 쓸 수 있는 사람은 넘쳐난다. 남들과는 다른 날카로운 시선, 나만의 독특한 방식을 찾아야 글이 생명력을 갖게 된다.

매체는 널려 있다. 오마이뉴스를 비롯해 시민기자 제도를 운영하는 언론사도 많고, 기고할 곳도 널려 있다. 블로그, 페이스북, 개인 홈페이지도 좋다. 누구나 남들보다 잘하는 분야가 있다. 자기가 뭘 잘하는지 찾으면 된다. 내가 강조하고 싶은 건 독창성이다. 형식이 독특하건, 주제가 특별하건, 소재가 유별나건…… 어려울 것 없다. 무얼 망설이는가.

나는 오마이뉴스를 통해 판사 연쇄 인터뷰를 기획했다. 현직 판사들이 자발적으로 언론에 나오는 경우는 흔치 않다. 그것도 몇 시간씩 인터뷰를 하면서 법원에 관한 이야기를 솔직하게 한 적은 더더욱 없었다. 남들이 할 수 없었던 이 기획을 통해 나는 자연스레 능력을 인정받았다. 어려운 법 이야기를 쉽게 쓸 수 있다는 장점으로도 여러 군데에서 관심을 받고 있다.

글은 쓰는 사람은 많다. 그런데 주제나 소재가 특정 분야로 좁혀지면 상황은 다르다. 이 점을 잘 활용해야 한다. 그러려면 한 우물을 파는 게 유리하다. 장담컨대, 앞으로 글쓰기 분야는 교수, 변호사, 의사, 기자와 같은 타이틀보다는 능력이나 전문성이 우대받는 시대가 올 것이다. 아니 이미 왔는지도 모른다. 전문가 수준의 지식으로 대중들이 공감하고 이해하기 편한 글을 쓰는 사람들이 주목받을 수밖에 없다.

처음에 그 생각은 그리 명확한 것은 아니었어요. 명확한 계획이라기보다는 차라리 단순한 소망에 가까웠습니다. 그러나 내가 그것을 마음속에 새기고 내 마음을 온통 차지하도록 만들자, 마침내 내가 그 아이디어를 움직이는 대신 그 아이디어가 나를 움직이게 했습니다.

《생각하라! 그러면 부자가 되리라》, 나폴레온 힐 지음, 남문희 옮김

내 머릿속엔 항상 각종 아이디어가 넘쳐난다. 의욕이 넘친다는 방증일까. 그걸 얼마나 구체화하고 실현하느냐가 나의 과제이다. 글은 상상력에서 시작될 수도 있다. 내가 쓴 글 중 상당수가 그랬다.

예를 들어, 남자가 여탕에 들어가면 유죄일까 무죄일까, 선물로 나눠준 복권이 당첨되면 당첨금의 주인은 누구일까, 상갓집 조의금이나 결혼식 축의금은 누구 소유일까, 남편이 아내를 '강간' 해도 죄가 되나, '키스방' 을 처벌할 수 있을까, 경찰에 신고하지 않고 1인시위를 해도 왜 처벌받지 않을까, 배우자 한쪽이 오랫동안 가출하면 자동으로 이혼이 될까……. 이런 고민을 하다 보면 식상하고 지루하게만 여겨지는 법도 대중들과 공감할 수 있는 수단이 된다.

그동안의 연재 기사나 책의 방향도 여러 가지 아이디어와 소재가 합쳐져서 나왔다. 아직도 법을 소재로 쓸 수 있는 글은 내 머릿속에서 넘쳐난다. 누구나 자기가 잘하는 분야가 있을 것이다. 그중에서 대중과 교차하는 부분을 찾아보길 바란다.

논란을 두려워 말라

오마이뉴스에 글을 쓰다 보면 욕을 자주 먹는다. 내 글에 공감하는 사람도 있지만 그렇지 않은 사람도 분명히 있다. 당연한 일이다. 무난한 글만 쓰면 욕먹을 일은 없겠지만 그렇게 적당히 이미지 관리할 생각은 별로 없다. 어떤 글은 욕먹을 각오로 쓰기도 한다. 특히 성(性)과 관련된 문제나 법원(정책)과 관련된 문제 등 민감한 사안은 중립인 척하는 게 나을 때도 있지만 솔직하게 쓰는 편이다.

여대생 마사지와 '키스방' 처벌 논란이 있었을 때, 도덕적 비난을 감수할 행동을 했더라도 국가가 섣불리 사생활에 개입하는 건 바람직하지 않다는 의견을 밝힌 적이 있다. 군대 동성애 문제도 군기 확립을 위해 처벌한다는 근거가 타당하지 않다고 비판했다. 그랬더니 온갖 욕설이 난무했다. 심지어는 나와 가족들 신변을 거론하는 이메일도 받았다. 하지만 나는 욕설을 일종의 찬사로 받아들인다. 그만큼 영향력을 발휘했다는 뜻이기 때문이다. 사람들은 성에 관심은 많지만 공개적으로 토론하기를 꺼린다. 성이 더 이상 술자리의 안줏거리에 그치지 않고 공론의 장으로 나와야 오히려 사회가 건강해진다고 믿는다. 이 사회에는 솔직한 글, 공격적인 글이 더 필요하다. 그러니 악성 댓글은 웃어넘기고 논란은 두려워하지 말자.

글 쓸 때 잊지 말아야 할 것들

누구나 자판을 두드리며 자유롭게 글을 쓸 수 있는 시대이다. 하지만 글쓰는 데도 몇 가지 유의할 점이 있다.

시민기자는 아마추어 기자가 아니다

시민기자는 아마추어 기자일까? 결코 그렇지 않다. 시민기자는 대충 써도 된다는 생각부터 버려야 한다. 시민기자는 단지 직업이 따로 있을 뿐이다. 기사를 의무적으로 써야 하는 직업기자가 아니라서 오히려 자기가 좋아하고 잘하는 분야에서 깊이 있는 글을 쓸 수 있다는 장점도 있다. 시민기자의 글은 기사의 형식을 갖추지 못한 글이라고 폄하하는 시선도 있지만, 기본적인 글쓰기 능력만 갖춘다면 시민기자의 글이 직업기자보다 못하다고 단순히 평가할 수 없다.

시민기자의 장점 세 가지를 말하자면, 우선 시민기자들은 자유롭다. 직업기자들처럼 기삿거리를 찾기 위해 돌아다니지 않아도 되고, 일터나 생활 공간이 취재처가 된다. 둘째, 시민기자들의 글은 살아 있다. 많은 이들이 '기사'라고 하면 신문의 보도기사, 일명 스트레이트 기사를 떠올린다. 하지만 기사가 반드시 감정을 배제한 무미건조한 글일 필요는 없다. 자신의 주관을 드러낸 진솔한 글이 오히려 독자들에게 호소력 있게 다가가기도 한다. 삶에서 나오는 살아 있는 글은 시민기자가 쓰기에 더 적합하다. 셋째, 글쓰기에 많은 시간을 투자할 수 있다. 한 개의 기사를 쓰기 위해, 한 장의 좋은 사진을 찍기 위해 밤을 새웠다는 시민기자들의 이야기를 자주 듣는다. 스스로 아마추어라고 낮출 필요가 없다. 겸손은 미덕이 아니다.

호환마마보다 무서운 저작권 침해, 명예훼손을 조심하라

초보운전자라고 해서 교통 위반을 용서해주지 않듯, 초보 글쟁이라고 해서 법이 피해 가지는 않는다. 글쓰기에서 호환마마보다 무서운 게 저작권과 명예훼손이다.

개인 블로그에 언론사 기사를 스크랩해서 올려도 문제가 된다. 남의 글을 인용할 때는 반드시 출처를 밝혀야 하고, 인용문이 주가 되어서는 안 된다.

사진이나 음악은 사용 동의를 반드시 얻고, 비용을 지불하기 전에는 사용하면 안 된다. 이 정도만 지켜도 저작권 침해를 피할 수 있다.

명예훼손은 좀 복잡하다. 잘 알려지지는 않았지만 명예훼손으로 고소당하거나 법정에 서는 시민기자들도 적지 않다. 무엇을 조심해야 할까. 언론보도에서 개인의 명예보호와 표현의 자유가 충돌할 때가 있다. 예컨대 정치인이나 연예인 사생활 관련 기사, 고발 기사를 생각해볼 수 있다. 이때 법원의 판단 기준은 '언론 보도가 공익을 위한 것이고 내용이 진실하거나 진실이라고 믿을 만한 상당한 이유가 있다면 명예훼손의 책임을 지지 않는다' 정도로 요약할 수 있다. 주로 문제가 되는 부분은 '진실이라고 믿는 데 상당한 이유'가 있었는지이다. 대법원 판례는 이렇다.

> 적시된 사실의 내용, 진실이라고 믿게 된 근거나 자료의 확실성과 신빙성, 사실 확인의 용이성, 보도로 인한 피해자의 피해 정도 등 여러 사정을 종합하여 행위자가 보도 내용의 진위 여부를 확인하기 위하여 적절하고도 충분한 조사를 다하였는가, 그 진실성이 객관적이고도 합리적인 자료나 근거에 의하여 뒷받침되는가 하는 점에 비추어 판단하여야 한다.
>
> — 대법원 2008. 1. 24. 선고 2005다58823 판결 등

한마디로 글을 쓸 때 사실 확인과 반론권 보장을 잘하라는 말이다. 법을 떠나 기자로서의 기본 자질 문제이기도 하다. 상식적으로 생각해서 내 글이 남의 권리를 침해할 가능성이 있다고 여겨지면 한 번 더 살펴보라. 물론 불

이익을 감수하고서라도 고발 기사를 쓰겠다고 마음먹었다면 쓰는 게 맞다. 하지만 기사가 부실하거나 사실 확인을 소홀히 해서 낭패를 보는 일은 없어야 한다. 특히나 성폭력 관련 기사, 횡령·뇌물 등 비리 폭로, 고발 기사는 더 신중할 필요가 있다.

글을 잘 쓰려면 백번이고 다듬어라

"어떻게 하면 글을 잘 쓸 수 있나요?" 이런 질문을 받으면 난감하다. 나도 완벽하게 잘 쓰는 게 아닌데, 누구에게 무슨 조언을 한단 말인가. 대신 이렇게 말해주고 싶다. "계속 앉아서 써라, 쓰고 또 써라, 원고를 백번이라도 읽어라, 계속 다듬어라, 사실 확인을 꼭 거쳐라."

글쓰기에서 개성, 창조성, 독창성을 강조하는 소설가 이태준은 이렇게 말한다. "두 번 고친 글은 한 번 고친 글보다 낫고 세 번 고친 글은 두 번 고친 글보다 나은 것이 진리이다." 적은 분량의 글을 며칠간 쓰고 또 쓰다 보면 감이 잡힐 때가 있다.

글을 어렵게 하는 요소가 또 있다. 일상생활에서 잘 쓰지 않는 말, 어색한 표현, 부드럽지 못한 표현을 남발하는 경우이다. 사람마다 주관적 차이가 있겠지만, 나의 경우에는 연애편지 쓸 때, 혹은 아이들에게 쉽게 설명할 때 들어가면 어색할 것 같은 낱말과 문장은 일단 쓰지 않으려고 노력한다. 글을 쓸 때 내가 주의하는 여섯 가지를 간략히 소개한다.

❶ '~(와)의' '~에서의' '~으로의' '~에 있어서의' '~에 있어서' '~에

도 불구하고' '~에 의해'처럼 일본어·영어 번역투는 가급적 쓰지 않는다. 글이 딱딱해진다.

❷ '것'을 최대한 줄인다. 글을 쓰고 난 뒤 '것'이 쓰인 곳을 확인한다. 빼도 말이 된다면 뺀다. 바꿀 수 있다면 다른 말로 바꾼다.

❸ '~(이)지다' '~되다' '~되어지다'와 같은 피동문과 '~시키다' 따위의 사동문은 피한다. 문맥이 어색하고 부자연스럽게 느껴지니 다른 표현을 찾아본다.

❹ 문장을 최대한 잘라라. 이것도 주관적 차이가 있을 수 있다. 하지만 판결문, 법과 관련된 글들은 한 문장이 너무 길어서 이해하기 어렵다. 가능하다면 한 문장을 여러 문장으로 나눈다.

❺ '및'을 쓰지 않는다. 문맥에 따라 '~와(과)' '그리고' '또' 따위로 바꾸어 쓴다.

❻ 어려운 한자어는 될 수 있는 한 우리말로 바꾼다. 예를 들어, '첨언하다 → 덧붙이다, 등재하다 → 올리다' 등.

이 정도만 손을 봐도 이전보다 훨씬 읽기 쉬운 글이 된다. 글쓰기에 정답은 없지만 투자한 만큼 좋은 글이 나오는 것은 확실하다. 참고로 국립국어원 누리집에 있는 표준국어대사전도 헷갈리는 표준어나 맞춤법을 확인할 때 도움이 된다.

여기까지 쓰고 보니 뭔가 대단하게 보일 수도 있으나, 특별한 내용이 아니다. 남들보다 뒤처지는 실력으로 글을 써서 돈을 받는다는 사실이 부끄러울 때도 있다. 그래도 내 스스로 많은 시간을 투자하고 퇴고를 거듭하는 방식으로 여기까지 왔다.

지금까지 오마이뉴스를 통해 법을 대중의 곁으로 보내는 일을 해왔다. 앞으로는 형식을 파괴하는 기사, 누구도 생각하지 못한 참신한 소재와 방식으로 글쓰기를 해보고 싶다. 심층 기획 기사와 인터뷰도 해보고 싶다. 10년, 20년이 지나도 법원에 남아 시민기자로서, 저자로서 변함없이 활약하고픈 바람이 있다.

한편으로는 편하게 살고 싶다는 유혹도 많이 느낀다. 그래도 글쓰기의 매력은 오늘도 기꺼이 날을 새게 한다. 더 이상 독자들이 매력을 느끼지 못하거나, 의미가 없다고 느낀다면 과감하게 글쓰기를 접겠지만, 당분간은 그럴 일이 없을 거라고 생각한다.

대신 나도 이젠 즐기면서 쓰고 싶다. 어깨에 힘을 빼고 독자들과 편하게 대화한다는 생각으로 즐기고 싶다. 원고 마감에 쫓길 일도 없고 누군가 독촉하는 기사를 억지로 짜낼 이유도 없는 시민기자의 특성을 살려, 조회수에 연연하지 않으면서 독창적이고 독특한 글쓰기를 시도해보고 싶다. 법정 스릴러보다 재밌는 기사, 법률 전문서적보다 실생활에 도움이 되는 책을 쓰는 게 목표다.

소수 법률 전문가들만이 법을 말하던 시대는 지났다. 대중들이 법을 자연스럽게 이야기하고 비평하는 시대가 오고 있다. 마찬가지로 글쓰기도 극소수만 빛을 보던 시대가 지났다. 일반인도 누구나 주목받는 글을 쓸 수 있고, 또 책을 낼 수 있다. 그러려면 준비가 되어 있어야 한다. 사회를 향한 지속적인 관심, 글쓰기 공부와 함께 자기 분야를 개척하려는 노력이 필요하다.

시인 윤동주는 "인생은 살기 어렵다는데 시가 이렇게 쉽게 씌어지는 것은 부끄러운 일"이라 했다. 어디 시뿐이랴. 대중과 주고받는 글도 마찬가지다. 몇 년이 지나도 사람들에게 감동을 주는 글, 시대를 앞서가는 글을 쓰는 일은 여전히 어렵다. 하지만 어려움을 넘어서면 성취감과 자부심을 느낄 수 있다. 나와 같은 길을 가는 시민기자들에게 글쓰기는 이제 시작일 뿐이다. ✎

김용국 법원 공무원 겸 법조시민기자. 2005년부터 인터넷신문과 블로그 등에 법조 관련 글을 써오고 있다. 언론에서 제대로 짚어내지 못하는 판결에 대한 분석, 판사 인터뷰, 사법개혁과 관련된 글을 주로 발표했다. 어렵고 딱딱한 법률 이야기를 재미있게 풀어내는 글쓰기 능력으로 네티즌들의 사랑을 받아왔다. 시민의 사랑을 받는 법원이 될 때까지 내부 비판을 멈추지 않겠다는 생각 하나로, 낮에는 법원 공무원으로 시민들을 만나고, 밤에는 글을 쓰며 책을 내는 일을 수년째 하고 있다. '법은 소수 전문가의 전유물이 아니다. 시민의 것, 시민을 위한 것이어야 한다'는 소신을 글에 담으려 한다.
오마이뉴스 2010년 '명예의 숲 으뜸상', 2009년과 2011년 '올해의 뉴스게릴라상'을 받았다. 지은 책으로 《생활법률 상식사전》《생활법률 해법사전》《국민판사 서기호입니다》 등이 있다.

김종성 시민기자를 말한다   오마이뉴스 편집부 최유진

역사를 전공한 학자라는 점 때문에 그를 만나기 전 적잖이 긴
장했습니다. 왠지 어려운 말들만 쏟아낼 것 같고, 분야가 역사
인 만큼 고지식할 것 같았습니다. 그러나 직접 겪어보니, 그는
'열린 마음'의 소유자였습니다.

김종성 시민기자는 2007년부터 〈사극으로 역사읽기〉를 연재
하고 있습니다. 다른 편집기자들보다 드라마를 좋아한다는 이
유로 저는 한동안 그의 '전담 편집기자'가 됐습니다. 제가 편집
기자로서 기사에 대한 의견을 이야기하면, 김종성 기자는 싫은
기색 하나 없이 수용하거나 자신의 의견을 말했습니다. 그는 항
상 겸손하고 공손했습니다.

매번 사극이 방영되기 전에 쪽지로 기사 송고 일정을 알려줄
만큼 김종성 기자는 꼼꼼하고 성실했습니다. 간혹 해외 출장 일
정이 잡혀 드라마를 보지 못할 때면, '다시보기'를 해서라도 글
을 보내왔습니다. 그가 기사를 송고하기로 한 날 아침에 출근해
편집 창을 열어보면 어김없이 글이 들어와 있었습니다. 사람이
라면 누구나 한두 번 약속을 어기기도 할 텐데, 김종성 기자는
대부분 약속한 시간까지 꼭 글을 보내줬습니다. 그의 글은 오마
이뉴스에 활력을 불어넣는 역할을 톡톡히 해내고 있습니다.

무려 5년이 넘는 시간. 지칠 만도 하지만 김종성 기자는 늘 새
로운 소재를 찾습니다. 최근 몇 년 동안 1년에 한두 권씩 역사
책을 출판할 정도로 저술 활동도 활발합니다. 그가 '친절한 역
사 이야기꾼'으로 계속해서 활약할 수 있도록 편집기자로서 돕
고 싶습니다.

대중과 친해지고 싶은 역사 전문가의 글쓰기

김종성

서른 살이 '살짝' 넘었을 때였다. 3년 정도 사귄 친구가 집에 찾아왔다. 학과는 다르지만 같은 대학을 졸업한 친구였다. 이 친구는 글쓰기를 좋아했다. 한번은 그가 글을 쓰고 나서 만족스러워하는 표정을 짓는 것을 본 적이 있다. 대학 졸업 후 대기업에 입사한 그는 적성이 맞지 않는다며 사표를 쓰고는, 학교 근처에 자취방을 얻어 언론사 입사, 이른바 언론고시를 준비했다. 채용 시험의 최종 면접까지 간 적도 있다. 하지만 번번이 고배를 마시다가 나중에는 작은 언론사에 잠깐 몸을 담았다. 나를 찾아왔을 때는 작은 언론사도 그만두고 다른 일을 할 때였다. 친구는 이렇게 말했다.

"시험 없이도 기자가 될 수 있어."

좀 의아했다. 무슨 말이냐고 물었다.

"오마이뉴스에 가입하면 기자가 될 수 있어."

'합격하면 기자가 될 수 있어'가 아니라 '가입하면 기자가 될 수 있어'였다. 당시로서는 이상한 말이었다. 오마이뉴스가 창간한 지 얼마 안 됐을 때였다. '오마이뉴스'란 글자를 컴퓨터 모니터에서는 봤어도 '오마이뉴스'란 발음을 내 귀로 들은 적은 없었다. 문득 인터넷신문사는 신문을 어떻게 발행하는지 궁금했다. 그래서 "거긴 어떻게 신문이 나오는데?"라고 물어봤다.

"컴퓨터로 나오지."

"뭐? 컴퓨터로 신문이 나와? 종이로는 안 나오고?"

이 대화는 길게 이어지지 않았다. 그는 오마이뉴스 이야기만 했을 뿐 실제로 오마이뉴스에 글을 보낸 것 같지는 않았다. 나도 한동안 이 대화를 잊어버렸다. 이때 오마이뉴스에 관심을 갖지 않은 것은 다행스런 일이었다. 그 이유는 뒤에서 설명하겠다.

이 대화는 몇 년 뒤인 2004년부터 내가 오마이뉴스에 글을 쓰도록 만든 계기 중 하나였다. 나만의 화법으로 표현하면, 나는 2004년부터 '전투적 글쓰기'에 돌입했다. 전투적 의욕에 불타 있었던 그해 상반기에 나는 친구와의 대화를 떠올렸다. 그 후로 '종이로 안 나오고 컴퓨터로 나오는 이 신문'은 내 일상의 주요 부분이 됐다.

'나 홀로 글쓰기'의 틀을 깨다

서울 영등포에 살던 우리 가족은 내가 초등학교에 입학하기 전에 경남 충무(지금의 통영)로 이사했다가 몇 년 뒤인 초등학교 2학년 때 서울 문래동으로 돌아왔다. 서울로 오기 전에 어머니가 하신 말씀이 있다.

"서울에 가면 동화책을 사줄게."

그때는 동화책이 뭔지 몰랐다. 어머니는 동화책을 사준다고만 했을 뿐 어떤 책인지는 말씀하지 않았다. 나는 이 약속에 굉장한 기대를 걸었다. 뭔가 대단한 책일 것만 같았다. 그때 품은 설렘이 나를 역사 글쓰기로 안내한 첫 번째 인연이었다. 그때의 설렘을 내 심장은 지금도 기억한다.

서울로 돌아온 뒤, 어머니는 동네 서점에서 책 한 권을 사주셨다. 나중에 깨달았지만, 그것은 동화책이 아니었다. 《삼국유사》를 소재로 한 어린이 역사책이었다. 그 책에서 단군왕검 이야기, 충신 박제상 이야기, 연오랑·세오녀 이야기 등을 읽었던 기억이 난다. 이 일을 계기로 나는 역사책을 열심히 읽었고, 이것이 내 인생의 전공을 결정했다. 나중에 역사학뿐만 아니라 철학·문학·정치학에까지 관심이 확장되는 바람에 대학 때는 한국철학과를 선택했지만, 대학원 때부터는 원래 전공인 역사학으로 돌아왔다.

어머니는 역사책을 사주시면서 일기를 써보라고도 말씀하셨다. 그때부터 꽤 오랫동안 일기를 썼고, 그때부터 나는 '글 쓰는 사람'이 됐다. 일기 외에도 많은 글을 썼다. 학교 갔다 와서 동네 아이들과 놀거나 텔레비전을 보는 시간을 제외하고, 방바닥에 엎드린 채 뭔가를 열심히 써댔다. 역사책에서 느낀 것도 쓰고 그 외의 것들도 썼다. 글 쓰는 일은 항상 재미있었다. 크면서 외모도 바뀌고 성격도 바뀌었지만, 항상 뭔가를 쓰고 있다는 점만큼은 절대로 바뀌지 않았다. 오마이뉴스 글쓰기에 관한 경험담을 쓰면서 초등학생 시절을 추억하는 이유는 이때 시작된 역사책 읽기와 글쓰기를 빼놓고는 나의 글쓰기를 정리할 수 없기 때문이다.

글쓰기 훈련을 집중적으로 한 때는 20대 중반이었다. 서울 강서구의 독서실에서 1년 반쯤 아르바이트를 했는데 책상에 앉을 기회가 있을 때마다 글쓰기에 돌입했다. 노태우 정권 말기였던 당시에 김대중·김영삼·정주영의 대권 경쟁이 나의 관심을 끌었다. 그들의 활동을 소재로 한국 정치에 관한 느낌을 글로 옮기곤 했다. 이때의 글들은 나 혼자만 보는 글이었다.

그런데 당시에 쓴 글은 문장의 화려함을 지나치게 추구한 반면, 설득력은 별로 없었다. 나 혼자만 보는 글을 많이 쓰다 보니 그랬던 것 같다. 내가 옳다고 생각하는 것은 남들도 그럴 것이라고 믿고, 나의 주장을 뒷받침할 사실적 근거를 제시하지 않았다. 그런 글을 많이 쓰다 보니, 어느새 나밖에 이해할 수 없는 합성어들도 등장하기 시작했다. 단어를 조합해서 멋있는 어휘를 만드는 데만 치중하고, 남들이 이해할 수 있을지에 대해서는 신경을 쓰지 않았다. 시간이 많이 흐른 뒤에 이때의 '나 홀로 글쓰기'를 깊이 반성했다. 《논어》 '위령공' 편에 나오는 "말이나 글은 뜻만 통하면 된다"라는 공자의 말씀과 "말이나 글은 뜻만 통하면 그만이지, 풍성하고 화려함을 제일로 삼아서는 안 된다"라는 주자의 해설은 반성의 계기를 만들어줬다. 나는 소박함의 가치를 인식하게 됐다.

한동안은 글쓰기 능력이 달라지지 않았다. 글은 항상 썼지만, 글쓰기 방식은 예전 그대로였다. 대학을 졸업한 뒤에도 쭉 그랬다. "컴퓨터로 신문이 나와?"란 대화를 나눈 때가 바로 이쯤이었다. 이때 오마이뉴스에 관심을 갖지 않아 다행이라고 한 이유가 바로 이것이다. 이 시절만 해도 문장의 화려함만 추구하고 설득력을 소홀히 하던 나 홀로 글쓰기 습관이 아직 남아 있었다. 이런 상태로 오마이뉴스에 글을 썼다면, 나의 글은 훨씬 더 부족한 상태에서 세상에 공개됐을 것이다. 그랬다면 글 쓰는 사람으로서의 수명도 크게 단축됐을 것이다.

학부 과정을 졸업하고 몇 년 뒤 대학원에 진학하면서 변화를 겪기 시작했다. 보고서를 발표하고 질의응답을 하는 수업 방식이 내 글을 크게 바꾸었다. 글에 대한 비판을 귀가 따갑도록 들으면서 나 홀로 글쓰기 시절의 악습을 대부분 제거했다. 멋있는 합성어를 만들어내지도 않았고, 남들이 알아듣지 못하거나 이해하기 힘든 주장을 섣불리 제기하지도 않았으며, 사실 관계가 뒷받침되지 않은 내용을 드러내지도 않게 됐다. 사람들의 상식을 고려하고 문헌 자료를 적절히 제시하며 일반적인 어휘를 사용했다. 덕분에 예전과 달리 글의 설득력을 높일 수 있었다. 이전처럼 문장이 화려하지는 않았지만, 그 대신 글에 대한 신뢰도를 높일 수 있었다.

역사학에서는 천재적인 연구자보다 부지런한 연구자가 더 두각을 드러낼 수 있다. 다른 분야에서도 연구자의 성실성이 요구되지만, 역사학에서는 특히 더 그렇다. 당연한 이야기일 수도 있지만, 더 많은 사실을 알고 있는 연구자가 더 좋은 역사학 논문을 쓸 수 있기 때문이다. 많은 역사적 사실을 수집하려면 공부를 많이 하는 수밖에 없다. 그래서 역사학에서는 '명석한 두뇌'보다는 '부지런한 두 다리'가 더 중요하다. 그런데 요즘은 인터넷에서도 사료를 검색할 수 있기 때문에 '부지런한 두 다리' 못지않게 '부지런한 손놀림'도 중요해졌다. 이런 풍토에 힘입어 나는 공부보다 사색에 치중하던 이

전의 습관을 어느 정도 고칠 수 있었다. 구체적인 사실보다는 추상적인 논리를 중시하던 습관도 없앨 수 있었다.

동북공정이 불러온 열정적 글쓰기

대학원에 다닐 때 한동안 북미 핵 문제에 관한 포럼 활동을 병행했다. 국내 방송사 해설위원과 중국사회과학원 학자들이 발표자로 참가하는 국제포럼이 2003년 초에 개최됐는데, 이것이 뜻밖에도 대중적인 글쓰기의 기회가 됐다. 포럼 개최 소식을 들은 월간 〈말〉 편집장이 핵 문제에 관한 기고문을 써달라고 부탁해온 것이다. 그래서 2003년 2월호 월간 〈말〉이 나의 '데뷔 무대'가 됐다. 2004년 상반기부터는 〈말〉뿐만 아니라 〈말〉의 인터넷판인 〈디지털 말〉에도 글을 쓰게 됐다. 2005년부터는 〈말〉의 동북아 전문기자라는 타이틀로 글을 썼다.

〈말〉과 〈디지털 말〉에 기고문을 쓰던 2004년 상반기, 한국은 동북공정 열기로 들끓었다. 대학원에서 한국·중국의 역대 통상관계를 전공한 나는 '고구려가 중국의 지방정권이었다'라는 중국의 주장을 접하고 가슴속에서 뭔가 꿈틀거림을 느꼈다. 좀 더 많은 곳에 글을 쓰고 싶어졌다. 그때 친구와의 대화가 생각났다. 곧바로 오마이뉴스에 가입해서 글을 쓰기 시작했다. 그 친구의 말처럼 '합격'을 통해서가 아니라 '가입'을 통해서였다. 물론 〈말〉과 〈디지털 말〉에도 계속 글을 썼다.

글을 보내면 그날그날 발표되는 게 신기했다. 순식간에 오마이뉴스의 매력에 푹 빠졌다. 처음 여러 날은 동아시아 국제관계에 관한 글을 송고하다가 곧바로 역사 문제에 관한 글을 송고하기 시작했다. 얼마 뒤 중국 외교부 홈페이지에서 고구려사가 삭제되면서 동북공정 문제는 한층 더 악화됐고, 나는 역사 속의 한중관계에 관한 글을 더욱더 열심히 썼다. 그렇게 60개 정도의 기사를 썼던 것 같다. 그리고 동북공정 기사 덕분에 2004년 8월 오마이뉴스 '이달의 특별상'을 받았다.

하지만 오마이뉴스에 보낸 기사 중 정식 기사로 채택되지 않은 것들도 더러 있었다. 이유를 따져보니 근거가 빈약해서 채택되지 않은 글들도 있지만, 글에 2개 이상의 메시지가 뒤엉켜 있어서 그렇게 된 것도 있다는 생각이 들었다. 그 후로는 하나의 기사가 하나의 주제로만 전개되도록 신경을 기울였다. 이렇게 하려면 '금욕'이 필요했다. 이런저런 정보를 넣고 싶을 때가 많았지만, 가급적 하나의 주제만으로 기사를 구성했다. 이 때문에 독자들의 비판 댓글도 있었다. '이 주제를 이야기했으면 저 주제도 다뤄야 할 게 아닌가?'라는 취지였다. 하지만 다른 댓글은 몰라도 이런 댓글에는 일절 반응하지 않았다. 자칫 글의 명료성을 떨어뜨릴 수 있기 때문이었다.

그렇게 한창 열심히 기사를 쓰던 중 지인의 책을 번역·출판하는 일을 맡게 됐다. 이 때문에 2005년 상반기 들어 한동안 오마이뉴스에 글을 쓰지 않았다. 마음을 가다듬고 그해 연말부터 다시 글을 보냈다. 이때 시작한 연재물이 〈김종성의 동북아 진단〉이다. 〈동북아 진단〉은 동북아뿐만 아니라 티베트와 동남아까지 다루는 연재 기사였다. 약 2년간 의욕적으로 썼지만 별다른 반응은 얻지 못했다. 흥미를 끌 만한 주제를 찾아내지 못했기 때문이다. 범위를 너무 넓게 잡은 것도 문제점 중 하나였다. 연재 콘셉트와 무관한 글도 많았다. 전공인 역사학과 약간 거리가 있는 분야를 택했기 때문인 듯도 하다. 하지만 나의 지식을 정리하는 일이기도 해서 나중에 다른 글들을 쓸 때 큰 도움이 됐다.

'사극으로 역사읽기'를 시작하다

학부 시절, 버스 뒷자리의 대학원생들이 나누던 대화를 지금도 기억한다. 철학과 학생들인 듯했다. 그중 하나가 "대중이 읽을 만한 철학책을 쓰는 게 소원"이라고 말했다. 그 학생의 소원은 2007년 하반기부터 본격적으로 내 마음을 지배했다. 〈동북아 진단〉을 연재한 지 1년 반 정도 지났을 때였다. 이때부터 '어떻게 하면 대중에게 친숙한 글을 쓸 수 있을까'를 고민하기 시작했다.

이 무렵 새로운 습관에 빠져 있었다. 일주일에 한 번씩 역사유적을 답사하는 일이었다. 2007년 7월 한 달간 북경 시내를 답사하면서부터 생긴 이 습관은 지금도 이어지고 있는데 꽤 많은 곳을 다니며 사진을 찍었다. 그해 12월 26일에는 강감찬 장군의 사당이 있는 낙성대를 답사했다. 서울 관악구 낙성대동에 위치한 곳이다. 그날 낙성대 나무 아래에서 아이디어가 떠올랐다. MBC 드라마 〈이산〉을 사료와 접목시켜 기사를 쓰는 것이었다. 역사 드라마의 허구와 실제를 대조하는 기사를 쓰면 대중의 관심을 끌 수 있으리라는 생각이 들었다.

이 아이디어는 성공적이었다. 〈이산〉의 허구와 실제를 다룬 기사가 좋은 반응을 얻었다. 이에 고무되어 KBS 드라마 〈대왕세종〉도 다루었다. 보름 정도 지났을 때, 오마이뉴스 편집부에서 새로운 시리즈를 권유했다. 그래서 시작한 연재가 〈사극으로 역사읽기〉다. 이 타이틀은 편집부에서 생각해낸 것이다.

이 사극 시리즈가 좋은 반응을 얻은 이유는 크게 네 가지라고 생각한다. 첫째, 독자들이 궁금해하는 주제를 선정했다. 둘째, 드라마 방영 직후에 바로 기사를 작성해 시의성을 살릴 수 있었다. 셋째, 허구와 실제를 대조하는 방식이 독자들의 흥미를 일으켰다. 넷째, 내가 가장 잘하는 분야인 역사를 다루었기 때문이다. 시리즈를 연재하면서 사람들이 역사에 의외로 관심이 많다는 사실에 놀랐다. 대중이 역사서를 기피하는 것은 역사에 관심이 없어서라기보다 대부분의 역사서가 딱딱하고 어렵기 때문은 아닐까 하는 생각이 들었다. 좀 더 흥미롭게 글을 쓴다면 역사에 대한 대중의 관심을 높일 수 있겠다는 자신감이 생겼다. 그런데 시리즈를 시작한 지 2개월도 안 되어 중국으로 떠나게 됐다. 한국학술진흥재단(지금의 한국연구재단)과 BK21 사업단의 후원으로 중국 국무원 산하 중국사회과학원에 1년간 연수를 가게 된 것이다.

중국에 가서 처음 여러 달은 예전처럼 글을 썼다. 인터넷 속도가 너무 느리다는 불만을 품으면서도 열심히 썼다. 아파트 단지 주민들이 인터넷을 덜 이용하는 시간대에는 인터넷 속도가 빨랐기 때문에 새벽 3시경에 일어났다. 창문에 햇빛이 들기 전에 글을 보내야 한다는 생각에 창문 쪽을 힐끗힐

'나 홀로 글쓰기'의 틀을 깨고 오마이뉴스를 통해 수많은 대중과 만났다.
친절한 역사 전문기자로 인정받아 오마이뉴스에서 상을 받을 땐 가슴 뿌듯했다.
역사는 지루하지 않다는 것을 증명하기 위해
오늘도 쉽고 재미있는 글쓰기 실력을 갈고 닦는다. (사진에서 왼쪽)

끗 쳐다보면서 글을 썼다. 해가 뜨고 사람들이 인터넷에 접속하면 속도가 느려져서 기사를 송고하지 못할 수도 있었다.

그러던 중 큰 실수를 범했다. 〈대왕세종〉에 관한 기사를 쓰다가 결정적인 오류를 저지른 것이다. 사료를 충분히 확인하지 못한 상태에서 역사 기록과 정면으로 배치되는 기사를 썼다. 기사에 오류가 있다는 독자의 메일을 받고 얼마나 창피하고 가슴이 뛰었는지 모른다. 사소한 오류 같았으면 문장을 수정하는 선에서 그칠 수 있었겠지만, 핵심 주제와 관련된 것이라서 그렇게 할 수도 없었다. 아침 일찍 오마이뉴스에 전화를 걸어 기사를 삭제해달라고 부탁했다. 이튿날 오마이뉴스에 정정보도가 나갔고, 편집부 기자는 전화를 걸어 "저희가 주요하게 취급하는 기사에서 오류를 범했기 때문에 경고의 말씀을 드립니다"라고 말했다.

그 일만 생각하면 지금도 가슴이 철렁한다. 결국 이 경험을 계기로 기사 송고 방식을 바꾸었다. 밤에 기사를 작성했다가 새벽에 몇 번 검토한 뒤 송고하기로 한 것이다. 오마이뉴스뿐만 아니라 다른 곳에 글을 송고할 때도 똑같이 하고 있다. 2008년까지만 해도 두어 시간 글을 쓴 뒤 곧바로 송고했는데, 이 습관이 사라졌다. 밤에 기사를 작성한 뒤에 잠자리에 들면, 어떤 때는 꿈속에서 오류를 발견하기도 한다. 그런 때는 일어나자마자 사료를 확인하고 오류를 고친다. 그래도 실수는 여전히 발생한다. 눈을 부릅뜨고 검토를 해도 마찬가지이다. 독자의 댓글이나 메일을 통해 오류를 파악할 때도 있고, 글을 송고한 뒤 자연스레 깨달을 때도 있다.

서울로 돌아온 2009년부터는 사극 시리즈에 본격적으로 뛰어들었고, 그

해에 방영된 MBC 〈선덕여왕〉에 관한 기사는 특히 좋은 반응을 얻었다. 위작 논란이 있는 필사본 《화랑세기》를 소재로 한 〈선덕여왕〉은 신라 사회의 색다른 모습을 보여줬다. 여러 남편을 거느린 미실의 존재는 시청자들의 눈을 사로잡기에 충분했다. 〈선덕여왕〉에 관한 기사 덕분에 2009년에도 오마이뉴스 '올해의 특별상'을 받았다. 2010년에 방영된 MBC 〈동이〉에 관한 기사도 반응이 좋았다. 시간이 흐르면서 기사의 조회수도 〈선덕여왕〉 때에 육박했다. 덕분에 2010년에 오마이뉴스 '올해의 뉴스게릴라상'을 받았다.

〈사극으로 역사읽기〉는 어느덧 나의 대표 작품이 됐다. 학회나 세미나에서도 나를 중국사 연구자로 바라보기보다는 이 시리즈의 필자로 바라보는 시선이 많다. 정부 관청에서 열리는 특강이나 회의에서도 사극 시리즈 필자로 소개되는 경우가 많다.

친절한 역사 이야기를 위한 고민

사극 시리즈는 나의 글쓰기 영역도 크게 확장시켰다. 지금 내가 하고 있는 일의 대부분이 이 시리즈에서 비롯됐다. 시리즈가 시작된 뒤부터 출판 제의가 많이 들어왔다. 2012년 12월 현재까지 출판된 책 중에서 《조선사 클리닉》《최숙빈》《조선을 바꾼 반전의 역사》는 이 시리즈를 읽은 편집자들의 제안에 따라 집필한 책들이다. 《한국사 인물통찰》《철의 제국 가야》《왕의 여자》는 《조선사 클리닉》을 읽은 기획자의 제안으로 집필한 책이다. 《한국사 인물통찰》 등을 펴낸 출판사는 현재 나의 글쓰기 매니지먼트를 맡고 있다. 글쓰기 방향을 기획하고 각종 편의를 제공해준다.

　사극 시리즈는 공기업, 대기업, 공공단체, 잡지사 등과의 관계로 이어졌다. 주식회사 세리시이오(SERICEO)에서 2010년부터 기업인들을 상대로 동영상 강의를 했고, 2012년부터는 삼성그룹 신입사원들을 상대로 역사 강의를 하고 있다. 또 2010년부터는 문화재청 헤리티지채널 홈페이지에 〈TV 속 역사읽기〉를 연재하고 있다. 2011년에는 충청남도 서산문화원이 발행하는 월간지 〈스산의 숨결〉에 〈드라마 속 역사 이야기〉를 연재했다. 또 통일전문지 〈민족 21〉에도 2011년부터 역사 시리즈를 쓰고 있다. 사극 시리즈가 여러 가지 형태로 번져간 것이다. 방송으로 연결되기도 했다. 2012년 3월부터 사극과 실제 역사를 비교하는 콘셉트로 교통방송(TBS) 라디오 프로그램 〈오지혜의 좋은 사람들〉의 '그분이 오신다' 코너에서 생방송을 시작했다. 여기서 말하는 '그분'은 역사 속 인물을 가리키는데, 매주 한 차례씩 인물들을 중심으로 역사 이야기를 하는 코너이다. 이 프로그램의 홈페이지에 '사극보다 재미난 역사 이야기'로 소개되고 있다. 교통방송의 성과는 다른 방송 출연으로 이어졌다. 2012년 12월부터 기독교방송(CBS) 라디오 프로그램 〈김미화의 여러분〉에서 우리 주변의 유적에 얽힌 역사적 사실을 소개하고 있다. 라디오 방송을 계기로 '역사 글쓰기'와 더불어 '역사 말하기'까지 고민하게 됐다.

　아울러 사극 시리즈는 부수적인 수확들도 안겨줬다. 갖가지 사극에 시시각각 대응하다 보니 역사 공부를 더 열심히 하지 않을 수 없었다. 한국사의 모든 시대뿐 아니라 외국 역사에 대한 지식도 심화시키지 않으면 안 됐다.

그래서 2009년부터 세계 각국의 고전을 학습하는 일에 노력을 들이고 있다. 책 읽는 시간을 늘리기 위해 부득이한 경우가 아니면 자가용을 타지 않고 지하철을 이용한다. 한 장이라도 더 읽어두지 않으면 사극 시리즈뿐만 아니라 다른 글들도 제대로 쓸 수 없기 때문이다.

또 다른 수확은 사극 시리즈를 연재하면서 자료의 데이터베이스를 구축했다는 점이다. 2009년 중반까지만 해도 고전 속의 문구 하나를 인용하는데 꽤 많은 시간이 걸렸다. '어느 책에서 봤더라?' 하면서 많은 시간을 소모했고 책 이름을 기억한 뒤에는 '어느 부분에서 봤더라?' 하면서 또다시 많은 시간을 소모했다. 그런데 사극 시리즈를 포함해 하루에 최소 세 편 이상의 글을 써야 하는 상황에 직면하다 보니 기존의 방식으로는 도저히 수요에 부응할 수 없었다. 그래서 2009년 하반기부터 내가 필요로 하는 정보가 어느 책의 어느 부분에 있는지를 정리하기 시작했다. 덕분에 지금은 2~3분 내에 필요로 하는 책의 제목과 쪽수를 확인할 수 있게 됐다. 사극 시리즈가 독서량의 증대와 정보의 체계적 정리를 선물한 것이다.

초등학교 때 어머니가 사준 역사책과 어머니가 권유한 일기 쓰기에서 시작된 역사 글쓰기는 오마이뉴스와의 인연을 통해 이처럼 여러 방면의 활동으로 뻗어나가고 있다.

대중을 위한 글을 쓸 때 조심할 점

나는 다른 누군가에게 글을 이렇게 저렇게 쓰라고 조언할 만한 입장이 아니다. 하지만 대중을 상대로 역사 글쓰기 혹은 전문 분야 글쓰기를 하고자 하는 후배가 있다면, 내가 그동안 글을 쓰면서 느낀 점들을 이야기해줄 수는 있다. 그중에서 여섯 가지만 소개하고자 한다.

첫째, 대중은 나의 이야기에 관심이 없다고 간주해야 한다. 대부분의 전문가는 자신의 전공이 이 사회에 꼭 필요하다고 믿는다. 대중이 자기 이야기를 꼭 들어야 한다고 생각하는 전문가도 적지 않다. 대중이 자기 이야기에 관심을 가질 거라고 믿는 이들도 많다. 이런 마음으로 글을 쓰면, 전문가는 대중이 이해할 수 없는 글을 내놓게 된다. 독자의 관심을 유발하기 위한 노력을 그만큼 덜할 수밖에 없다.

사실 대중은 꼭 필요한 경우가 아니면 전문가의 글에 관심을 갖지 않는다. 전문 분야는 일반인이 관심을 갖지 않거나 관심을 갖기 힘들기 때문에 생겨난다. 누구나 다 관심을 가질 만한 분야라면, 처음부터 전문 분야가 되지 않았을 것이다. 그래서 전문가는 호객꾼의 심정으로 글을 써야 한다. 대부분의 행인은 호객꾼에게 관심을 갖지 않는다. 그런 행인의 관심을 끌기 위해 호객꾼은 귀를 솔깃하게 할 만한 말들을 내뱉는다. 처음 몇 마디로 관심을 끌지 못하면 행인은 저 멀리 가버리게 된다. 마찬가지로 전문가는 처음 몇 문장에서 행인의 관심을 잡기 위해 노력해야 한다. 무관심한 사람의 마음을 끌겠다는 심정으로 글을 쓰면 훨씬 더 흥미진진한 글이 나올 수 있다.

둘째, 전문용어는 대중과 전문가를 갈라놓는 담이라고 여겨야 한다. 한 분야를 오랫동안 연구하다 보면 그 분야의 전문용어가 익숙해진다. 그러다 보면 일반인들도 이런 용어에 익숙할 것이라는 착각에 빠지기 쉽다. 이렇게 되면 대중을 상대로 한 글에서도 전문용어를 남발하는 우를 범할 가능성이 높아진다. 학술논문에서는 전문용어가 긍정적인 역할을 한다. 하나의 용어에 수많은 개념이 압축되어 있기 때문에 용어를 적절히 활용하면 보다 수월하게 글을 쓸 수 있다. 하지만 대중을 상대로 한 글은 다르다. 이 경우에는 전문용어가 독자를 쫓아버리는 기능을 하기 쉽다. 아무런 배경 설명도 없이 '신진사대부'란 용어를 사용하면 이 말을 모르는 독자들은 뜻을 이해하지 못한 채 다음 문장으로 넘어갈 수밖에 없다. 모르는 용어가 여러 번 나오면 독자는 글 읽기를 중단하거나, 글을 다 읽는다 하더라도 "무슨 말인지 모르겠다"라는 감상평을 내놓을 가능성이 크다. 그러므로 전문용어를 쓰지 않고 쉽게 풀어서 설명하든가, 아니면 배경 지식을 충분히 제공한 상태에서 전문용어를 사용하는 것이 바람직하다.

이해를 돕기 위해 그동안 내가 기사에서 '신진사대부'란 용어를 어떻게 처리했는지 소개하고자 한다. 다음은 〈친몽골 공민왕? 까칠한 이민호가 틀렸다〉(2012. 8. 21) 기사에서 공민왕 왕전이 조카인 충정왕과의 경쟁을 통해 왕이 되는 과정을 설명한 대목이다.

이번에도 왕전은 조카와의 경쟁에서 패배했다. 조카인 왕저는 제30대 충정왕이 되었다. 이때 왕전은 개혁세력인 신진사대부들의 지지를 받았다. 사대부들은 그 전에도 있었지만, 이 시기에는 개혁 성향의 사대부들이 세력을 형성하고 있었다. 그래서 신진사대부란 표현이 나온 것이다.

한자는 잘 알지만 역사는 잘 모르는 독자들은 '관료인 사대부는 어느 시대에나 있었고 신진사대부란 것도 어느 시대에나 있었던 것 아닌가?'라고 생각하기 쉽다. 하지만 역사학에서 말하는 신진사대부는 고려 말에 등장한 개혁 성향의 사대부 세력을 가리킨다. 이것이 역사학 용어라는 점을 분명히 하면서 그 의미를 쉽게 설명하고자 "사대부들은 그 전에도 있었지만, 이 시기에는 개혁 성향의 사대부들이 세력을 형성하고 있었다. 그래서 신진사대부란 표현이 나온 것이다"라는 문장을 기사에 특별히 집어넣었다. 용어 하나씩 풀이하다 보면 글의 분량이 늘어나게 되지만 독자들이 이해할 수 없는 글을 쓰는 것보다는 이렇게 하는 편이 더 낫다.

전문용어는 전문가들을 위한 것이다. '요즘 웬만하면 대학은 다 나오는데 이 정도도 모르겠어?'라고 생각하면 안 된다. 한 분야의 전문가일지라도 다른 분야의 전공서적은 읽기 힘들다. 정치학 박사일지라도 기초 의학서를 술술 읽을 수는 없다. 이런 점을 생각하면, 일반 대중이 전문 분야를 접하는 게 얼마나 힘든 일인지 짐작할 수 있다. 그러므로 전문용어를 남발하면 일반 독자가 내 글을 외면한다는 점을 항상 염두에 둬야 한다. 물론 나도 처음에는 전문용어를 남발했다. 그때는 지금과 같은 생각을 하지 못했다.

셋째, 대중이 아는 것을 나도 알아야 한다. 전문가는 한 가지만 집중적으로 연구한다. 그러다 보니 일반 대중에게는 친숙해도 전문가에게는 낯설 수 있다. 그래서 전문 분야 이외의 분야에서는 전문가가 일반인보다 '무식'할 수 있다. 일반 대중보다 무식한 사람이 그들을 상대로 글을 쓴다는 것은 이치에 맞지 않는다. 그러므로 전문가는 자기 분야뿐만 아니라 일반상식에서도 충분한 지식을 갖고 있어야 한다. 필요하다면 자기 전공이 아닌 전문 분야에 대해서도 기본적인 소양을 축적할 필요가 있다. 이렇게 하려면 영화, 드라마, 대중가요 등의 흐름을 숙지해야 할 경우도 있고, 여타 전문 분야의 개론서를 읽어두어야 할 경우도 있다.

넷째, 동료 전문가를 두려워하지 말아야 한다. 전문가가 가장 두려워하는 것 중 하나는 동료 전문가의 시선이다. 내 글이 너무 쉬우면 다른 전문가들이 우습게 보지 않을까 하고 걱정하는 전문가들이 적지 않다. 하지만 글을 쉽게 쓰는 것은 비웃음을 살 만한 일이 아니다. 오히려 각고의 노력을 필요로 하는 일이다. 글을 어렵고 난해하게 쓰는 것이 오히려 더 쉬운 일이다. 대중을 상대로 글을 쓰는 사람은 그 글을 쓰는 시간만큼은 오로지 대중만을 생각해야 한다. 대중을 상대로 글을 쓰면서 동료 전문가들의 시선을 의식하는 것은 독자에 대한 예의가 아니다.

다섯째, 걸어 다니면서도 글을 써야 한다. 대중을 상대로 글을 쓰는 전문가의 상당수는 논문 집필이나 학회 참석 같은 학술 활동을 병행한다. 이렇게 여러 가지를 하다 보면, 무엇보다 항상 시간에 쫓길 수밖에 없다. 이로 인해 글쓰기 시간을 확보하는 것이 무척 힘들어질 수 있다. 시간을 절약하려면 식사를 하거나 텔레비전을 보거나 걸어 다닐 때도 항상 고민하면서 글의 방향을 정리해두면 좋다. 그런 뒤에 컴퓨터 앞에 앉으면 훨씬 더 짧은 시간 안에 많은 글을 쓸 수 있다.

여섯째, '하늘을 우러러 한 점 부끄럼이 없기를' 기도하는 심정으로 자기 글을 검증해야 한다. 전문가의 글에서 나타나는 중대 실수는 글 쓰는 사람의 생명을 단축시키는 결과로 이어질 수 있다. 그렇기 때문에 항상 떨리는 마음으로 글을 대하지 않으면 안 된다.

　이것은 꼭 전문가 자신만을 위한 일이 아니다. 자기 글의 오류를 찾아내는 것은 궁극적으로 독자들을 위해서이다. 어느 나라건 한 분야의 전문가들은 그리 많지 않다. 따라서 전문가의 글에 담긴 오류를 바로잡을 수 있는 사람도 얼마 되지 않는다. 그렇기 때문에 누구보다도 전문가 자신이 스스로의 글을 철저히 검증하지 않으면 안 된다. '잎새에 이는 바람'처럼 사소한 무엇이라도 마음에 걸리는 게 있다면, 몇 번이고 자료를 찾고 확인함으로써 한 점 부끄럼 없는 무결점의 글을 만들어내는 것이 전문가의 덕목이다.

　물론 쉽지 않은 일이다. 이런 마음으로 글을 써도 항상 어디선가 오류가 발생한다. 참 신기할 정도다. 그렇더라도 이런 자세로 각고의 노력을 기울여야 하는 것이 전문가의 의무다. '나는 괴로워했다'는 윤동주의 고백처럼, 전문가도 그런 의미의 괴로움을 절감하지 않으면 안 된다. 이 말은 누구보다도 이 글을 쓰는 나 스스로에게 하는 다짐이다. 🖉

김종성 동아시아 역사연구자. 대학원에서는 중국 경제사를 전공했고, 언론·출판 분야에서는 한국사와 중국사를 주로 다루고 있다. 월간 《말》에서 동북아 전문기자로, 중국사회과학원 근대사연구소에서 방문학자로 활동했다. 2004년부터 오마이뉴스에 글을 썼고, 2005년부터 〈동북아 진단〉을, 2008년부터 〈사극으로 역사읽기〉를 연재했다. 오마이뉴스에서 2008년 '2월 22일상', 2009년 '올해의 특별상', 2010년 '올해의 뉴스게릴라상'과 '명예의 숲 으뜸상' 등을 수상했다.
지은 책으로는 《조선사 클리닉》 《동아시아 패권전쟁》 《한국사 인물통찰》 《철의 제국 가야》 《최숙빈》 《왕의 여자》 《조선을 바꾼 반전의 역사》 등이 있고, 옮긴 책으로는 《김정일 한의 핵전략》이 있다.

최병성 시민기자를 말한다 오마이뉴스 시민기자전략부 **김병기**

3년 전 한 음식점에서 인터넷 무림 고수들을 만났습니다. 그때 만난 한 블로거는 '쓰레기 시멘트'에 관한 글을 쓰면서 국내 시멘트 기업들과 전쟁을 벌이는 중이었습니다. 기업들은 그의 이름이 적힌 플래카드를 거리에 내걸고 소송을 제기하며 저항했습니다. 하지만 그는 모든 싸움에서 이겼습니다. 전문 서적을 탐독하며 공부하고, 현장을 누비며 캐낸 '사실'이 그의 승리 비결이었습니다. 수많은 언론사들도 '쓰레기 시멘트'를 뒤늦게 보도했습니다.

그 파워 블로거 최병성 씨가 목사라는 사실을 그날 알게 됐습니다. 시멘트 더미 속에 파묻힌 생명에 대한 사랑과 연민이 그의 동력이었습니다. 저는 그에게 4대강 사업에 대한 글을 써달라고 부탁했고, 그는 오마이뉴스에 100여 편의 기사를 쏘아 올렸습니다. 그의 기사는 매번 수십만 건의 조회수를 기록했고, 독자들은 주머닛돈을 털어 '좋은 기사 독자원고료'를 보냈습니다. 왜 그랬을까요?

그의 기사에는 항상 발품을 판 땀 냄새가 진동합니다. 현장의 숨소리까지 전달하는 생생한 사진이 있습니다. 생태·토목학자들도 혀를 내두를 정도의 깊이 있는 정보가 담겨 있습니다. 그는 현장과 책 속에서 퍼 올린 재료를 번득이는 재치로 버무리는 스토리텔링 능력도 겸비하고 있습니다. 최병성 목사는 20여 년간 '언론 밥'을 먹은 저를 부끄럽게 만드는 기자입니다.

열정 하나로 '4대강 전문기자'가 된 목사

최병성

세상이 달라졌습니다. 인터넷이란 공간을 통해 한 개인이 미디어가 될 수 있는 놀라운 세상이 됐습니다. 문제는, 세상은 달라졌는데 우리의 생각이 달라지지 않았다는 것입니다. 가수 싸이의 '강남스타일'이란 노래와 춤이 겨우 몇 달 만에 전 세계적으로 유행한 것은 광고가 아니라 바로 인터넷의 힘이었습니다.

많은 사람들이 '그깟' 인터넷이라고 생각합니다. 아닙니다. 인터넷의 힘은 막강한데, 이것을 이용하는 우리의 사고와 능력에 문제가 있습니다. 요즘 시대에 인터넷을 쓰지 않는 사람은 없지만, 우리는 인터넷 소비자에 불과할 뿐입니다. 정말 세상을 바꾸길 원한다면, 뉴스의 소비자가 아니라 뉴스를 생산하는 '1인 미디어'가 되어야 합니다.

오늘 이 시대는 '인터넷 혁명' 시대입니다. 인터넷을 통해 한 개인의 소통 능력이 시공간을 초월한 무한대로 뻗어가고 있습니다. 인터넷을 통한 우리의 '가능성'은 상상을 초월합니다. 세상을 바꾸려 할 때, 한 사람의 힘으로는 부족할 수 있습니다. 하지만 인터넷 혁명 시대에 한 사람의 힘은 사회를 변화시킬 만큼 강력해집니다. 세상의 변화는 '용기'와 '열정'을 지닌 한 사람에 의해 시작될 수 있습니다. 그리고 그 사람은 바로 '글'을 쓰는 사람입니다.

새로운 세상을 향한 해답은 여기 있습니다. 바뀌지 않는 세상에 좌절하거나 기성 언론에 기대 막연하게 변화를 기다리기보다는 우리 스스로 세상에 진실을 외치는 언론이 되어야 합니다. 우리 모두가 각자의 자리를 지키며 1인 미디어의 역할을 한다면 세상은 달라질 수 있습니다.

1인 미디어가 될 수 있는 길은 다양한 형태로 이미 우리에게 열려 있습니다. 저는 글을 쓰고자 하는 모든 이들에게 열린 공간인 오마이뉴스를 택했습니다. 시민기자가 되어 오마이뉴스를 통해 진실을 외친다면 세상은 달라질 수 있다고 믿기 때문입니다.

오마이뉴스에서 만난 수많은 독자들

저는 2010년 오마이뉴스 '올해의 뉴스게릴라상'과 2011년 '올해의 기사상', 2012년 '2월 22일상'을 수상했습니다. 오마이뉴스를 만나기 전에는 미디어다음 블로그에 글을 썼습니다. '쓰레기 시멘트'에 관한 글을 써서 2007년 미디어다음 '블로그 기자상 대상'을 받았습니다.

글을 쓴 이후 여러 상을 받기는 했지만 다양한 외적 압력에 시달리는 어려움도 겪었습니다. 미디어다음 블로그에 쓰레기 시멘트 관련 기사를 쓸 때는 시멘트 회사들이 권리 침해 신고 제도를 악용해 제 글이 30일간 삭제되는 일이 수없이 반복됐습니다. 심지어는 시멘트 회사들이 블로그에 쓴 제 글을 허위 사실에 의한 명예훼손으로 방송통신심의위원회에 신고했고, 방송통신심의위원회는 제 글 3개를 영구 삭제했습니다. 이 결정에 대해 저는 법원에 행정처분 취소소송을 제기해 대한민국에서 방송통신심의위원회를 대상으로 승소하는 첫 사례를 만들기도 했습니다.

이명박 대통령이 취임하고 4대강 사업이 본격화되면서 오마이뉴스를 알게 됐습니다. 처음에는 오마이뉴스 기사 작성법이 낯설어 미디어다음 블로그에 쓴 글을 오마이뉴스 블로그에 그대로 옮기기만 했습니다. 그러다가 4대강 사업 초기에 쓴 홍수 기사가 미디어다음과 네이버의 메인화면에 동시에 걸렸습니다. 미디어다음에는 블로그의 글이 올라갔고, 이 글을 오마이뉴스 블로그에 옮긴 것이 네이버에도 노출된 것입니다. 결과는 놀라웠습니다. 미디어다음과 네이버 두 곳 다 똑같이 톱뉴스로 올라가 있었는데, 다음에서 읽은 독자는 4만 명이었고, 네이버를 통해 오마이뉴스 블로그를 읽은 사람은 무려 10배에 이르는 40만 명이었습니다.

제가 미디어다음에 쓴 블로그 기사들은 언제나 머리기사로 배치되는 영광을 누렸지만, 조회수는 5만에서 많으면 10만 건 수준이었습니다. 제 기사로 인한 트래픽 폭주로 홈페이지가 다운되는 일도 두 번이나 있었지만, 미디어다음에 쓴 제 블로그 글 중 최대 조회수는 20만여 건에 불과했습니다. 그러나 오마이뉴스에 쓴 글은 달랐습니다. 특히 블로그를 중단하고 기사를 본격적으로 쓰기 시작하자 기본 조회수가 30만~60만 건에 이르렀고, 간간이 80만 건을 넘어서는 엄청난 경험을 하기도 했습니다. 오마이뉴스와의 만남은 제게 새로운 기회였고, 더 큰 세상으로 들어서는 일이었습니다.

마침 미디어다음이 정부를 비판하는 시사 블로그들을 석연치 않게 이전보다 덜 노출시키기 시작했습니다. 평소처럼 열심히 글을 써도 독자들의 수가 몇 천 명에 그치는 상황이 된 것입니다. 더 이상 블로그를 써야 할 이유가 없었습니다. 제게는 아주 절묘한 순간에 오마이뉴스를 만난 것입니다. 4대강을 위한 하늘의 뜻이었다고 생각합니다. 이제 미디어다음의 제 블로그는 거미줄이 무성한 방치 수준이 됐습니다.

언론 권력은 소수만의 것이 아니다

글쓰기 강의를 할 때마다 오마이뉴스를 '혁명'이라고 이야기합니다. 오마이뉴스는 소수가 누렸던 언론의 권력을 평범한 사람들에게 나눠준 획기적 매체이기 때문입니다. 오마이뉴스를 통해 어떤 지위나 학식에 상관없이 개인의 목소리를 세상에 전할 수 있게 됐습니다.

제게 오마이뉴스는 무한한 가능성입니다. 오마이뉴스는 글을 쓰려는 마음을 지닌 사람, 세상을 바꾸려는 열정을 지닌 사람들에게 열려 있는 무한한 가능성의 공간입니다. 오마이뉴스에 글을 쓰는 동안 다른 매체에서도 고정 지면을 주겠다며 글을 써달라고 요청해왔습니다. 그러나 제게는 오마이뉴스가 가장 잘 어울렸습니다.

오마이뉴스만이 가진 장점들이 아주 많았습니다. 오마이뉴스는 기존 언론의 '한계'를 능가하는 '힘'이 있습니다. 대개의 종이신문들도 인터넷신문을 운영합니다. 그러나 이미 오프라인으로 나간 기사를 인터넷에 옮겨놓는 수준에 불과합니다. 반면 오마이뉴스는 인터넷신문만이 지닌 힘을 고스란히 발휘할 수 있습니다.

이런 오마이뉴스를 통해서 하고 싶은 말을 할 수 있었습니다. 일부 언론사 기자들은 데스크의 편집 방향에서 벗어나지 않도록 주의하며 기사를 써야 할 때도 있다고 합니다. 오마이뉴스는 제가 이명박 대통령의 4대강 사업에 대해 '대국민 사기극'이라는 거친 용어를 써도 그 주장의 근거와 논리만 타당하다면 그대로 보도했습니다. 다른 언론에서는 불가능한 일이었습니다.

오마이뉴스는 '지면의 제약이 없다'는 장점도 있습니다. 독자들과 소통할 수 있는 내용이라면 기사의 길이에 제한이 없습니다. 제 기사의 특징 중 하나는 길다는 것입니다. 짧게 요약해 글을 쓰지 못하는 재주의 한계도 있지만, 불법과 문제투성이인 4대강 사업을 설명하다 보면 글은 A4 4장, 사진은 15장 정도가 기본입니다. 제가 2011년 '올해의 기사상'을 받은 기사는 사진이 무려 30장에 이를 만큼 긴 기사였지만, 80만 명이 넘는 독자들이 호응했습니다.

오마이뉴스의 또 다른 장점은 '다양한 연재'가 가능하다는 것입니다. 그동안 오마이뉴스에 4대강 기사를 80여 개 썼습니다. 4대강 사업의 재앙이 워낙 크기도 했지만, 한 주제에 대해 다양한 연재가 가능한 덕분이었습니다.

만약 제가 오마이뉴스를 만나지 못했다면 4대강 재앙을 세상에 어떻게 알릴 수 있었을까요? 제 기사를 읽고 4대강 사업이 이토록 나쁜 것인 줄 처음 알았다고 많은 사람들이 이야기했습니다. 이명박 정권이 밀어붙인 4대강 사업을 비록 막아내지는 못했지만, 오마이뉴스가 있었기에 4대강 사업이 타당하지 않은 불법임을 많은 사람들에게 알리는 큰 역할을 해냈다고 생각합니다.

집중과 몰입으로 독자의 마음을 파고들다

그동안 제가 오마이뉴스에 쓴 4대강 기사들은 대부분 독자들이 많이 읽은 기사, 추천 점수와 '좋은 기사 독자원고료'가 많은 기사가 되곤 했습니다. 제 기사의 특징은 길고 지루하다는 것입니다. 그런데 이토록 긴 글에 많은 독자들이 공감해주었습니다.

그 이유가 무엇일까요? 제 기사가 이명박 정권의 핵심 사업인 4대강 사업 관련 기사이고, 머리기사 자리에 걸렸기 때문일까요? 저도 처음에는 그렇게 생각했습니다. 하지만 4대강 사업에 관한 기사를 오마이뉴스에 저만 쓰는 건 아닙니다. 4대강 공사 현장에서 벌어지는 엄청난 사건과 사고를 다룬 다른 기자들의 기사가 같은 자리에 배치되더라도 조회수나 점수, 독자원고료가 제 기사와는 차이가 나는 것을 알게 됐습니다. 독자들이 공감하는 이유는 4대강 사업이었기 때문이 아니라 다른 곳에 있었던 것입니다.

여러 이유 중 첫째, 제 기사는 단순한 사실 전달에 그치지 않았습니다. 제 기사에는 사실을 보여주는 현장 이야기뿐만 아니라 분석과 대안이 있고, 이를 증명하기 위한 다양하고 재미있는 증거들도 함께 등장합니다. 제 기사가 길긴 하지만 분석과 대안이라는 차별성 때문에 많은 이들의 공감을 얻을 수 있었습니다.

요즘은 트위터와 페이스북을 통해 실시간으로 정보가 교환되고 있습니다. 2010년 5월 10일 〈한겨레〉 창간 특집 〈'속보'는 널렸다. 이젠 '오피니언'이 뉴스다〉라는 기사는 국민의 신문구독률과 하루 평균 신문열독량이 감소하는 종이신문의 위기 시대에 정보성 뉴스의 속보 전달로는 언론이 더 이상 살아남을 수 없다고 말합니다. 다양한 관점과 설득력 있는 주장, 정확한 분석과 의견을 볼 수 있는 정제된 토론의 장을 만들어내는 역할을 수행해야 언론의 신뢰 회복을 가져올 수 있다는 내용도 담고 있습니다. 앞으로 뉴스가 어떻게 변화해야 하는지 잘 지적한 것입니다. 단순한 사실 전달만이 아니라 의견, 분석, 대안 제시가 언론의 새로운 모델이라는 점을 알고 기사를 쓴 것은 아니었지만, 왜 많은 사람들이 제 기사에 공감하는지 알게 됐습니다.

사람들은 저를 '4대강 전문기자'라고 합니다. 제가 오마이뉴스에 쓴 4대강 기사들은 다른 전문기자들도 인정하는 분위기입니다. 여러 언론사 기자들이 수시로 제게 문의 전화를 하기 때문입니다. 〈조선일보〉가 4대강 사업 찬반 기사 10회 특집을 기획하면서 마지막 회에 청와대 박재완 수석과 저의 '맞짱 토론'을 제안했을 정도였으니 오마이뉴스 덕분에 목사인 제가 '4대강 전문가'로 인정받은 것입니다.

지난 3년여 동안 오마이뉴스에 4대강 사업에 관한 기사를 참 많이 썼지만, 지금도 제 머리에는 써야 할 4대강 이야기가 흐르고 있습니다. 환경과 토목 전문가도 아닌 제가 어떻게 그 많은 기사들을 쓸 수 있었을까요?

해결해야 할 문제에 '몰입'한 것이 답이라고 생각합니다. 광란의 '삽질'로 인해 무참히 파괴되는 4대강의 아픔을 막기 위해 제가 할 수 있는 최선을 다했습니다. 시간만 나면 4대강 현장에 달려가 사진을 찍었습니다. 4대강 사업에 관한 이명박 정부의 자료들을 다양한 방법으로 입수했습니다. 심지어 이명박 정부의 4대강 사업 마스터플랜 책을 당시 한나라당(현 새누리당) 국회의원 비서관을 통해 구했습니다. 환경부 국정감사장에서 관련 자료들을 얻어내기도 했습니다. 4대강 사업의 진실에 접근하기 위해 다양한 방법을 동원했고, 제 머릿속은 온통 4대강 사업뿐이었습니다. 이렇게 4대강 현장들을 수시로 돌아보고, 4대강 사업에 관한 다양한 자료들로 제 머리를 채우자 샘에 물이 넘치듯 제가 써야 할 기사들이 계속 흘러넘쳤습니다. 쓸 것이 없어 못 쓰는 것이 아니라 시간이 부족해 쓰지 못할 뿐이었습니다.

제가 미디어다음 블로그에서 쓰레기 시멘트를 다룰 때, 처음 몇 달은 밤낮으로 인터넷을 뒤졌습니다. 시멘트 공장에 몰래 들어가 사진도 찍고, 일본에서 쓰레기를 수입하는 현장을 잡기 위해 삼척항에서 밤새 잠복해 기다리기도 했습니다. 시멘트 공장 주민들의 피해 상황을 확인하기 위해 마을의 분진 분석과 주민들의 모발 검사를 하기도 했습니다.

쓰레기 시멘트 문제 해결을 위해 노력할 때는 정말 밥을 먹거나 길을 걸어도 온통 쓰레기 시멘트 생각뿐이었습니다. 꿈도 시멘트 관련 꿈을 꾸었습니다. 최근에는 제가 4대강 사업 문제로 이명박 대통령과 싸우는 꿈을 몇 번이나 꿨다는 사실이 믿어지시나요? 그만큼 해결하고자 하는 한 문제에 집중하니 제가 써야 할 기사들이 샘물처럼 흘러나오며 길이 보이기 시작한 것입니다. '알면 보인다'는 말이 있습니다. 자신에게 전문적인 지식이 있으면 똑같은 상황에서도 남들이 보지 못한 것을 볼 수 있게 됩니다. 다양한 이야기들도 이끌어낼 수 있습니다. 기사를 쓰기 위해 전문 지식을 공부하는 것은 필수입니다. 공부하지 않으면 한두 개의 기사를 쓸 수는 있지만 지속적인 기사를 만들 수는 없습니다. 많은 이들과 공감하며 세상을 바꿀 수 있는 좋은 기사를 지속적으로 쓰기 위해서는 전문 지식이 뒷받침되어야 합니다. 그 비결은 독서입니다. 독서는 우리를 충만하게 만들어 글과 이야기를 솟아나게 합니다.

몇 해 전 시멘트가 쓰레기로 만들어져 국내 시멘트에 발암물질이 많다는 사실을 알게 됐습니다. 기사를 쓰기 전에 먼저 몇 개월간 수많은 자료들을 찾았습니다. 지금도 제 책꽂이에는 반도체공학부터 전기 · 전자, 화공재료, 유독물질사전 등 각종 책과 수많은 보고서들이 가득합니다. 덕분에 저는 시멘트 '전공자'가 아니지만, 대한민국 최고의 시멘트 '전문가' 중 하나라고 자부합니다.

4대강 사업이 문제가 되자 정부 자료뿐만 아니라, 강과 하천에 관한 온갖 책들과 보고서들을 찾아 읽었습니다. 심지어 한반도 대운하 관련 책도 다 구입해 살펴보았습니다. 덕분에 한반도 대운하와 4대강 사업이 똑같은 사업임을 알 수 있었고, 그 근거 자료들을 찾아 4대강 사업이 변종 운하임을 자신 있게 주장할 수 있었습니다. 외국의 하천 관련 책을 통해 독일을 비롯한 선진국이 하천 관리를 어떻게 했는지도 알 수 있었고, 4대강 사업이 왜 거짓인지 증명해내는 자료들도 찾아낼 수 있었습니다. 깊이 있는 공부를 통해 4대강 사업의 문제점을 더 정확히 지적해낼 수 있었던 것입니다.

2012년 4대강 사업으로 낙동강 함안보 하류의 모래가 유실되자 이명박 정부는 강바닥에 레미콘 1000대 분량의 시멘트를 들이부었습니다. 함안보로 달려가 레미콘 차량들이 늘어선 현장 사진을 찍어 독극물인 시멘트를 국민이 마시는 식수에 들이붓고 있다고 지적하는 기사를 오마이뉴스에 썼습니다. 그러자 수자원공사는 제 기사가 잘못됐다며 언론중재위원회에 언론중재 신청을 했습니다. 언론중재위원회의 담당 중재부장이 제게 "당신은 목사인데 시멘트에 대해 뭘 안다고 독극물이라고 했습니까?"라고 따지듯 물었습니다. 저는 중재부장을 향해 "내가 대한민국 최고의 시멘트 권위자"라고 당당히 대답했습니다. 중재부장이 황당해하며 그 자리에 참석한 수자원공사 변호사에게 사실이냐고 묻자 변호사는 "그래서 시멘트 회사와 목사님 사이가 안 좋습니다"라는 답변을 했습니다. 왠지 그때부터 저를 대하는 중재부장의 태도가 부드러워진 듯했습니다.

저는 쓰레기 시멘트 문제뿐 아니라 4대강 사업의 참고인으로 환경부 국정감사에 수차례 출석했습니다. 이렇게 제가 쓴 기사들이 저를 전문가로 만들어주었던 것입니다.

사진, 자료, 상상력과 창의력

제 책상 쪽 벽에는 써야 할 기사 제목들이 주르르 적혀 있습니다. 4대강 사업, 한강 복원, 청계천 등 다양한 주제와 구체적인 기사 제목들이 나열되어 있고, 어느 것을 먼저 써야 할지 중요도에 따라 번호가 매겨지기도 합니다. 그날 쓸 주제를 정하면 우선 관련 사진들을 찾기 시작합니다. 4대강 사업이 3년에 걸쳐 진행되었고, 워낙 많은 양의 사진들이 외장하드 6개에 가득해서 기사에 맞는 사진을 찾는 작업도 쉽진 않습니다. 1차 선정 작업을 하고 나면, 기사에 꼭 필요한 사진들만 추려내어 편집하는 2차 작업을 합니다.

사진 작업이 끝나면 글을 쓰기 시작합니다. 제가 사진 작업을 먼저 하는 이유는, 4대강 사업 기사는 현장 위주이므로 문제점을 증명할 사진이 없으면 안 되기 때문입니다. 글을 쓰는 도중에 새로운 사진이 떠오르면 체크해둡니다. 그리고 글을 완성한 후 빠진 사진을 찾아 다시 3차 사진 작업을 합니다.

글과 사진 작업이 마무리되면 오마이뉴스에 기사를 올립니다. 기사를 오마이뉴스에 송고하고 나면 힘들게 편집하고도 기사에 들어가지 못한 사진들이 서운하다는 표정으로 저를 바라봅니다. 몇 차례 줄이는 선정 작업을 하더라도 늘 여유 있게 사진을 선정하기 때문입니다.

많이 찍고 잘 찍고 말을 하게 하세요

제 기사에서 사진이 하는 역할은 매우 중요하고 다양합니다. 파괴되는 4대강의 아픔을 현장 사진이 증명해줍니다. 때론 사진 한 장이 독자들을 분노케 하기도 하고, 웃게도 합니다. 특히 사진은 독자들이 중간에 포기하지 않고 긴 기사를 읽을 수 있게 하는 '쉼터' 역할을 합니다.

• 많이 찍습니다

제 기사에서 사진과 글은 상호 보완적 관계입니다. 글은 사진을 설명하고, 사진은 주장이 사실임을 증명합니다. 환경 기사를 쓰는 제게 사진은 너무 중요하기 때문에 사진을 많이 찍는 편입니다. 4대강 사업 현장에 나가면 하루에 3000장은 기본입니다. 하루 동안 많은 현장을 돌아보고 비슷한 장면이라도 다양한 각도에서 많이 찍어둡니다. 지금 당장은 쓸 곳이 없더라도 나중에 생각지 못한 사용처가 생기곤 하기 때문입니다.

• 스스로 말을 하는 사진이 되도록 찍습니다

백 마디 말보다 사진 한 장의 힘이 더 클 때가 많습니다. 사진이 스스로 말을 하도록 잘 찍어야 합니다. 사진을 잘 찍는 것은 아주 중요한 기술입니다. 똑같은 사건과 장면을 찍어도 사진 찍는 사람에 따라 전혀 다른 사진이 나옵니다. 말하고자 하는 내용이 담긴 사진이 되도록 잘 찍어야 하는 것입니다. 좋은 사진을 찍기 위해서는 다양한 높이와 각도에서 촬영해야 합니다. 때론 높은 위치가, 때론 땅바닥에 바짝 낮춘 자세가 필요합니다. 가능한 한 가까이 다가가 찍는 것이 좋습니다.

• 비교 사진으로 한눈에 알게 합니다

4대강 사업의 경우 3년여에 걸쳐 진행된 공사입니다. 그렇기 때문에 4대강 공사 전후의 사진 비교만으로도 4대강 사업 중단의 타당성을 독자들에게 보여줄 수 있습니다. 4대강 사업으로 파헤쳐지기 전의 아름답던 강의 모습을 모른다면, 물이 가득한 4대강을 보며 4대강 사업을 잘한 일이라고 착각할 수 있습니다. 그러나 공사 전후를 비교해 보여줌으로써 4대강 사업이 국토 파괴에 불과함을 누구나 쉽게 깨닫고 분노하도록 만들었습니다.

이렇게 비교 사진을 만들기 위해서는 현장 사진을 많이 찍어야 합니다. 현장 기록으로도 중요할 뿐만 아니라, 환경을 파괴하는 잘못을 지적하는 증거가 되기 때문입니다. 4대강 전후 비교 사진 가운데 여주 이포보 공사 전의 사진이 있습니다. 버스를 타고 이동하다가 창문 밖으로 찍었는데 그날의 파란 하늘과 어울려 이포보 공사 전의 사진 중 가장 아름다운 사진이 되었습니다.

• 유머 담긴 사진으로 독자를 즐겁게 합니다

사진으로 전달할 수 있는 내용은 다양합니다. 자연이 파괴되는 모습을 보여주어 독자를 분노하게 만들고, 어처구니없는 4대강 사업의 허구성을 여실히 드러내기도 합니다.

이명박 대통령이 '2011년이면 철새의 낙원이 됩니다'라는 내용으로 만든 4대강 사업 홍보 영상과 낙동강에 가득한 포클레인 사진을 붙여서 편집한 적이 있습니다. '이명박 대통령의 철새 낙원은 삽질 재벌 배불리는 철쇠(Fe)의 낙원'이라고 비틀어 강조했습니다. 또 낙동강에 가득한 철새 사진과 낙동강 포클레인 사진을 이어 붙여 '철새는 없고 철쇠만 가득한 4대강'이라고 지적했습니다. 이 사진 편집 덕분에 독자들에게 4대강 사업의 잘못을 확실하게 각인시켜줄 수 있었습니다. 어느 미대 교수는 오마이뉴스에 실린 이 사진을 보고 예술적 사진이라고 감탄했답니다.

살아 있는 백조 사진과 백조를 쏙 빼닮은 플라스틱 오리 배 사진을 연이

분노가 만들어낸 열정이 목사인 나를
'4대강 전문기자'로 만들었다.
책꽂이를 가득 메운 책과 자료들,
기회 있을 때마다 찍고 모은 수많은 사진들,
오마이뉴스에 실린 관련 기사들이 열정의 증거다.
우리나라의 하천을 살리기 위해서라면
그 어떤 현장이라도 달려갈 것이다. (사진에서 오른쪽)

© 유성호

어 붙여놓으면, 특별한 설명을 하지 않아도 독자들은 폭소를 터뜨림과 동시에 4대강 사업이 왜 잘못인지 알게 됩니다. 이명박 대통령표 4대강 사업이 백조는 없고 생명 없는 플라스틱 오리 배만 둥둥 떠다니는 재앙임을 이처럼 한 장의 비교 사진을 통해 아주 깊이 깨닫게 됩니다.

사진을 두세 장 이어 붙이는 비교 사진으로 강조할 수 있는 내용은 참 많습니다. 이렇게 사진 스스로 호소력 있는 말을 하는 비교 사진을 만들려면 가능한 한 많은 사진이 필요합니다.

• 다양한 자료를 사진으로 찍어둡니다

4대강 사업의 허구성을 증명하기 위한 사진이 언제나 강을 파헤치는 현장 사진만을 뜻하지는 않습니다. 현장 사진도 필요하지만 글의 내용을 증명해줄 다양한 근거 사진들이 필요합니다.

제가 오마이뉴스에 쓰는 기사에는 4대강 홍보지, 논문과 보고서, 고속도로 휴게소의 관광 안내지도 등이 등장합니다. 4대강 사업의 허구성을 밝혀줄 자료라면 어떤 것이든 사진으로 채택될 수 있습니다.

예를 들어, 4대강 사업으로 파괴되는 낙동강 제1비경 경천대의 아픔을 말하기 위해 경천대 관광 홍보지 표지에 실린 경천대 사진을 찍어 인용하기도 했습니다. 또 '기암절벽과 금빛 백사장이 어울린 절경'이라는 경천대 안내지 설명을 인용해 모래를 파내고 썩은 물로 가득 채운 4대강 사업이 왜 잘못인지 증명하기도 했습니다.

4대강 사업으로 낙동강 해평습지의 철새 낙원이 사라진다는 것을 지적하기 위해 고속도로 휴게소에서 찾은 구미시 관광 홍보 자료에 실린 흑두루미 사진을 인용하기도 했습니다. 경북 예천의 관광 홍보지 표지는 내성천의 회룡포 사진입니다. 그런데 4대강 사업으로 회룡포의 모래사장도 위험에 처하게 되었습니다. 이렇게 다양한 지방자치단체의 관광 홍보지 사진을 잘 인용해도 4대강 사업으로 파괴된 환경이 얼마나 소중한 것인지 강조할 수 있습니다.

• 카메라를 들고 텔레비전을 봅니다

기사에 쓸 좋은 사진을 찍는 또 하나의 방법이 있습니다. 텔레비전을 볼 때 손에 카메라를 들고 있는 것입니다. 중요한 사건이 있거나 특별한 다큐멘터리가 방영되는 날 텔레비전을 볼 때는 언제나 곁에 카메라를 둡니다.

얼마 전 MBC 드라마 〈마의〉에 남녀 주인공이 다리에서 만나는 장면이 나왔습니다. 순간 청계천 광통교라는 직감에 얼른 카메라에 담았습니다. 이명박 대통령이 문화재를 파괴한 청계천 복원사업에 대해 기사를 쓸 일이 있었는데, 이런 사진을 하나 추가함으로써 이야기를 풀어가기가 훨씬 쉬워졌습니다.

2012년 가을 MBC 드라마 〈아랑사또전〉 마지막 회에서는 남녀 주인공이 만나 키스를 하는데 그 뒷배경이 모래가 가득 쌓인 강이었습니다. 얼른 사진을 찍었습니다. 2012년 여름 〈KBS 뉴스 9〉이 시작될 때 홍천강 모래밭에 가득한 피서객들을 헬리콥터에서 찍은 영상이 나왔습니다. 당연히 그 중요한 순간을 놓칠 수 없었습니다. 이명박 대통령은 모래가 쌓인 강이 죽은 강이라고 했는데, 22조 원을 퍼부어 '살려놓은' 강에는 피서객이 없고 모래 쌓인 '죽은' 강에는 피서객들이 가득한 장면을 보여줌으로써 4대강 사업의 잘못을 간단하게 증명할 수 있었습니다.

제 컴퓨터 외장하드는 방송 화면을 찍은 사진들로 가득합니다. 모든 현장을 제가 다 찾아가 볼 수는 없지만, 방송 뉴스에는 전국의 기자들이 신속히 보내오는 다양한 장면들이 나옵니다. 원자력 발전소 내부의 경우 개인인 제가 들어갈 수 없지만, 간혹 일어나는 원전 사고 때 원전 내부 시설이 방송에 나오곤 합니다. 원전 자료를 사진으로 남겨둘 좋은 기회입니다. 저는 중요한 뉴스와 다큐멘터리 등 방송 화면 자료들을 카메라에 담아둠으로써 언제든지 제가 쓰는 기사에 중요 근거 자료로 실을 수 있었습니다. 방송 화면은 기사용 사진을 만드는 좋은 원천입니다. 이것만 잘 이용해도 좋은 기사를 만들 수 있습니다.

적을 알아야 적을 이깁니다

적의 생각을 잘 알면, 적진을 어떻게 공략할지 길이 보입니다. 그동안 많은 사람들이 쓴 4대강 기사를 보면 그저 현장에서 벌어지는 사실 전달에만 그쳤습니다. 그런 사실 전달 기사는 다른 언론의 기사와 큰 차이가 없습니다.

저는 청와대 홈페이지를 비롯해 4대강 사업 추진본부와 국토해양부, 환경부, 수자원공사, 한국대댐회 등 '적진'을 수시로 살펴보며, 그때그때 필요한 자료와 사진들을 내려받거나 스크랩해놓았습니다. 특히 이명박 정부가 국민들에게 보여준 4대강 사업 홍보 동영상들을 모아 주요 장면들은 사진으로 찍어놓기도 했습니다. 이명박 대통령의 거짓말을 증거 자료로 확보해 놓은 것입니다.

모든 관련 자료를 모으세요

얼마 전 한 일간지의 기자로부터 연락이 왔습니다. 4대강 사업의 문제를 지적한 기사에 대해 국토해양부가 언론중재를 신청했다며, 이명박 정부가 4대강 사업으로 가뭄을 막는다고 주장했던 자료들이 있으면 도와달라는 것이었습니다. 언론사였지만 증빙할 자료가 없었던 것입니다.

저는 오가며 만나는 4대강 사업 관련 홍보 책자들을 모두 모아두었습니다. KTX 기차역에서, 고속도로 휴게소에서, 4대강 홍보관에서 기회 있을 때마다 눈에 띄는 크고 작은 자료들을 챙겼습니다. 그 덕분에 이명박 대통령이 4대강 사업으로 가뭄과 홍수를 막겠다고 주장한 근거들을 찾아 그 기자에게 건네주었습니다.

4대강 홍보 동영상에는 "물고기가 살 수 없는 강" "철새 낙원으로 만듭니다" "홍수가 사라지다. 상상이 아닙니다" "희망, 아이들의 강을 만듭니다" 등 온갖 멋진 구호들이 등장합니다. 이 구호들로 4대강의 미래를 말합니다. 그러나 결과는 정반대였습니다. 4대강 사업으로 물고기가 떼죽음당하고 홍수가 발생했습니다. 이때 이명박 정부의 홍보 영상 사진을 기사에 넣어 4대강 사업의 허구성을 밝히는 중요한 자료로 활용할 수 있었습니다.

우리는 '현재적 가치'만이 아니라 '잠재적 가치'도 끄집어낼 수 있는 관심과 능력이 있어야 합니다. 지금 당장은 아니어도 언젠가 사용될 예상외의 가치를 지닌 잠재적 가치들이 우리 주변에 숨어 있습니다. 숨겨진 잠재적 가치를 '재발견'하고 그것을 '재창조'해내는 능력이 좋은 기사를 만드는 비결입니다. 적의 공습을 막기 위해 레이더가 사방을 감시하듯, 작은 자료 하나라도 눈여겨보는 습관이 필요합니다.

잠재적 가치를 만들기 위해 매일 '4대강 사업'을 키워드로 뉴스를 검색했습니다. 저만의 비공개 블로그를 만들어놓고 홍수, 가뭄, 수질, 준설, 자전거도로 등 4대강 사업으로 인해 벌어지는 다양한 주제별로 뉴스를 모았습니다. 나중에 필요한 자료를 쉽게 찾기 위해서입니다. 그리고 이 작업을 통해 새로운 아이디어도 만들어낼 수 있었습니다.

상상력과 창의력이 필요합니다

"싸게 사서 비싸게 팔라!"라는 격언이 있습니다. 창조적인 사람들은 늘 어디서나 아이디어를 얻습니다. 그들은 운이 아니라 새로운 아이디어를 찾는 데 익숙합니다. 아무도 거들떠보지 않는 사소한 것에서 새로운 가치들을 발견하고, 그것을 배양해 아주 멋진 글거리로 만들어 비싸게 팝니다. 비싸게 판다는 것은 잘 활용한다는 뜻입니다.

새로운 아이디어란 아주 특별나고 기묘한 것이 아니라 작은 틈새에서 발견하는 가치 있는 놀라움과 기이함을 의미합니다. 좋은 기사를 쓰기 위해서는 작은 사물과 사건에서도 이야기를 찾아내려는 반복적이고 습관화된 훈련이 필요합니다.

남과 다른 기사는 창조적인 통찰력에서 나옵니다. 창의성이란 우연히 생기는 것이 아닙니다. 발명가 에디슨이 '남다른 발견'을 할 수 있었던 이유는 자신의 관심사에 늘 집중하고 있었기 때문입니다. '작은 차이' 속에서 '큰 발견'을 찾아낸 것입니다. 내가 항상 관심을 집중할 때, '아하~!' 하는 통찰의 순간이 주어집니다. 기사 만들기 역시 '아하!' 하는 '발견'이 '글'로 이어지는 것입니다. 바로 이런 '발견'이 있어야 남과 다른 기사 쓰기를 할 수 있습니다.

창조적이고 신바람 나는 글은 대중의 생각과 삶을 바꿔놓습니다. 더 나아가 변화된 대중이 늘어날 때 세상이 변합니다. 내가 써야 할 글과 주제에 대해 '일관성'과 '새로움'을 늘 유지한다면 세상에 희망을 전하는 좋은 글이 흘러나오게 될 것입니다.

글쓴이는 일종의 이야기꾼과도 같습니다. 예수님은 놀라운 이야기꾼이었습니다. 예수님은 크고 거창한 것이 아니라 들의 백합화와 참새와 포도나무와 겨자씨 등 작고 하찮은 것에서 하늘의 진리를 찾아 우리에게 전해주었습니다. 그리고 작고 사소한 것에서 찾아낸 예수님의 말씀들은 무지한 대중들이 이해하기 쉬웠습니다.

작고 소박한 것에도 의미가 있습니다. 겉보기에는 보잘것없어도 관심을 갖고 상상력의 눈으로 집중하면 무한히 풍요롭고 새로운 이야깃거리가 됩니다. 작은 것에서 이야기를 찾아내는 능력, 그리고 그것을 좀 더 쉬운 대중적 용어로 풀어내는 능력이 좋은 기사를 만드는 비결입니다. 다른 사람들이 4대강에 사건이 터져야 기사를 쓸 때, 제가 특별한 사건이 없어도 4대강 기사를 많이 쓸 수 있었던 것은 바로 이 때문입니다. 기자는 작은 사물 하나에 담긴 이야기를 찾아내는 시인의 눈을 배울 필요가 있습니다. 작은 것에서 큰 이야기를 들으라는 T.B. 펠바하의 멋진 시 '소리 없는 말 듣기'를 함께 나누고 싶습니다.

나는 침묵하는 것을 배우고 싶습니다./ 나는 소리 없는 말 듣기와/ 그에 응답하는 것을 배우고 싶습니다.// 볼 수 있는 것을 알아보고/ 보이는 것을 꿰뚫어 보는 법을 배우고 싶습니다.// 어쩌면 나는/ 단순한 사물에서/ 보다 많은 것을 볼 줄 알고./ 돌 하나에서도 그 이상의 것을./ 하나의 잎사귀에서도/ 보다 더한 것을./ 한 사람에게서 그에겐 보통 사람이 지닌 것보다/ 더한 가치를 지녔음을/ 그리고 세상에서도 감각적인 것보다는/ 더 가치 있는 것을 볼 줄 아는/ 지혜를 배워야 하겠습니다.

최춘해 시인의 '빈 새둥지'라는 시도 함께 읽어보면 좋겠습니다.

아기새가 떠나간/ 보금자리엔/ 따슨 애기들이/ 흥건히 괴어 있다.// 알에서 아기새가/ 태어나기까지/ 피를 말리며/ 온몸으로/ 알을 품고 있던/ 어미새.// 내 배는 고파도/ 먹이는 아기새 부리에/ 넣어 주고// 보송보송한 털/ 파란 하늘이 괸/ 말간 눈동자./ 동글동글한 샛노란 노래./ 포동포동 살이 오르는/ 그것만을 보람으로 여기던/ 어미새.// 아기새는 자라서/ 어디론지 떠나가고/ 외로운 어미새는/ 친구 찾아 나들이 간 지금/ 빈 새둥지엔/ 찬 바람이 썰렁하다.

시인의 눈앞에는 빈 둥지만이 전부이지만, 그는 마음의 눈으로 빈 둥지 안에서 벌어졌던 많은 이야기를 상상의 눈으로 읽어냈습니다. 기사란 사실만을 전달하기도 하지만, 우리가 쓰는 기사의 종류와 내용은 매우 다양합니다. 남다른 기사를 만들기 위해서는 우리에게 '상상의 마음'이 반드시 필요합니다.

대중의 눈높이로 내려와 나만의 글쓰기를 창조하세요

좋은 기사를 만들기 위해서는 나만의 글쓰기 방법을 창조해야 합니다. 자신만의 주제, 자신만의 독창성을 통해 대중이 만족할 만한 새로운 경험을 선물할 수 있습니다. 많은 사람들이 자신은 글재주가 없다며 기사 쓰기를 꺼립니다. 그러나 글은 '재주'가 아니라 '열정'에서 나옵니다. 세상에 대한 사랑, 거짓에 대한 분노가 있다면, '세상을 변화시키는 기사 쓰기'라는 사명을 기꺼이 받아들여야 합니다.

세상을 변화시키겠다는 거룩한 사명감은 글쓰기를 시작하게 하고 이를 지속시키는 동기가 됩니다. 일단 글을 쓰기 시작하면, 혼자만의 만족감에서 한 단계 더 나아가 자신의 글이 사람들과 소통하고 있는지를 살펴봐야 합니다. 어떻게 좀 더 많은 사람들과 소통하고 공감을 이끌어낼지 치열히 고민해야 합니다.

4대강 사업은 22조 원을 쏟아부은 정부의 최대 국책사업인 만큼 재앙도 컸습니다. 그러나 4대강 사업의 잘못을 밝혀내려는 전문가들의 글은 많지 않았습니다. 전문가들이 대중의 눈높이로 내려오지 않은 까닭입니다. 원자력 발전소 문제 역시 소수 전문가들의 영역에 머물고 있습니다. 우리가 세상을 변화시키기 위해서는 대중의 눈높이로 내려와 소통하는 글쓰기를 해야 합니다.

그동안 4대강 사업에 관련해 많은 기사를 썼습니다. 한 만화가는 '많은 물이 아니라 맑은 물이 중요하다'는 글을 보고 4대강 사업의 문제를 '많은 물과 맑은 물'이라는 한 장의 대비되는 그림으로 정확히 표현해냈습니다. 이렇게 사람들이 한 번 보거나 들으면 잊히지 않도록 간단명료한 문구나 이미지를 만드는 것도 중요합니다. 요즘은 이야기에 감동받는 시대입니다. 단순한 사실 전달보다 기사 자체가 사람들의 가슴에 남는 이야기가 되어야 합니다. 우리에게 이야기를 만드는 능력이 필요한 것입니다.

작은 불씨에서 시작되는 또 다른 세상

21세기의 진정한 운동가는 글을 쓰는 사람입니다. '세상을 변화시키는 글쓰기'란 저 먼 미래를 지금 사람들 눈앞에 보여줌으로써 사람들이 마음속 생각을 행동으로 옮길 수 있도록 길을 열어줍니다. 글 쓰는 사람은 누구보다 먼저 미래를 보는 사람입니다. 글 쓰는 사람은 아무도 상상하지 못한 것을 창조하기도 하고, 아무도 걸어가 보지 못한 미답의 현실을 실현시키기도 합니다.

지금과는 다른 세상이 가능하다는 사실을 기억해야 합니다. 인터넷 미디어의 힘이 우리 곁에 존재하므로 글쓰기를 통해 지금과는 다른 세상을 이룰 수 있다고 믿고, 그것을 위해 땀방울 흘려가며 힘 있는 글을 쓰기 위한 역량을 키워야 합니다. 인터넷이 혁명의 도구가 되는 시대입니다. 인터넷이라는 공간에서는 글쓰기가 가장 영향력 있는 무기가 되었습니다. 그렇기 때문에 우리는 글을 써야 합니다.

글은 세상의 소통을 바꿉니다. 소통이 바뀌면 사람들의 생각이 달라집니다. 생각이 바뀌면 사회에 커다란 변화의 바람이 붑니다. 들판을 태우는 거대한 불길도 작은 불씨로부터 시작했다는 사실을 기억한다면, 소통을 바꾸고 생각을 바꾸고 변화의 작은 불씨를 가져올 수 있는 글을 쓰는 일이 무엇보다 중요하다고 깨닫게 될 것입니다. '글이 무기'라고 생각한다면, 무기의 파급력을 키우기 위해 글쓰기 능력을 키워야 합니다. 힘 있는 글이란 단순히 논리정연하게 잘 다듬어진 글이 아닙니다. 사람들의 마음을 움직이고, 생각을 바꾸고, 행동으로 옮기게 할 수 있는 글, 곧 소통하는 글입니다. 글쓰기는 운동가의 최고의 소통 도구이자 세상을 바꾸는 혁명입니다.

인터넷 글쓰기는 이미 제 삶을 바꾸었습니다. 오마이뉴스에 글을 쓰면서 한 개인이 세상을 바꾸는 원동력을 부여하고 있다고 생각합니다. 그 결과 지금보다 조금 더 밝고 아름다운 세상을 만들어가는 데 힘이 되고 있습니다. 인터넷이란 공간에는 우리가 상상할 수 없는 수많은 가능성이 열려 있습니다. 단지 우리가 어떻게 이용하느냐에 달린 것입니다. 열린 공간인 오마이뉴스를 통해 우리는 수많은 가능성들을 창조하고 만들어갈 수 있습니다.

이미 2000여 년 전에 예수님은 "새 술은 새 부대에 담아야 한다"라고 말씀하셨습니다. 우리는 과연 새로운 세상의 변화에 얼마나 잘 대처하고 있는

지 되돌아봐야 합니다. 인터넷 미디어라는 엄청난 무기가 주어져 있는데, 우리는 그 무기를 잘 활용하지 못하고 있습니다. 내가 세상을 변화시키길 원한다면 우리는 인터넷 미디어가 지닌 힘을 제대로 알고 활용해야 합니다.

새로운 무기가 주어졌음에도 잘 활용하지 못하는 이유는 능력의 문제가 아닙니다. 인식의 문제입니다. 우리에게 주어진 일이 너무 많고, 시간이 부족한 것도 사실입니다. 그러나 오마이뉴스에 올리는 기사 하나가 보도자료를 뿌리고 토론회를 하는 것보다 더 큰 영향을 가져올 수 있음을 인식해야 합니다.

우리가 글을 쏟아낸다면 세상은 달라질 수 있습니다. 살 만한 세상을 원한다면 세상을 바꿀 수 있는 최고의 무기를 내 것으로 만들어야 합니다. 오마이뉴스를 활용하는 데는 비용이 들지 않습니다. 단지 우리의 마음과 관심을 요구할 뿐입니다. 우리 모두가 생명에 대한 사랑과 세상을 위한 절박한 심정으로 글쓰기를 시작한다면, 대한민국은 좀 더 아름다운 세상, 사람 살 만한 세상이 될 것입니다. 🖊

최병성 '불독', '1인 군대'. 사람들이 붙여준 별명이다. 한 번 물면 문제가 해결될 때까지 결코 포기하지 않고, 한 개인이 이뤄낸 일들이 어느 단체가 해낸 일보다 더 크다는 평가 때문이다. 쓰레기 시멘트로 아파트를 건축하는 국내 시멘트 재벌들과 정부를 상대로 홀로 싸워 개선책을 이끌어냈고, 방송통신심의위원회를 대상으로 국내 첫 승소를 거두었다.

2007년 미디어다음 '블로거 기사상' 대상, 2008년 '교보생명환경문화상 환경운동부문 대상', 2010년 오마이뉴스 '올해의 뉴스게릴라상', 2011년 '언론인권 특별공로상', 2011년 오마이뉴스 '올해의 기사상' 등을 수상했다. 지은 책으로 《복음에 안기다》《들꽃에게 귀 기울이는 시간》《대한민국이 무너지고 있다》《강은 살아있다》《알면 사랑한다》《이슬 이야기》《딱새에게 집을 빼앗긴 자의 행복론》 등이 있다.

다른 삶을 상상하는

감각적 글쓰기

-인터뷰/여행 에세이/스포츠·대중문화 칼럼

신정임 • 윤찬영 • 양형석

시민기자는
000이다

신정임
시민기자는 밥이다

"아들아, 밥 먹을까?"
방학을 맞아 하루 종일 집에 있는 아들과의 일상 중 가장 큰 문제는 밥이다.
다들 그렇게 말하지 않는가. "다 먹고 살자고 하는 일"이라고.
그 먹고 사는 일을 가장 잘 전할 수 있는 사람이 바로 시민기자라고 생각한다.
'먹고 살다' 사이에 기쁘지만 슬프고, 아름다우면서도 서러운 이야기들이
얼마나 많이 숨어 있는지를 아는 사람들이기 때문이다.
그래서 시민기자는 삶의 특종들을 종종 전할 수 있다.

윤찬영
시민기자는 하선이다

'하선'은 영화 〈광해〉에서 임금 노릇을 떠맡게 되는 광대의 이름이다.
정치라곤 도대체 익혀본 적 없는 그가 노회한 관료들 틈에서 할 수 있는 일은
아무 것도 없을 줄 알았다. 하지만 그는 관료들에게는 없는 것 하나를 가지고 있었는데,
바로 백성들을 위해 눈물을 흘릴 줄 아는 따뜻한 마음이었다.
그 자신이 백성이었으니까.
그는 결국 그 따뜻한 마음으로 진짜 임금도 못한 많은 일들을 거뜬히 해낸다.
오마이뉴스 시민기자도 어딘가 '하선'과 닮았다. 누군가는 '가짜'라고 비웃을지 모르겠지만,
때로는 '진짜' 기자도 못하는 일들을 해내기 때문이다.
우리는 기자이기에 앞서 시민이니까. 시민기자, 이 네 글자가 새삼 무겁게 다가온다.

양형석
시민기자는 타이어다

타이어는 자동차에서 가장 중요한 필수 부품이다. 세계 최고 성능의
자동차를 만든다 해도 타이어가 없다면 기껏해야 모터쇼 전시밖에 할 수가 없다.
아니, 타이어가 없다면 모터쇼 전시장까지 차를 운반하는 것도 큰일이다.
타이어는 자동차의 많은 부품들 중 유일하게 지면과 닿는 곳이다.
운전자는 타이어에서 전해지는 정보를 통해 차의 성능이나 고장 유무를 판단할 수
있다. 그래서 경험 많은 운전자일수록 타이어는 좋은 제품을 써야 한다고 말한다.
지면이 세상이고 운전자가 독자라면 시민기자는 바로 세상과 독자를 연결해주는
타이어의 역할을 한다. 시민기자는 세상에서 벌어지는 작은 사건 하나에서
가치를 찾아내고 좋은 기사를 만들어 독자들에게 전달한다.

신정임 시민기자를 말한다   오마이뉴스 시민기자전략부 김미선

저의 시어머니를 떠올리게 하는 시민기자가 있습니다. 어머님은 환갑이 넘은 나이에 아파트 청소를 하십니다. 그냥 집에서 손주 돌보시라고 해도 갑갑한 집 안에 있는 게 싫다며 아침 7시면 어김없이 출근을 하십니다. 추운 겨울 눈길에 미끄러져 다치신 적도 있지만 잘 적응하시는 것처럼 보였습니다.

그런 제 생각에 작은 변화가 생겼습니다. 신정임 시민기자. 당시 〈노동세상〉에서 일하던 그는 어머님과 비슷한 처지에 있는 사람들의 삶을 주로 취재했습니다. 회식 갈 때 늘 제외되는 비정규직 안내데스크 여성, 임금 체불은 물론 욕을 들으면서도 가장이라 참고 일할 수밖에 없는 40대 남성, 밥 먹을 공간조차 없는 청소노동자들의 삶. 열악한 노동 현장을 몰랐던 것은 아니지만 그 정도일 줄은 몰랐습니다. 내가 어머님의 일터에 대해서 너무 모른다는 생각이 들었습니다.

신정임 기자는 어느 여름, 이런 메시지도 전달했습니다. 여름에 이사를 하게 되면 물 네 통만 얼려놔 달라고. 더운 날 고생하는 이삿짐센터 직원들의 애환을 담은 글이었는데, 오마이뉴스 기자들은 물론 독자들의 반향도 컸습니다.

신정임 기자는 다양한 현장에 있는 사람들의 삶을 소설처럼 풀어냅니다. 생생한 현실을 보여주니 열 마디 구호보다 효과가 큰 듯합니다. 그가 풀어놓는 한 편의 드라마를 읽고 나면, 나부터 뭔가 달라져야겠다는 다짐을 하게 됩니다. 그가 땀 흘리며 쏟아낸 기사들로 이 세상이 좀 더 나아지길 기대합니다.

오감으로 기록하는 가슴 뛰는 삶

신정임

"누군가는 수건을 만들고, 누군가는 수건을 빨고, 또 누군가는 그 수건을 부지런히 쓰면서 사는 거야. 수건 120개란 숫자는 그 사람들이 하루하루를 살아내는 흔적이지. 조민제 선생, 자넨 숫자가 그렇게 가볍나? 나한테 숫자는 그냥 숫자가 아니라 땀 냄새 나는 안간힘이야. 진정한 땀방울은 인간을 배신하지 않지. 재무제표에 나타나 있는 숫자는 직원들의 땀방울이고 우린 그 땀방울이 거짓이 아님을 증명해내는 거야."

2007년 KBS2에서 방송된 〈드라마시티-이중장부 살인사건〉에 나오는 대사이다. 이 드라마는 김태희 작가가 극본을 맡았던 단막극이다. '김태희'란 이름을 들으면 대개의 사람들은 유명 탤런트나 〈무한도전〉의 '미녀 작가'를 떠올리겠지만, 나는 드라마 작가인 그녀를 가장 먼저 생각하게 된다. 드라마 〈성균관 스캔들〉덕분이다. 2010년 나의 가을은 꿈꾸는 청춘들의 성장드라마 〈성균관 스캔들〉이 온통 독차지했다.

금녀의 공간인 성균관에 남장을 하고 들어온 걸 들킨 김윤희(박민영 분)가 정약용(안내상 분)에게 "안 된다는 말로는 절 단념시킬 수 없습니다. 계집의 몸으로 글을 알고자 한 그날부터 지금껏 단 한 번도 된다는 말을 들어본 적이 없으니까요"라고 당당하게 말할 땐 같은 여자로서 짜릿했다. 한편 "왜 늘 구경꾼이냐, 이길 자신이 없어서냐? 지는 것이 두려워서냐?"라고 정약용이 구용하(송중기 분)에게 물을 땐 나에게 묻는 것 같아 뜨끔했다. 이렇게 사람의 폐부를 찌르는 대사를 쓰는 작가가 궁금했다. 여러 인맥을 동원해 2011년 1월, 바로 그 김태희 작가와 마주앉는 행운을 얻었다.

서툰 연애, 서툰 인터뷰

김 작가와의 인터뷰를 준비하면서 그가 극본을 쓴 드라마들을 살피다가 〈이중장부 살인사건〉을 보게 됐다. 이 드라마는 변사체로 발견된 한 공인회계사의 살인자를 찾아가는 내용이다. 숫자가 신념인 '100퍼센트' 회계사 강용주(안석환 분)는 후배 회계사 조민제(강성민 분)가 여관 옥상에 널린 수건들을 가리키며 "소모품 120이네요"라고 대수롭잖게 말하자, 앞서 인용한 '숫자에 가려진 땀방울의 의미'를 들려준다. 보기만 해도 머리 복잡한 재무제표 숫자에서 사람을 끄집어낸 놀라운 발상에 계속 옥상 신(scene)의 여운이 남았다. 분명 어떤 사연이 숨어 있을 것 같았다. 그래서 물었다. 그런 대사가 나올 수 있었던 연유에 대해. 그러자 김 작가는 그가 유일하게 다닌 직장이었던 은행 사내방송국에서의 이야기를 들려줬다.

"은행에 다닐 때가 한창 구조조정을 하던 시기였어요. 그때 은행에서 희망퇴직자 1200명이 나간다는 보도를 한 적이 있어요. 그 보도 후 다른 프로그램 취재를 갔다가 한 분을 만났는데, 희망퇴직자 명단에 실린 분이었어요. 자식이 둘 있다고 본인 이야기를 하시는데 그게 잊히지 않더군요. 1200이란 숫자지만 그 뒤엔 1200명의 인생이 있는 거 아닌가. 그때 숫자와 개인의 삶에 대해 고민을 했고, 언젠가 드라마에 써봐야겠다고 생각했어요."

내가 좋아하는 인터뷰어인 은유는 "인터뷰는 짧은 연애"라고 표현했다. "사람을 통해 하나의 우주로 들어가는 가슴 뛰는 행위이며 그동안 알고 있던 세상이 한없이 낯설어지는 체험"이라는 것이다.

나는 연애에 서툴다. 대학 내내 변변한 연애 한번 못하다가 졸업을 한 학기 앞두고 시작한 연애를 7년이나 질기게 이어가 결혼에 이르렀다. 연애처럼 인터뷰에도 서툴다. 사람을 만나면 떨리고 말도 번지르르하게 잘하지 못한다. 대신 가능한 한 준비를 많이 하려고 한다. 인터뷰 주제와 관련된 기사, 인터뷰 대상(인터뷰이)이 쓴 글이나 한 말 등을 꼼꼼하게 챙기는 편이다. 그리고 나서 떨림의 한순간을 기대한다. 현재의 그를 있게 한 인생의 한 지점을 공유할 때면 가슴 안쪽 어딘가에서 전율이 느껴진다. 정리해고자 숫자에서 한 사람의 인생을 읽었다는 김 작가의 말을 들었을 때도 찌릿찌릿했다.

정봉주 전 의원을 인터뷰할 때도 비슷한 경험을 했다. 〈나는 꼼수다〉가 폭발적 인기를 얻기 전에도 〈나꼼수〉의 가볍지만 우습지는 않은 이야기들이 좋았다. 정봉주란 정치인이 '정치인은 무겁다'는 통념을 '뻥' 차버리는 것도 맘에 들었다. 직접 만난 그는 결코 가볍지 않은 인물이었다. 정치인을 꿈꾸던 그가 그 꿈을 접고 사업을 하던 때의 이야기를 들려줬다.

"'어차피 사업하면서 살 건데……' 하면서 학생운동 때 가졌던 정의로움이라든가 민주적 의식과는 무관하게 잘 놀러 다니고 대강대강 살았어요. 어느 날, 부천에서 후배와 술을 마시고 택시를 타고 집에 오는 길이었어요. 택시에서 자다가 눈을 떴는데 눈앞에 딱 국회의사당이 보이는 거예요. 의사당을 보면서 마음속으로 이렇게 말했어요. '종교를 믿지는 않지만 혹시 종교가 있다면…… 하느님, 다시 태어나면 꼭 저기 한번 들어갈 수 있는 기회를 주십시오.' 그렇게 비는데 눈물이 비 오듯 쏟아지는 거예요. 너무나 원했는데 다시는 갈 수 없는 삶에 대해서 처절할 정도로 슬퍼지더라고요."

웃음 뒤에 있는 그의 눈물을 발견한 순간이었다. 물론 인터뷰 기사 하나에 모든 걸 담을 수는 없다. 인터뷰이의 웃음이든 눈물이든 고민이든 비전이든 하나만이라도 볼 수 있다면 그와 나의 짧은 연애는 우선 성공이다. 전기가 찌릿 통하는 순간 사랑은 시작되고 좋은 연애는 서로를 성장시킨다. 사이좋은 커플을 보면 주변 사람들도 흐뭇하듯 인터뷰어와 인터뷰이가 통한 인터뷰는 독자들에게도 기분 좋은 엔도르핀을 선사한다.

이 시점에서 누군가가 "인터뷰 대상을 정하는 기준이 있는가?"라고 묻는다면, "내가 궁금한 사람"이라고 답하련다. 보통 기자학교 등 언론 강의를 들으면 "기자가 궁금한 것 말고 독자가 궁금해하는 것에 대해 기사를 써라"라고 가르친다. 맞는 말이지만 나는 기자도 독자라고 생각한다. 게다가 시민기자는 독자에서 기자로 이름표를 바꿔 단 사람들 아닌가. 시민기자야말로 자신의 관심사로부터 기사 소재를 찾으라고 조언하고 싶다. 나 역시도 내가 관심 있고 알고 싶은 것들을 파헤칠 때 더 열정을 쏟았던 기억이 있다.

특히 인터뷰는 인터뷰어와 인터뷰이의 찌릿한 감정 교류가 이루어져야 독자들도 그 느낌에 감전될 수 있기 때문에 더더욱 내가 만나고 싶은 사람들을 찾아간다. 다큐멘터리 사진작가 최민식 선생이나 이철수 판화가도 그랬다. 화성외국인노동자센터의 한윤수 목사는 〈프레시안〉의 연재 칼럼 〈한윤수의 '오랑캐꽃'〉을 챙겨 보다가 끌렸다.

어찌 보면 기자라는 명함을 이용해 내 욕심을 채우는 일일 수도 있다. 하지만 이 정도의 월권행위는 기사에 감전된 독자들이라면 눈감아줄 것이다. 인권센터를 준비 중인 박래군 '인권재단 사람' 상임이사를 인터뷰한 기사를 보고 인권센터 후원계좌나 홍보책자 등을 문의해온 독자들이 있었다. 기사에 대놓고 쓰진 못했지만 인권센터가 잘 지어지길 바란 내 속마음이 독자들에게도 전해진 것 같아 기뻤다. 이처럼 내 기사가 누군가의 가슴에 작은 물결을 만들었음을 확인할 때 기자는 뿌듯하다. 그러니 통하는 인터뷰를 하고 싶다면 꼼꼼히 준비해야 한다. 통하는 인터뷰는 독자들과도 통할 것이다.

혹시 평소에 관심 없었던 대상이나 사안을 취재해야 하는 상황에 처한다면 어떻게 해야 할까? 너무 걱정할 필요는 없다. 전혀 모르던 것을 알아갈 때의 기쁨도 크지 않은가. 취재를 준비하면서 새로운 것에 대한 궁금증이 생겨날 것이다. 세상에 사연 없는 사람은 없다 하지 않던가. 누구에게나 인생의 결은 있게 마련이다. 그 결에 감춰진 이야기들을 찾아가는 재미가 쏠쏠할 것이다.

그 결을 찾아가려면 구체적으로 질문하는 것이 좋다. "당신의 인생에 만족하십니까?"가 아니라 "현재 삶을 점수로 매긴다면 몇 점입니까?"라고 묻는다면 좀 더 구체적인 답을 들을 수 있다. 정동영 민주통합당 상임고문을 인터뷰할 때 '정치인 정동영'을 만든 세 사람을 꼽아보라고 요청했더니 아버지, 김대중 전 대통령, 지지자들이란 답이 돌아왔다. 자연스럽게 그는 어떤 아버지인지를 물을 수 있었다. 교수나 평론가 등 전문가에게 특정 사안에 대해 물을 때도 두세 가지로 정리해달라고 하면 도움이 된다.

인터뷰를 마치고 나면, 글로 정리하는 고난의 과정이 남는다. 다른 글처럼 왕도는 없다. 많이 써보면서 자신의 스타일을 개발하는 수밖에. 우선 내가 비추고 싶은 한 지점을 보여주는 데 집중할 필요가 있다. 여기서 중요한 것은 '보여주기'이다. 굳이 자신의 느낌이나 분석을 덧붙일 필요도 없다. 인터뷰이의 이야기를 잘 전달하기만 한다면 눈 밝은 독자들은 다 알아보기 마련이다.

인터뷰 기사 속엔 가슴 뜀의 순간이 담긴다. 그 두근거림이 좋아서 서툰 인터뷰에 계속 도전하게 된다. 줄기차게 도전하다 보면 연애 초보가 결혼이라는 인생의 한 지점을 통과했듯이 어떤 결실을 얻으리라 믿는다.

진솔한 이야기에 힘이 있다

오마이뉴스와의 인연은 우연이 아닌 계획 속에 맺어졌다. 〈노동세상〉이라는 노동전문 월간지에서 일하고 있을 때였다. 〈노동세상〉은 노동 전문지를 표방했지만 민주노총(전국민주노동조합총연맹)이나 한국노총(한국노동조합총연맹) 등 노동조합으로 묶인 노동자들만 독자로 한정 짓지는 말자는 편집원칙이 있었다. 네 발로 걷던 인간이 두 발로 세상을 딛고 일어서던 먼 옛날부터 노동은 있었고, 우리의 삶 자체가 노동으로 이루어졌으니 보다 다양한 직업군에게 다채로운 읽을거리들을 제공하자는 뜻이었다. 하지만 포부만 컸다. 여전히 독자의 상당수는 노동조합에 속해 있거나 노동운동 언저리에 있는 사람들이었다. 독자 수도 그리 많지 않았으니 〈노동세상〉의 읽을거리들은 세상으로 퍼져나가지 못했다.

좀 더 많은 사람들과 소통할 방식을 고민하다가 오마이뉴스를 떠올렸다. 누구나 시민기자로 가입할 수 있고, '직접 작성한 글에 한해 중복게재를 허용'하는 오마이뉴스는 우리처럼 작은 매체가 기사를 유통하기에 더없이 좋은 공간이었다. 기자들 각자는 물론 '노동세상' 이름으로도 시민기자에 가입하기로 했다. 사실 매달 잡지 만들어내느라 바쁘고 온라인을 전담하는 인력도 없어서 오마이뉴스에 많은 기사를 올리지는 못했다. 그렇지만 기사에 대한 독자들의 반응은 뜨거웠다.

최저임금 인상 투쟁, 서비스 노동자들의 대형 유통업체 영업시간 제한 캠페인과 감정노동 문제, 학교급식 조리원의 노조 결성, 재능교육 학습지 교사들의 100일이 넘는 투쟁, 자동차공장 등의 야간노동 문제, 이삿짐센터 노동자의 하루 등 노동계 문제로만 여겨질 수 있는 기사에 많은 독자들이 공감했고, 좋은 기사 독자원고료로 응원을 보내줬다.

많은 공감대를 형성한 데는 나름의 비책이 있었다. 바로 '이야기 들려주기'이다. 요즘 유행하는 말로 하면 '스토리텔링'이다. 나는 어렸을 적부터 만화를 좋아했다. 또 드라마를 보면서 삶의 고단함을 푸는 엄마 옆에서 드라마도 많이 봤다. 작품들의 인기 성패는 이야기를 얼마나 잘 풀어내느냐에 따라 갈린다는 걸 확인할 수 있었다. 정상용은 《스토리텔링 쓰기》에서 "인간의 뇌에 강력한 파장을 일으키는 이야기는 한 귀로 듣고 한 귀로 흘릴 수가 없다"라고 했다. 사람들의 뇌에 남은 이야기는 계속해서 사람들의 감정 장치를 자극한다. 작품 속 인물과 사랑에 빠지기도 하고 인물이 겪고 있는 시련에 같이 마음 아파하기도 한다.

감정의 파장은 간혹 의식에도 영향을 미친다. 김수현 작가가 대본을 맡았던 드라마 〈인생은 아름다워〉가 그랬다. 물론 동성애를 터부시하는 우리 사회의 벽이 여전히 견고하단 것을 느끼기도 했지만, 동성애에 대한 생각이 바뀌었다고 말하는 시청자들도 많았다. 그 바탕에는 기대를 한 몸에 받던 종손이 동성애자라는 사실을 대가족 구성원들이 받아들이는 과정을 내밀하게 그려낸 드라마의 스토리가 한몫했다. 그동안 등장인물들의 고뇌를 지켜봐왔던 시청자들은 환갑에 이른 아들이 완고한 노모에게 당신의 손자가 동성애자란 사실을 밝히는 장면에 이르러서는 먹먹함을 느꼈을 것이다.

"그…… 그 녀석이 여자한테는 뜻이 없답니다. 애미한테 지 입으로 털어났어요. 죽으라면 죽겠다고 하드래요. 그게, 어거지로, 강제로, 돌려놓을 수 있는 일이 아니랍니다. 그냥 그런 채로 받아들일 수밖에 없었어요……. 죄송합니다."

우리가 쓰는 〈노동세상〉의 기사들도 노동 문제를 이렇게 보여줄 수 있으면 좋겠다는 생각을 했다. '노동'이란 말이 어느새 무겁고 낡은 것으로 받아들여지고 있지만, 노동 문제가 머리에 빨간 띠 두른 과격한 사람들만의 문제가 아니라 바로 옆집에 살고 있는 이웃의 문제이자 내 문제이기도 하다는 것을 독자들이 공감하길 희망했다. 그래서 사람들의 이야기를 많이 들려줬다.

'인포 아가씨'. 사람들은 박경애(가명 · 23) 씨를 그렇게 부른다. 박 씨의 일터는 한 정부 출연 연구기관 안내데스크. 하루에도 수백 번 여닫히는 문으로 쉴 새 없이 바람이 들어온다. 겨울에도 감기를 모르고 살던 박 씨가 지금은 사계절 내내 감기를 달고 산다.

박 씨는 파견직이다. 야간 대학을 다닐 때 낮에 이 기관 총무팀에서 아르바이트를 했던 인연으로 대학 졸업 후 다시 이곳에 입사하게 됐다. 알바 때는 직원들과 똑같이 9시에 출근해서 오후 6시에 퇴근해도 월급은 70여만 원에 불과했다. 지금은 그때의 두 배 가까운 130여만 원을 받지만 그가 느끼는 박탈감은 더 크다.

"연극이나 뮤지컬 등을 함께 보는 문화 회식이란 게 있어요. 저희도 소속은 총무팀인데 정직원이 저 듣는 데서 '애는 제외해도 돼'라고 하더라고요. 서류상에는 안내데스크가 가는 걸로 돼 있고, 예산도 있었지만 우리 대신 알바생들이 갔어요."

한순간에 '제외해도 되는 애'가 됐던 박 씨는 "정규직들은 비정규직들을 같은 회사 사람으로 생각 안 한다"고 단언했다. 같은 사무실에서 똑같은 일을 해도 정규직과 비정규직의 임금 차는 세 배에 가깝다.

박 씨와 함께 안내데스크를 지키는 언니가 있다. 2년여 전, 임신을 해 "보기가 안 좋다"는 이유로 잘렸던 언니다. 2년간 안내데스크를 거쳐 간 사람들이 몇 달 못 버티고 계속 바뀌자 용역회사에서 얼마 전 언니한테 다시 나오라고 했다.

전태일 열사 40주기를 맞은 2010년 11월, 2010년판 '시다'들인 비정규직들의 삶을 세대별로 조명했던 〈2010 시다 잔혹보고서〉 중 한 대목이다. 저임금 등의 근무 조건에 대해서는 이미 많은 곳에서 다루고 있었기 때문에, 이 기사에서는 함께 일하면서도 인격적인 대우를 받지 못하는 비정규직 노동자들의 좌절감과 박탈감을 보여주는 데 초점을 맞췄다.

노동하는 당사자의 삶이 어떤 통계 자료나 전문가의 말보다 더 큰 울림을 준다고 믿는다. 그리고 사람을 보면 그를 둘러싼 사회 역시 보이기 때문에 노동 문제도 그렇게 접근하려고 했다. 그 노력이 오마이뉴스 독자들과도 통했는지 오마이뉴스 창간일인 2월 22일에 매년 열리는 시상식에서 〈노동세상〉이 2010년 '올해의 특별상'을 받았다.

김진숙 민주노총 부산본부 지도위원은 《소금꽃나무》라는 책을 썼다. 노동자들의 작업복에 달라붙은 땀들이 엉켜서 만들어낸 꽃이 바로 '소금꽃'이다. 이 책의 뒤쪽에는 어떤 노동조합 파업에 관여했다는 이유로 재판을 받던 그가 제출한 항소이유서가 실려 있다.

제가 한진중공업에서 받은 퇴직금은 113만 원이었습니다. 찬란한 미래로 가는 희망의 꽃가루인 듯, 온몸에 용접 불똥을 뒤집어쓰고 여름이면 55도가 넘는 선박 탱크 안에서 손톱 밑에까지 땀띠가 박혀 귤껍질 같은 온몸에 소금을 벅벅 문질러 가며(소금을 문지르면 덜 가렵거든요), 죽음과 산재사고로부터 한순간도 자유로울 수 없었던 5년의 세월 동안, 결근은 물론 지각 한 번 안 하고 받아 든 퇴직금 113만 원은 서러워 목이 메는, 제 일생에 처음 만져보는 큰돈이기도 했습니다.

—《소금꽃나무》, 김진숙 지음

이 글을 읽다 보면 35미터 높이의 85호 크레인에 올라가 309일간 농성을 벌인 '투사 김진숙'보다는 "돈 벌어서 대학 가는 게 소원"이었던 열여덟 살 '여성노동자 김진숙'이 더 크게 보인다. 나는 이런 소금꽃나무들의 이야기를 세상에 많이 들려주고 싶다.

삶은 기록, 기록은 삶

당신은 삶이 뭐라고 생각하는가? 예능 프로그램 〈무한도전〉에서 무한상사 면접에 임했던 길 인턴은 "삶은?"이란 질문에 "지혜롭게 살자"라고 답했다. 하지만 다른 응시자들은 이구동성으로 "계란!"을 외치는 바람에 길 인턴은 면접관들에게 "센스가 없다"라는 지청구를 듣는다. 똑같이 '센스 없다'는 소리를 들을지 모르겠지만 나는 삶을 '이야깃거리'라고 말하고 싶다.

아침에 일어나서 밤에 잠들 때까지 우리 주변에는 이야깃거리가 넘쳐난다. 다만 그 이야깃거리를 글로 쓰는 사람과 쓰지 않는 사람으로 나뉠 뿐이다. 시간이 지나면 글로 쓴 사람의 이야깃거리는 세상에 남고 쓰지 않은 사람의 이야깃거리는 기억과 함께 사라지기 마련이다. 기록으로 남겨두면 세월이 흘러도 그때의 나를 돌아볼 수 있다. 내가 터득한 삶의 지혜를 누군가와 공유하면 그 누군가는 내가 겪었던 시행착오를 똑같이 겪지 않을 기회를 얻게 된다. 많은 사람들이 블로그나 SNS에 자신의 일상을 담는 이유도 비슷할 것이다. 그래서 모든 삶의 이야깃거리들이 시민기자들의 기사 소재가 될 수 있다.

다음은 블로그에 썼던 육아일기 중 하나이다. 낳은 지 열흘이 안 되어 아이를 병원에 입원시키는 경험을 했다. 그때는 마음이 많이 아팠지만 4년이 흐른 지금은 밝게 커가고 있는 아이가 한없이 고맙다. 막 아이를 낳은 엄마가 있다면, 이 글을 읽고 나와 똑같은 경험을 하지 않길 바라는 마음이다.

2008년 11월 18일 화요일 쏭이 탄생 9일째

점심시간에 전화를 하면 아이 혈액형 등 전날 검사한 결과를 알려주겠다고 해서 전화를 했다. 간호사는 "아이 혈액형은 B형이고요" 한 뒤, "잠시만요" 하더니 고참 간호사를 바꿔준다. 그가 근처 가까운 대학병원이 어디냐고 묻는다. 갑자기 웬 대학병원? 의아해하는데 어제 황달검사수치가 19.4가 나왔는데 매우 높은 편이어서 개인 소아과 말고 대학병원에 가서 다시 진찰을 받으라는 거다. 너무 놀라 전화를 끊었다가 다시 전화를 해서 얼마가 정상이냐고 물었다. 보통은 10 이하란다.

엄마에게 이 사실을 전한 뒤, 너무 놀란 나는 무조건 옷부터 챙겨 입었다. 엄마는 나보다 먼저 아이를 낳은 동생에게 전화를 걸어서 다니는 소아과 의사한테 우선 물어보라고 한다. 그 정도면 바로 입원해야 한다는 소리를 듣고 근처 대학병원에 전화를 걸어 신생아 입원실이 있는지 확인한 후 바로 택시를 탔다. (……)

한참 시간이 흐른 후, 면회 시간에 창밖에서 본 아이의 모습은 안쓰러움 그 자체였다. 특수형광등을 쪼이는 치료를 받느라 눈에는 안대를 하고 얇은 손목엔 수액주사기가 꽂혀 있었다. 게다가 병원에서 잰 황달수치가 22란다. 뇌초음파는 안 하겠다고 하지만 아이가 잘못되는 건 아닌가 계속 마음이 쓰였다. 그런 아이를 병원에 두고 집으로 돌아오는데 올 들어 제일 춥다는 날씨가 더 싸늘하게 느껴졌다. 집 안 여기저기 널려 있는 아기 옷들과 침대 옆 아이의 빈자리가 너무 크게 다가왔다. 잠들기 위해 불을 끄는데 또 다시 눈물방울이 볼을 타고 흘러 내렸다. 아이가 아프면 엄마도 아프다. 참 많이 아픈 하루가 흘러간다.

별로 거창한 글은 아니다. 아이 키우는 엄마들은 한두 번쯤 아이의 입원을 경험한다. 좋은 얘기도 아닌데 굳이 왜 글로 남기냐고 할 수도 있겠다. 그런데 글쓰기는 치유의 과정이다. 내가 미련해서 아이를 아프게 만들었다고 자책하면서 쓴 글이지만 쓰면서 스스로를 많이 다독였다. 또 이 육아일기를 읽은 사람들로부터 "괜찮다, 곧 좋아질 거다"란 위로를 많이 받았다.

글을 통해 누군가와 소통하는 기쁨은 한번 경험하면 계속 누리고 싶은 마력이 있다. 그러니 일상의 작은 이야기에서 소재를 찾아보자. 특히 아이를 키우는 사람들은 육아일기를 써보면 좋다. 나중에 아이에게 어렸을 적 이야기를 들려줄 수도 있고, 부모 스스로도 그 시절의 마음을 저장해놓는 보물창고를 마련하는 셈이 된다. 아이가 아팠던 것처럼 힘든 경험만 글의 소재가 되는 건 아니다. 남편은 태어난 아이의 손을 처음 잡아보고 나서 블로그에 이런 글을 남겼다.

초보아빠는 반쯤 공황상태였습니다. 선혈이 낭자한 분만실은 드라마에서 보던 것과 많이 달라서 심리적으로 위축되어 있었고, 아가를 보고 기뻐해야 하나, 진이 빠져 힘들어하는 아내를 위로해야 하나 표정관리가 안되었습니다.

행여 자고 있는 아이가 깰까 봐 소리를 내기가 두려웠고, 깨면 안아줘야 하나 토닥여줘야 하나, 힘들어하는 엄마한테 줘야 하나 판단이 안됐습니다. 게다가 모자동실은 왜 그렇게 더운지 식은땀과 더위서 나는 땀에 육체의 컨디션도 엉망입니다.

맘을 가라앉히고 아이를 봅니다. 눈코입을 살펴보다 손으로 눈이 갔습니다. 제 엄마를 닮아서 긴 손가락을 가진 아주 작은 손입니다. 살짝 제 손가락을 가져다 대니 손가락을 꼭 쥡니다. 오랜 친구를 만난 양 제 손가락을 꼭 쥡니다. 마치 아이에게 아빠로 인정받은 느낌입니다. 그 악력을 느끼고서야 병실을 떠돌아다니던 정신이 뇌로 돌아옵니다. 그제야 사랑스린 두 사람의 '내 가족'들을 바라보며 안도의 한숨을 쉬었습니다.

남편은 아이가 서랍 안의 옷을 다 꺼낸 뒤 들어가 앉는 바람에 서랍을 망 가뜨린 이야기도 그럴싸한 글로 만들어냈다. 일상 속 이야깃거리들을 흘려 버리지 말고 글로 남기는 연습을 하다 보면 좋은 기사를 쓸 수 있다. 오마이 뉴스에는 시민기자들이 쉽게 접근할 수 있는 '사는 이야기'라는 기사 분류 가 있으니 충분히 도전할 만하다.

일상의 확장, 여행지에서의 설렘

시민기자가 되면 뭐가 좋을까? 자기 만족감이나 독자들과의 소통에서 오 는 기쁨뿐만 아니라, 다소 적지만 원고료라는 짭짤한 과외수입도 생긴다. 가끔은 이 떡고물에 눈독을 들여 글을 쓰기도 한다. 내가 썼던 첫 번째 여행 기가 그랬다.

생애 첫 해외여행이었던 신혼여행을 다녀오니 이용했던 항공사에서 정기 적으로 소식 메일을 보내왔다. 평소에는 제목만 읽고 삭제하곤 했는데 그날 은 신혼여행기를 공모한다는 광고가 눈길을 잡았다. '1등, 제주항공권과 숙 박권'이란 문구가 마치 매직아이처럼 한눈에 들어왔다. '이건 해봐야지'라 는 의욕이 샘솟았다. 그런데 마감일이 메일을 확인한 바로 그날이었다.

우선 다른 사람들이 응모한 글부터 확인했다. 다들 사진을 올리고 그에 대한 설명을 쓴 정도였다. 여행을 떠나기 전의 설렘과 낯선 여행지에서 느겪던 즐거움, 준비가 부족해 겪었던 시행착오 등 다양한 에피소드들을 발견할 수 없었다. 이 정도면 해볼 만하겠다는 판단이 섰다. 게다가 우리 부부는 패키지 상품이 아니라 자유여행을 다녀왔다. 그것도 남들은 신혼여행으로 잘 가지도 않는 베트남으로. 경비 아낀다고 6시간씩 버스를 타기도 했고, 작은 사막도 가봤다. 영어가 서툰 남편과 나에게는 스릴 넘치는 여행이었고 볼거리도 많았다. 게다가 잡지에 사진칼럼을 연재한 적이 있는 남편은 사진 잘 찍는다는 소리를 곧잘 듣는 편이니 신혼여행에서 찍은 사진에 약간은 자신이 있었다.

　퇴근해서 급하게 여행기를 쓴 후 마감시간인 자정 바로 직전에 글을 올렸다. 나름의 전략이 통했는지 제주도 여행권은 내 손에 쥐어졌다. 신혼여행 5개월 후 우리 부부는 후배 커플과 함께 제주도로 향하는 비행기 안에 있었다. 그런데 하늘이 우리의 행운을 샘냈는지 비행기가 가로지른 구름 뒤에 태풍의 눈이 숨어 있었다. 그 여행 내내 우리가 차를 타기만 하면 비가 내렸다. 그나마 다행히도 여행지에 도착해 차에서 내리면 비가 그쳤다. 물론 행운의 여신이 끝까지 우리 손을 잡아주지는 않았다. 결국에는 태풍으로 비행기가 뜨지 않아서 여행 일정을 하루 늘려야만 했다. 이런 흔치 않은 경험을 할 수 있었던 것은 모두 '글을 쓴 덕분'이었다. 특히 여행기는 달리 활용할 용도가 많으니 여행을 다녀온 후에는 꼭 써두길 당부한다.

　2012년 여름에는 생애 두 번째 해외여행을 했다. 이것도 여행기 덕분이었다. 봄에 혼자서 남도여행을 한 적이 있다. 몸도 마음도 지쳤던 때였다. 남편에게 무작정 아이를 맡기고 4일간 집을 비웠다. 갔다 와서 보니 오마이

삶은 기록, 기록은 삶이라고 생각한다.
노동 현장에서 느낀 땀 냄새의 가치,
인터뷰이와의 가슴 설레는 교감,
여행지에서 오감으로 느낀 낯선 풍경들을
글로 전하는 일을 사랑한다.
삶을 여행하는 글 쓰는 노동자로 살고 싶다.

뉴스와 국제민주연대가 "여행 사연 쓰고 공정여행 가자"라는 제목의 기사 공모를 진행하고 있었다. 남도여행에서 좋았던 점들이 많아서 기사 공모가 아니었어도 여행기를 쓸 생각이었는데, 이왕이면 다홍치마라고 기왕 쓸 여행기라면 기사 공모까지 해봄직했다. 사실 1등과 2등에게 여행 경비를 일부 지원한다는 떡밥도 약간 탐났다. 공모 결과 1등 당선자 없이 세 명의 2등이 뽑혔고, 그중엔 내 이름도 있었다. 남편과 따로 여름휴가를 쓴다는 미안함이 없지는 않았지만 이런 기회 아니면 언제 가랴 싶어서 냉큼 '여름 만주 공정여행'을 다녀왔다.

두 번의 여행기 당선 경험을 쓰다 보니 꼭 여행기사 잘 쓰는 팁을 알려줘야 할 것 같은 압박이 느껴진다. 쟁쟁한 여행작가들도 많은데, 여행 초짜인 내가 누굴 가르칠 수준은 안 된다. 다만 여행에 임하는 나의 마음가짐을 말하자면 '오감을 확 열어놓자!'는 거다. 어딜 가든 눈을 크게 뜨고 여행지의 모습을 담는다. 여행지에서 먹은 음식의 맛과 향을 기억한다. 주변 소리, 함께 간 사람들이 한 말 등에도 귀를 기울인다. 걷고 뛰고 누웠던 모든 감각들도 몸에 새긴다.

그러기 위해 기록은 필수다. 우리의 뇌가 생각보다 많은 걸 담을 수 있긴 하지만 순간의 감정은 곧 사라지기 마련이므로 꼼꼼하게 메모하는 게 중요하다. 요즘은 스마트폰에 메모 어플리케이션이 있어서 수첩이 없을 때도 쉽게 기록할 수 있다. 사진도 많이 찍으면 좋다. 여행 고수인 한 지인이 말했다. "예전에는 여행 가면 사진 찍는 게 귀찮았는데 이젠 하도 많이 가다 보니까 언제 어딜 갔는지, 그때 뭘 보고 뭘 했는지 헷갈리더라고. 그래서 요즘은 여행 가면 남는 건 사진밖에 없다는 생각으로 사진을 많이 찍어."

한 가지 고백하자면, 여름 만주 여행기는 세 편까지만 올리고 중단했다. 시민기자의 최대 맹점을 드러낸 일례이다. 다른 매체의 경우 마감이란 데드라인이 있기 때문에 기사를 맡은 이상 최대한 마감시간을 지키려고 한다. 아니, 지키게 만드는 유무언의 압박들이 존재한다. 반면 시민기자의 경우, 스스로 마감시간을 정한 후 글을 쓰기 때문에 의지력이 약하면 글을 쓸 타이밍을 놓칠 수 있다. 여름 만주 여행기를 쓰던 당시의 내가 그랬다. 여러 문제로 복잡했던 마음을 여행기를 쓰면서 정리하려고 했는데, 그것을 마무리할 정도의 정력이 내게 남아 있지 않았다. 마감을 재촉하는 누군가가 있었다면 꾸역꾸역 글을 썼을지도 모르지만, 스스로를 보채기에는 당시 내가 너무 무기력했다. 시기가 늦긴 했지만 그 여행기를 미완으로 남겨두지는 않을 생각이다. 만주 공정여행을 많은 사람들이 갔으면 하는 바람이 있기 때문이다. 국제민주연대가 2013년 공정여행 프로그램을 홍보할 때쯤 나머지 여행기도 써서 보내리라 마음먹고 있다. 기억력이 좋진 않지만 걱정은 안 한다. 내겐 여행 내내 손에서 놓지 않았던 수첩이 있으니 말이다. 그중 한 대목만 잠깐 소개한다.

오늘 밤은 호텔이 아닌 기차 안에서 보내게 된다. 하얼빈 역으로 가는 길에 여행안내를 맡은 최정규 작가가 "역에 사람이 많으니 일행을 놓치지 않도록 잘 따라오라"고 신신당부한다. 도대체 얼마나 사람이 많기에 저리 걱정을 할까 싶었는데 대합실에 들어서자마자 입이 벌어졌다. 배구나 농구경기가 열리는 실내체육관 정도의 넓은 실내에 사람들이 가득하다. 우리나라에서 설이나 추석에 서울역을 메우는 사람들의 수는 비할 바가 못된다. 21:40, 23:30 등이 적힌 열차시간 전광판 뒤로 그 열차를 탈 사람들이 한 줄로 늘어서 있다. (……)

열차 침대칸 2층에 몸을 뉘이고 책을 읽다가 카메라 셔터를 누른다. 카메라 속에 담긴 흔들리는 창밖 풍경에 내 마음도 흔들린다. 키 큰 나무숲이 나왔다가 초원에서 노는 수백 마리의 소가 나왔다가 알록달록 지붕의 집들이 나온다. 끝없이 남실거리는 초록물결을 뒤로 하고 각 칸마다 있는 세면실로 나왔다. 물이 졸졸 흐르는 세면대에서 머리감기에 도전한다. 차가운 물이 꼭 지하수 같다. 수도꼭지에 머리를 세 번 박기는 했지만 머리감기엔 성공했다. 수건을 감싸고 침대로 가니 언니들이 대단하다고 한마디씩 한다. 나도 내가 여행에서 이렇게 깔끔을 떨 줄은 몰랐다. 오늘 밤 머무는 몽고 전통가옥 게르에서도 씻지 못할 확률이 높다기에 무리를 해봤다. 근데 너무 상쾌하다. 꼭 구름 한 점 없는 하늘이나 새하얀 빨래를 볼 때처럼 기분이 둥실거린다.

이 여행기를 읽고 어디론가 떠나고 싶어지는 독자들이 있으면 좋겠다. 여행은 사람을 성장시키는 초특급 영양제와 마찬가지이다. 《원숭이도 이해하는 자본론》 등을 쓴 임승수는 카드 할부로 떠나는 여행을 추천했다. 여행에는 카드값이 아깝지 않은 무언가가 있다는 말이다. 카드값이 부담되는 독자들이라면? 나처럼 자신의 글쓰기 능력을 적극 뽐낼 수 있는 이벤트를 알아보는 게 좋겠다.

아이가 태어나고서는 아직 변변한 가족여행 한번 가보지 못했다. 2013년에는 우리 세 식구의 첫 가족여행기를 쓸 수 있길 희망한다.

삶의 '떨림'을 더 듣고 싶다

현재 내겐 〈노동세상〉 기자 명함이 없다. 내부 사정으로 2012년 6월 매체가 폐간했다. 백수가 되면서 스스로에게 물었다. '넌 앞으로 뭘 하고 싶니?' 마음 저 깊은 곳에서 '노동자'란 답이 나왔다. 기자란 직업도 언론노동자이고 노동 강도도 상당하다. 그런데 몇 년간 '기자님'이라 불리면서 나 스스로 노동자임을 잊고 살았던 것 같다. 그리고 남의 이야기만 전달하다 보니 이제 내 이야기를 하고 싶어졌다. '기자의 객관과 중립'에서 벗어나 생활인의 생생한 삶의 목소리를 들려주고 싶었다. 그러려면 내가 노동자가 될 수밖에. 대신 앞에 '글 쓰는'이라는 수식어를 붙이려고 한다.

나보다 앞서 '글 쓰는 노동자'를 표방한 사람이 있다. 안건모 월간 〈작은책〉 발행인이다. 그의 옛 직업은 버스운전사였다. 신문배달, 박스 공장 일, '노가다' 등 많은 일을 거쳐왔던 그는 이오덕 선생의 말을 인용해 "노동자가 글을 써야 세상이 바뀐다"라고 늘 강조한다. 그러면서 일하는 이들에게 자기 자신을 드러내는 생활 글을 쓰라고 조언한다. 한 매체의 기고 글에서는 생활 글이란 "자기를 드러내어 우리가 어떻게 살아가는지 서로 공유하고 연대하는 삶을 살기 위해서 남한테 하소연하는 것"이라고 밝히기도 했다.

팔팔하게 살아 있는 이야기는 다른 누구도 아닌 우리 생활인들이 잘 쓸 수 있다. 오마이뉴스가 표방하는 '기자는 별종이 아니라 새 소식을 가지고 있고 그것을 남에게 전하고 싶은 모든 시민들이다'라는 것도 비슷한 맥락에 있다고 본다. 그런 의미에서 '사는 이야기' 코너는 남에게 하소연하는 생활 글을 쓰기에 더없이 좋은 공간이다. 앞으로 나는 이 공간에 하소연을 많이 하려고 한다. 얼마 전 백화점에서 일한 적이 있다. 다음은 그중 하루의 일기다.

고객이 택배로 받은 상품에 뭐가 묻었는데도 그냥 보냈냐고 컴플레인했다. 새 상품을 보낸 거였는데도 바꿔 달라고 해서 다시 새 상품을 들고 '고객님' 댁을 방문하기로 했다. 당연히 막내인 내게 떨어진 일. 기분이 별로 안 좋았지만 단 몇 시간이라도 안 서 있는 게 어딘가. 한낮에 거리를 활보하는 기쁨도 덤으로 얻지 않나 자위하며 버스를 탔다.

1시간여를 걸려 도착한 어느 아파트. 고객이 내놓은 상품은 약간 구겨져 있었다. 고객은 뭐가 묻은 걸 매장에서 손으로 빨아서 보낸 것 같아 기분이 나빴다고 말했다. 내 보기엔 한번 드라이 맡기면 될 문제 같았지만 그냥 새 상품을 보여줬다. 상품 앞뒤를 정말 꼼꼼하게 본 고객은 약간 먼지가 묻은 듯한 부분을 문제 삼았다. 상품을 택배상자로 주고받는데 어찌 상품에 한 점 허물이 없을 수 있단 말인가.

결국 내 선에서 해결 못하고 상관과 통화하게 해줬다. 전화기를 통해 둘째언니의 연신 죄송하다는 목소리가 들려왔다. 결국 상품 둘 다를 들고 다시 일터로 향하면서 나의 자존감이 와르르 무너지는 소리를 들었다. 뺨 위로 흐르는 눈물 한 방울을 훔치면서 속으로 한마디 했다. '맘은 개떡 같은데 왜 이렇게 날씨가 좋은 거야?'

오마이뉴스의 '사는 이야기'에서 이런 하소연을 많이 들을 수 있으면 좋겠다. 글로 하소연을 하다 보면 겪은 일에 대한 내 입장이 정리된다. 서비스 노동자들이 겪는 감정노동은 고객들을 '고객님'으로 떠받드는 과도한 마케팅 전략으로부터 비롯된다는 걸 이 일기를 쓰면서 새삼 깨달았다. 또 백화점에서 일하는 동안 겉만 번드르르했지 실상은 노동법의 사각지대에 놓여 있던 '나'의 이야기를 꼭 해야겠다는 생각이 들었다.

〈미저리〉〈쇼생크 탈출〉 등을 쓴 작가 스티븐 킹은 최고의 글쓰기 책으로 이름 높은 《유혹하는 글쓰기》에서 "내 경우에는 마치 살을 맞댄 듯 친밀하고 내가 잘 아는 것들에 대하여 쓸 때 글쓰기가 가장 순조롭다"라고 말했다. 이 말은 그의 경우에만 해당하지 않는다. 모든 생활인들도 마찬가지. 스티븐 킹은 우리처럼 글쓰기 '초짜'들의 마음도 잘 헤아려준다.

글쓰기라는 것을 시작하면서 여러분은 불안감을 느낄 수도 있고 흥분이나 희망을 느낄 수도 있다. 심지어는 절망감을 가질 수도 있는데, 그것은 자신의 마음속에 있는 생각들을 결코 완벽하게 종이에 옮겨 적을 수는 없을 것이라는 예감 때문이다. 여러분은 두 주먹을 불끈 쥐고 눈을 가늘게 뜨면서 당장이라도 누군가를 때려눕힐 태세로 글쓰기를 시작할 수도 있다. 결혼하고 싶은 여자가 있어서 글쓰기를 시작할 수도 있고, 세상을 변화시키고 싶어서 시작할 수도 있다. 어느 쪽이든 상관없다.

– 《유혹하는 글쓰기》, 스티븐 킹 지음, 김진준 옮김

스티븐 킹은 좋은 글을 쓰려면 "근심과 허위의식을 벗어던져야 한다"라고 조언하면서 "허위의식이란 어떤 글은 '좋다', 어떤 글은 '나쁘다'라고 규정하는 데서 비롯되는데, 이런 태도도 역시 근심을 내포하고 있다"라고 정곡을 찌른다.

스티븐 킹의 말을 길게 인용한 이유는 글쓰기에 앞서 나와 독자 모두를 향해 "근심을 버리자!"라고 주문을 걸기 위해서다. 세상에는 '좋은' 글도 '나쁜' 글도 없다니 얼마나 마음을 편하게 하는 말인가. 세상에 완벽한 글은 없다. '조금 부족한 글'과 '조금 더 부족한 글'이 있을 뿐이다. 이번에 '조금 더' 부족한 글을 썼다면 다음번에는 '조금' 부족한 글을 쓰기 위해 노력하면 된다. 그 부족함을 채워가는 데는 "마치 살을 맞댄 듯 친밀하고 내가 잘 아는" 이야기들이 도움이 될 것이다. 나도 내가 잘 아는 이야기들을 일상 곳곳에서 끄집어내어 '조금 부족한 글'을 쓰기 위해 노력하고 있다.

"삶은 기록이다. 기록은 삶이다." 오마이뉴스에 등록한 내 시민기자 프로필에 담긴 글이다. 모든 삶에는 이야기가 있다. 그 이야기들은 가슴 설레는 연애편지, 엄마가 아이에게 남기는 짧은 쪽지, 일상에서 주고받는 문자메시지에 오롯이 기록된다. 그 기록은 나와 그와의 소통을 만들어내고, 삶을 미세한 울림들로 채워간다. 그 울림을 기록하는 삶은 특별한 누군가의 것이 아니다. '내 삶을 기록해 그와 나누고 싶은' 모두의 것이다. 가슴 두근거리

는 나의 삶을 그대에게 들려줄 테니 그대도 나에게 삶의 떨림을 전해주시
라. 세상은 삶을 기록하는 우리로부터 조금씩 바뀌어갈 테니. 🖉

신정임 중·고등학생 시절 수업시간에 선생님 눈 피해 만화책을 읽고 친구들에게 엽서 쓰는 재미로 학교를 다녔다. 초등학생 때부터 들었던 라디오 방송작가가 되겠다는 꿈을 안고 신문방송학과에 들어갔으나 강의실보다는 데모하는 거리에 있거나 과방에서 죽치고 노느라 꿈을 잊었다. 사회에 나와 노동조합과 노동교육단체에서 일하면서 일하는 사람들의 살림살이가 나아지는 세상을 다시 꿈꿨다. 그러면서도 늘 마음 한편에서는 글을 쓰고 싶다는 바람이 꿈틀거렸다. 노동 전문지 월간 《노동세상》의 기자가 되어 일하는 사람들의 이야기를 전하면서 그 소망을 풀었다. 지금은 '직업기자'라는 꼬리표를 떼고, 만날 "닌자고!"를 부르짖는 다섯 살짜리 아들에게 '짝퉁'이라도 사줘야겠다는 마음으로 열심히 생활정보지를 뒤지는, '글 쓰는 아줌마 노동자'로 살고 있다.

'늦깎이 작가 지망생' 윤찬영 시민기자. 제가 기억하는 그의 첫 기사는 외환은행 불법매각 사건을 모티브로 한 드라마 〈신의 저울〉에 대한 내용이었습니다. 이야기를 흥미진진하면서도 밀도 있게 버무려내고 있었는데, 드라마를 통해 현실을 읽어내는 힘이 예사롭지 않았습니다.

흔하지 않은 글 솜씨는 편집부의 촉수를 피해 가지 못했습니다. 이후에도 그는 때론 청탁을 받아서, 혹은 자발적으로 드라마와 영화에 관련된 이야기를 자기만의 방식으로 만들어냈습니다. 재미없고 복잡한 사건들이 '윤찬영표' 여과지를 거치면 가벼우면서도 훨씬 공감되게 다가왔습니다.

그래서인지 그가 추천하는 드라마나 영화를 꽤 신뢰하게 되었습니다. 비 오는 어느 날 시민기자 모임에서 그를 만난 덕분에 드라마 〈응답하라 1997〉에 푹 빠져든 일도 있습니다. 윤찬영 기자의 평대로 '따뜻하면서도 시대와 문화가 고스란히 녹아 있는, 그래서 약간은 중독성이 있는 〈응답하라 1997〉을 보면서 1990년대 끝자락에서부터 2000년대 초중반을 아주 자연스럽게 추억할 수 있었습니다.

그리고 2012년 대선 이후 마음이 어지러워진 제게 그는 영화 〈레미제라블〉을 추천했습니다. 이번에는 말이 아닌 기사를 통해서였습니다. 그는 "역사의 수레는 단지 더디게 나아갈 뿐 뒷걸음질 치는 법이 없다"라는 이야기를 고개 끄덕거리며 읽을 수 있도록 만들어줬습니다. 한숨 나오는 현실에서 잠깐의 안식처가 되는 드라마나 영화가 그의 손을 거치면 독자들에게 더 큰 위로가 되어주니 늘 신기할 따름입니다.

영화에서 배우는 감각적 글쓰기의 자세

윤찬영

"명성은 진짜가 아니에요. 잊지 마세요. 저도 한 남자 앞에 서서 사랑을 구하는 그냥 한 여자일 뿐이라는 걸."

영화 〈노팅힐〉°에서 유명 배우인 안나 스코트(줄리아 로버츠 분)는 작은 책방 주인인 윌리엄 대커(휴 그랜트 분)에게 수줍게 사랑을 고백하지만 거절당하고 만다. 돌아서려던 그녀가 애써 웃으며 힘겹게 속내를 털어놓는다.

글을 시작하기에 앞서 그녀가 애처롭게 전하던 이 말을 들려주고 싶었다. 아마도 몇 달 뒤에는 멋들어진 책으로 만들어져 읽히겠지만, 나는 지금 진땀을 흘려가며 이 글을 쓰고 있다. 혹시 실망할까 봐 지레 겁을 먹어 하는 말이 아니다. 오히려 잔뜩 힘이 들어간 이 글을 읽으면서 실은 이 글이 당신의 이야기라는 사실을 눈치채지 못할까 봐 하는 말이다. 그렇다. 이 글은 당

● 〈노팅힐(Notting Hill)〉(1999): 20세기의 마지막 동화 같은 영화. 모든 것을 가졌지만 '불행한 왕자' 역을 줄리아 로버츠가, '가난하지만 행복한 소녀' 역을 휴 그랜트가 맡았다. 동화 〈신데렐라〉가 그렇듯 이 영화도 두고두고 변주되며 우리의 마음을 설레게 할 것이다.

신과 별로 다를 것 없는 어느 시민기자의 이야기다. 그런 마음으로 읽어주길 당부한다.

〈파이란〉, 자신의 글을 사랑하라

"세상 어느 누구보다 사랑하는 강재 씨, 안녕."

영화 〈파이란〉*에서 죽음을 앞둔 파이란(장바이쯔 분)이 강재(최민식 분)에게 건넨 마지막 인사이다. 부둣가에 홀로 앉아 편지를 읽어 내린 강재는 급하게 몸을 뒤져 담배를 찾아 문다. 바닷바람을 피해 담배에 불을 붙이는가 싶더니 한동안 고개를 숙인 채로 가만히 멈춰 선 강재. 그는 어느새 흐느끼고 있었다. 강재는 그렇게 한참을 몹시도 서럽게 울었다.

세상이 삼류라 불렀고, 그래서 정말 삼류인 줄로만 알고 살아왔던 그였다. 자신에게조차 사랑을 주지 못한 채 뒷골목 양아치로 굴러다니던 그가 파이란의 사랑을 마주한 뒤 비로소 자신을 사랑하게 된 것이다.

처음으로 나의 글을 사랑하게 됐을 때도 그랬다. 내 글을 먼저 사랑해준 이가 있었다. 고등학교 시절 '소설창작반' 담당 교사였던 김수정 선생님이었다. 고등학교 2학년 때 '소설창작반'이란 동아리에 가입했는데, 굳이 소설을 써보겠다는 거창한 포부 때문은 아니었다. 숨 막힐 듯한 대한민국 고2의 삶에

● 〈파이란〉(2001): "세상은 날 삼류라 하고 이 여자는 날 사랑이라 한다"라는 가슴 저미는 글귀로 기억되는 영화다. 보잘것없어 보이는 세상 모든 존재들에게도 마땅히 사랑받아야 할 이유가 있다고 말하는 영화. 강재가 부둣가에 홀로 앉아 파이란이 남긴 편지를 읽고 서럽게 울던 모습은 한국 영화의 모든 장면들을 통틀어 가장 가슴 시린 순간으로 남아 있다.

숨통을 틔워줄 만한 무언가가 필요했을 뿐이었다.

어느 날 김수정 선생님이 가을 축제 때 연극 한 편을 무대에 올리자고 하셨다. 작품도 이미 정해놓으셨다고 했다. 황순원의 〈소나기〉였다. 선생님은 우리 모두에게 원작을 각색한 시놉시스를 한 편씩 써서 내라고 하셨다. 그 가운데 한 편을 뽑아 그 시놉시스를 쓴 사람에게 연극 대본의 집필을 맡기겠다는 뜻도 전하셨다. 심사도 우리들의 몫이었다. 그리고 예상치 못하게 내가 쓴 시놉시스가 뽑혔다.

나는 연극을 보게 될 내 또래들이 공감할 만한 이야기를 떠올려보았다. 아무래도 한참이나 어린 소년, 소녀의 풋사랑으로는 질풍노도의 시절을 보내고 있던 또래들의 심장을 두근거리게 할 자신이 없었다. 너무도 익숙한 원작의 틀에서도 벗어나고 싶었다. 뭔가 대담한 변화가 필요했다.

고심 끝에 원작 속 소년, 소녀 말고 도시에서 온 소년을 한 명 더 등장시켰다. 셋이 먼 산으로 놀러가 소나기를 만나고 불어난 개울가를 건너는 상황마다 두 소년이 부딪치도록 함으로써 극에 긴장감을 불어넣었다. 그리고 무엇보다 소녀가 죽지 않고 도시로 돌아가도록 했다. 고등학생이 되어 소년과 소녀가 다시 만나게 하기 위해서였다. 연극이 끝날 무렵, 어느덧 관객들만큼 자란 그들은 어린 시절 처음 만났던 개울가에서 다시 마주치게 된다.

관객들의 반응은 뜨거웠다. 물론 나의 대본 때문만은 아니었다. 무더운 여름방학 내내 땀 흘려가며 연습에 연습을 거듭했던 배우들의 노력이 컸다. 하지만 고등학생이 된 소년과 소녀가 냇가를 사이에 두고 다시 만나는 장면이 한창 첫사랑에 애태우던 또래들의 마음을 설레게 한 것도 사실이다.

처음 대본을 받아 든 선생님은 한참을 읽으시다 마지막 장면에서 들릴 듯 말 듯 한마디를 툭 던지셨다.

"오, 수준작이네."

고등학교를 졸업할 때까지 내가 쓴 글로 칭찬을 받은 일은 그때가 처음이 자 마지막이었다.

나는 여전히 글을 쓰는 일이 어렵고 또 두렵다. 그 어렵고 두려운 일을 제법 오랜 시간 동안 꾸준히 해올 수 있었던 이유를 가만히 돌아보니 고등학교 시절 의 그 기억이 떠올랐다. 선생님의 그 칭찬 한마디가 나를 '글 쓰게' 한 셈이다.

누구나 글을 쓴다. 하지만 누구나 글 쓰는 일을 어려워한다. 더구나 많은 이들에게 읽히는 글을 써야 한다면 더더욱 그렇다. 자신의 글에 사랑을 준 적이 없기 때문이다.

세상 많은 일들이 그렇지만, 특히나 글을 쓰는 일은 마음먹기에 달렸다고 믿는다. 글을 쓰려면 먼저 자신의 글을 사랑해야 한다. 자신이 쓴 글을 두고 누군가가 지나가는 말이라도 혹은 짧은 댓글이라도 칭찬을 남겼던 기억을 떠올려보라. 그리고 그 한마디를 마음속에 고이 간직하기 바란다. 내가 그 랬던 것처럼.

당신의 글을 사랑하라. 그 마음이 당신을 '글 쓰게' 할 것이다.

〈어 퓨 굿 맨〉, 누구나 기사를 쓸 수 있다

"명예롭게 살기 위해 반드시 해병대 견장을 달 필요는 없어."

영화 〈어 퓨 굿 맨〉[*]이 끝날 무렵, 군법무관인 캐피 중위(톰 크루즈 분)가 유죄를 선고받아 불명예 제대를 피할 수 없게 된 해병대원에게 이런 말을 건넨다. 상심에 잠긴 채 힘없이 법정을 걸어 나가던 그는 다시 돌아서서 자신을 위해 끝까지 싸워준 캐피 중위에게 힘껏 거수경례를 올린다. 캐피 중위가 건넨 말에 대한 그의 대답이기도 하다. 오마이뉴스에 처음 기사를 썼던 때를 돌아보다 이 말이 떠올랐다. 그때 오마이뉴스도 내게 비슷한 말을 건넸다.

지금은 다소 진부한 말이 되어버렸지만 한때 '1인 미디어'라는 말이 유행처럼 떠돌던 시절이 있었다. 블로그와 유튜브 등의 미디어 플랫폼들이 속속 등장하던 때였다. 오마이뉴스가 태어난 것도 그 무렵이었다. 언론사에서 일하지 않는 사람도 세상을 향해 마음껏 소리칠 수 있는 세상이 열린 것이다.

2004년 7월에 처음 시민기자로 등록해 기사를 썼다. 한국대학총학생회연합 의장이던 대학 후배가 국가보안법 위반 혐의로 구속 기소되어 선고를 앞둔 때였다. 나는 그가 무죄 판결을 받을 수 있도록 작은 도움이라도 주고 싶었고, 그때 오마이뉴스가 떠올랐다. 세상을 향해 하고 싶은 이야기를 마음껏 할 수 있다니 얼마나 좋은 기회란 말인가.

얼른 가입을 하고 기사를 썼다. 군대에서 제대한 뒤 모 인터넷신문사에서

● 〈어 퓨 굿 맨(A Few Good Man)〉(1992): 미국 NBC 드라마 〈웨스트 윙(The West Wing)〉의 작가 애론 소킨의 브로드웨이 연극을 원작으로, 영화 〈해리가 샐리를 만났을 때〉의 감독 롭 라이너가 연출했다. 여기에 톰 크루즈, 잭 니콜슨, 데미 무어, 케빈 베이컨 등의 연기가 더해져 영화의 배경이 되는 군사법정에는 그야말로 팽팽한 긴장감이 흐른다. "넌 진실을 감당할 수 없어!"라고 호통치며 버티던 제셉 대령으로부터 캐피 중위가 끝내 자백을 받아내는 장면이 이 영화가 왜 20년의 세월에도 여전히 최고의 법정 드라마(courtroom drama)로 꼽히는지를 보여준다.

3개월 정도 수습기자로 일했던 경험을 살려 리드(lead: 기사의 첫 구절)도 제법 그럴듯하게 뽑고, 한 명이라도 더 읽도록 하기 위해 제목에 '송두율 사건'[*]을 가져다 붙였다. 그리고 기사 끝에는 후배의 최후진술을 인용해 마무리했다. 그렇게 해서 나의 첫 기사 〈송두율 놓친 국보법, 한총련을 재물로 다시 일어서나〉(2004. 7. 28)가 탄생했다.

기사를 올린 뒤 오마이뉴스 편집부로부터 전화를 받았다. 전화를 걸어온 기자는 기사에 등장하는 한총련 의장과 무슨 관계냐고 묻더니, "기사가 주관적이다"라는 말을 덧붙였다. 그리고 결국 비중이 낮은 기사로 처리됐다. 자존심이 무척 상했지만 별 수 없었다. 주관을 배제하려 노력은 했으나 읽는 이에게는 다르게 읽혔던 모양이다. 그래도 확인해보니 1666명이나 읽었다. 내 답답함을 들어줄 1666명을 어디에 가서 모을 수 있을까 생각해보면 노력이 헛되지만은 않았다.

두 번째 기사를 쓴 것도 비슷한 이유였다. 2005년 12월 농민 한 명이 서울에 올라와 시위를 벌이던 중 경찰의 무리한 진압으로 사망한 사건이 벌어졌다. 이를 두고 어느 농민운동가가 "강경대[**] 죽음 이후 처음 있는 정권에 의한 타살"이라고 말했고, 진보 성향의 언론매체들도 별다른 확인 없이 이 발언을 그대로 보도했다. 하지만 정권에 의한 타살은 더 있었다. 10여 년 전인 1996년 3월에도 연세대학교 노수석 군이 가두시위 도중 경찰의 무리한

---

[*] 유신시절 반체제 인사로 분류되어 입국이 금지되었던 재독 사회학자 송두율 교수가 참여정부가 들어선 뒤 민주화운동기념사업회의 초청으로 30여 년 만에 고국 땅을 밟았으나 뒤늦게 북한 노동당 후보위원이란 의혹이 불거지면서 구속 기소된 사건. 1심에서 징역 7년을 선고받았으나, 항소심에서는 징역 3년에 집행유예 5년을 선고받고 구속 9개월 만에 석방되어 독일로 돌아갔다.

진압으로 사망한 일이 있었고, 그 이듬해 3월에는 조선대학교 류재을 군이 교문 앞에서 시위를 하다 숨졌고 또 그해 9월에는 광주대학교 김준배 군이 경찰에 쫓기다 목숨을 잃었다.

당시 '노수석열사추모사업회'에서 일하고 있던 나는 노수석 군을 비롯해 억울하게 목숨을 잃은 이들이 사람들에게서 조금씩 잊히는 것이 안타까웠고, 잘못 알려진 사실을 어떻게든 바로잡고 싶었다. 그래서 두 번째 기사를 썼다. 〈고 전용철 씨의 죽음에 드리워진 망각의 그림자〉(2005. 12. 5)라는 기사였다. 하지만 이번에도 단순 정식기사 채택에 그쳤다. 아직 사인을 둘러싸고 농민 측과 경찰 측의 다툼이 계속되는 상황에서 뚜렷한 증거도 없이 경찰의 책임으로 몰고 간 탓이었다. 안타깝지만 1807명이 기사를 읽었다는 사실로 위안을 삼아야 했다.

두 번의 기사 쓰기는 이렇듯 아쉽게 끝났다. 하지만 그렇게라도 세상을 향해 있는 힘껏 소리칠 수 있게 해준 오마이뉴스가 고마웠다. 그들에게 더 큰 힘이 되어주지 못한 것은 어디까지나 내가 부족한 탓이었을 뿐, 세상은 이미 우리 한 사람 한 사람의 이야기에 귀 기울일 준비가 되어 있었다. 오마이뉴스가 내게 그것을 일깨워주었다.

아마 누구라도 세상을 향해 말을 건네고 싶을 때가 있을 것이다. 꼭 눈물 어린 사연이 아니더라도 누군가에게 들려주고 싶고, 더불어 나누고 싶은 이야기 몇 개쯤은 있기 마련이다. 그 모든 이야기가 곧 기사이다. 그리고 그

●● 명지대학교 경제학과 1학년에 다니던 1991년 4월 26일, 등록금 인하를 요구하는 시위를 벌이다 백골단이 휘두른 쇠파이프에 맞아 목숨을 잃었다. 그 뒤 전남대학교 학생 박승희를 비롯한 대학생들과 사회운동가들의 분신이 잇따르면서 이른바 '분신정국'이 조성되기도 했다.

기사가 세상 사람들에게 전해지는 길이 있다. 오마이뉴스가 벌써 오래전에 닦아놓은 길이다. 그러니 당신도 주저하지 말고 세상을 향해 말을 걸어보기 바란다. 당신의 이야기를 들려주기 위해 꼭 기자증을 목에 걸 필요는 없다.

〈흐르는 강물처럼〉, 늘 시간이 필요하다

"3년만 더 있으면 물고기처럼 생각할 수 있을 것 같아요."

영화 〈흐르는 강물처럼〉*이 끝날 무렵, 폴(브래드 피트 분)이 아버지와 형이 지켜보는 가운데 강으로 걸어 들어가 낚싯대를 드리운다. 커다란 놈이 걸렸는지 한 발 두 발 강물 속으로 끌려가던 폴은 순식간에 거센 물살에 휩쓸리고 만다. 걱정스런 눈으로 폴을 지켜보는 아버지와 형. 그러나 한참을 물살에 휩쓸려 떠내려가던 폴은 결국 커다란 송어를 낚아 올린 뒤 유유히 돌아온다. "너는 훌륭한 낚시꾼이구나"라며 감탄하는 아버지에게 천진난만한 표정을 지으며 폴은 이렇게 말한다.

어릴 적부터 십 수년 낚시를 익혀왔고, 또 이미 낚시를 가르쳐준 아버지조차 감탄할 정도의 솜씨를 갖춘 폴에게도 아직 시간이 필요했던 것이다. 물고기의 생각을 읽는 낚시꾼이 되기 위해서는 말이다.

* 〈흐르는 강물처럼(A River That Runs Through It)〉(1992): 푸른 숲으로 둘러싸인 강물 위에 서서 마치 흘러가는 세월을 낚으려는 듯 하늘을 향해 길게 낚싯줄을 드리운 어느 낚시꾼의 뒷모습. 영화 〈흐르는 강물처럼〉은 우리에게 이 한 장의 '그림 같은' 사진으로 기억된다. 노먼 매클린의 자전적 동명 소설을 원작으로 로버트 레드포드가 연출했다. 자신의 삶이 상업영화로 만들어지길 원치 않았던 작가는 끈질긴 설득 끝에야 자신이 죽은 뒤에 제작하는 것은 말리지 않겠다며 한발 물러섰다. 아마 하늘에서 이 영화를 본 작가는 이렇게 속삭였을 것이다. '흐르는 강물처럼'이라고.

시민기자들도 마찬가지이다. 처음부터 빼어난 글재주를 발휘하며 신문의 꼭대기를 장식하겠다는 바람은 지나친 욕심이다. 막 언론사에 입사한 기자들에게도 상당한 정도의 수련 시간이 필요한데 하물며 전문 교육 과정을 밟지 않은 우리 시민기자들이야 더 말해 무엇 하겠는가. 우리에게는 시간이 필요하다.

나 역시 그랬다. 결혼한 지인들을 축하하는 뜻으로 썼던 세 번째 기사를 끝으로 2년 넘게 오마이뉴스에 글을 쓰지 않았다. 기사를 써야 할 만큼 절박한 사정이 없던 탓이기도 했지만 아마 두 번의 아쉬운 결과에 자존심이 상했던 탓도 있었을 것이다. 하지만 그 기간 동안에도 운 좋게 기회를 얻어 모 잡지에 정기 기고를 하는 등 꾸준히 글쓰기를 이어갔다. 지금 생각해보면 글이 실린 잡지들을 몽땅 거둬들여서 태워 없애고 싶을 만큼 부끄러운 글들이다. 하지만 그 글들이 오늘 내 기사의 밑거름이 되었다는 사실에 감사한다.

돌아보면 그 시절은 꽤나 혹독한 수련기였다. 고작 한두 달에 한 꼭지씩 칼럼 또는 서평을 쓰는 일이었지만 인쇄매체였던 탓에 마감 날짜와 원고 매수를 정확하게 지켜야 했다. 겪어본 사람은 알겠지만 그야말로 피를 말리는 일이다.

한 번은 《혈농어수》라는 소설의 서평을 청탁받았는데, 700쪽 분량의 책이 무려 세 권이었다. 게다가 하필 결혼을 몇 주 앞두고 있던 때이기도 했다. 어떻게든 결혼 전까지 글을 마치겠노라 마음을 먹고 결혼을 준비하는 틈틈이 책을 읽었지만 2000쪽이 넘는 책을 짧은 시간 안에 다 읽고 꽤 긴 서평을 쓰는 일은 결코 만만치 않았다. 결국 결혼식 전날까지도 원고를 넘기지 못했던 나는 마감을 맞추기 위해 신혼여행 가방에 노트북을 챙겨 넣어야 했다.

시간이 흐르고 다시 오마이뉴스의 문을 두드렸다. 아마 혹독한 수련기를 거치면서 나름대로는 글 쓰는 일에 자신감이 붙었던 모양이다. 그렇게 2년 여를 보낸 뒤 다시 오마이뉴스에 쓴 기사가 운 좋게도 머리기사에 걸렸다. SBS 드라마 〈신의 저울〉에 대한 리뷰 형식을 빌려 외환은행 헐값 매각 사건을 둘러싼 의혹들을 다루면서, 곧 있을 재판부의 선고를 눈 부릅뜨고 지켜봐야 한다는 당부를 담은 기사였다. 이번에는 1만 1600명이 보았다. 지금과 비교하면 그리 높은 조회수는 아니지만 2년 사이 조회수가 무려 10배 가까이 뛴 셈이다. 이 정도면 초야에 묻혀 자판을 두드린 세월이 헛되지 않았다고 할 만하다.

이번에도 편집부로부터 전화를 받았다. 드라마를 미처 보지 못했다면서 편집부가 정한 제목이 적절한지를 묻고는 "앞으로 자주 써달라"는 기분 좋은 인사를 덧붙였다. 그렇게 오마이뉴스와 나의 인연은 다시 시작되었다.

나는 지금도 여전히 컴퓨터 앞에 앉아 기사를 쓰는 일이 설레면서도 두렵다. 누군가에게 내가 쓴 글을 읽히고 또 평가를 받아야 하는 일이기 때문이다. 직업기자가 아니기에 제대로 된 기자 교육이나 글쓰기 교육을 받은 일도 없고, 차분하게 앉아 글을 쓸 여유가 없을 때도 많다. 하지만 지난 몇 년간 머리를 쥐어짜가며, 또 밤잠을 설쳐가며 꾸준히 글을 써온 덕에 그나마여기까지 올 수 있었다.

좋은 낚시꾼이 되는 길은 시간을 두고 꾸준히 노력하는 것뿐이다. 다른 평범한 회사원으로 살다가 뒤늦게 글 쓰는 매력에 빠져 있다.
삶의 자양분인 책과 영화를 통해 정치와 사회를 이야기하는 일이 즐겁다.
시민기자가 정성껏 쓴 기사에 반응하는 독자들을 볼 때마다 기쁨을 느낀다.

길은 없다. 그렇게 꾸준히 쓰다 보면 우리도 언젠가 꽤 '쓸' 만한 기사를 낚는 시민기자가 되는 날이 올 것이다.

〈광해〉, 가짜에서 진짜를 읽어내기

"그대들에겐 가짜일지 모르나 나에겐 진짜다."

〈광해, 왕이 된 남자〉●에서 하선(이병헌 분)을 궁 밖으로 내보내려던 도부장(김인권 분)이 누군가 뒤를 쫓고 있음을 눈치채고는 그들을 향해 돌아선다. 하선에게 돌아보지 말고 떠나라며 천천히 칼을 뽑는 도부장. 이윽고 살수병 무리가 나타나 그에게 외친다. "그 자는 가짜요. 임금이 아니란 말이오." 그러나 도부장은 칼을 쥔 손에 힘을 주며 이 한마디를 낮게 읊조린다. 가짜에서 진짜를 찾아내는 일, 어쩌면 비평 기사를 쓰는 일은 그런 일인지 모른다.

어쩌다 보니 그동안 영화나 드라마 또는 책에 대한 비평 기사를 많이 써왔다. 그래야겠다고 마음을 먹은 적은 없지만 언제부턴가 좋은 작품을 접하면 자연스럽게 기삿거리를 떠올렸다. 꼽아보니 그렇게 쓴 기사들이 제법 된다.

영화로는 〈워낭소리〉〈아바타〉〈아저씨〉〈고지전〉〈헬프〉〈철의 여인〉〈건축학개론〉〈두 개의 문〉(다큐)〈하얀 정글〉(다큐)〈광해, 왕이 된 남자〉 등이 있고, 드라마로는 〈아이리스〉〈로드 넘버 원〉〈전우〉〈프레지던트〉〈뿌리 깊은

● 〈광해, 왕이 된 남자〉(2012): 사가(史家)들의 평가가 갈리는 지점을 절묘하게 파고들어 비운의 군주 광해의 복권을 시도했다는 점에서, 또 대선을 앞둔 한국 사회에 지도자의 조건을 묻는 묵직한 질문을 던졌다는 점에서 좋은 영화로 꼽고 싶다. 그래서 더더욱 표절 논란이 아쉬움으로 남는다. 일곱 번째로 1000만 명이 본 한국 영화이다.

나무〉〈골든타임〉〈응답하라 1997〉 등을 다뤘다.

책도 꽤 된다.《10권의 책으로 노무현을 말하다》를 시작으로《진보집권플랜》《우리가 보이나요》《낯선 식민지, 한미 FTA》《중생이 아프면 부처도 아프다》《꿈꾸는 자 잡혀간다》《연애》《한국의 진보를 비판한다》《의자놀이》《30대 정치학》《망가뜨린 것 모른 척한 것 바꿔야 할 것》 등의 서평을 썼다.

누군가 "이야기는 삶에 대한 은유"라고 말했다. 다양한 뜻으로 읽힐 수 있겠지만, 나는 "이야기는 진짜보다 더 진짜 같은 가짜"라는 뜻으로 읽었다. 때로 이야기에 비친 현실이 우리가 직접 마주하는 현실보다 더 현실에 가깝다는 뜻이다. 우리의 눈을 어지럽게 하는 온갖 곁가지들을 걷어내고서 맨 가운데의 고갱이만을 그리기 때문이다. "풀이 눕는다/ 바람보다도 더 빨리 눕는다/ 바람보다도 더 빨리 울고/ 바람보다 먼저 일어난다"라고 노래하던 김수영 시인의 빛나는 통찰처럼, 그것이 바로 비평 기사만이 지니는 매력이다.

비평 기사를 쓸 때 염두에 두는 몇 가지가 있다. 첫째, 여러 번 봐야 한다. 영화든 책이든 가능한 만큼 되풀이해서 봐야 좋은 기사를 쓸 수 있다. 영화나 드라마는 사정이 여의치 않을 때도 있지만, 책은 적어도 두세 번 이상은 읽어야 비평이 가능하다.

다음 글은 용산 참사를 다룬 다큐멘터리 〈두 개의 문〉을 보고 쓴 비평 기사이다. 민감한 소재를 다뤘던 만큼 숨소리 하나도 놓치지 않으려고 노력했고, 경찰특공대원들의 법정 진술을 반복해서 분석한 뒤에야 결론을 내릴 수 있었다. 그리고 영화 〈어 퓨 굿 맨〉과 우리의 현실을 대비하며 기사를 썼다.

다큐멘터리가 끝나갈 무렵, 변호사가 증인석에 앉은 경찰특공대원에게 묻는다. 그날 목숨을 잃은 고(故) 김남훈 경사의 팀 동료이자 그 죽음의 현장에도 함께 올랐던 대원이다.

"진압 작전 중에 김남훈 경사가 사망했는데 사망 책임이 본인은 어디에 있다고 생각합니까?"

"네, 농성자한테 있다고 생각합니다."

영화와는 다른 다큐멘터리의 결말이다. 그러나 위의 대화에 미처 옮기지 못한 것이 있다. 5초간의 긴 침묵이 그것이다. 그 긴 침묵이 무엇을 뜻하는지 우리들로선 물론 알 길이 없다. 어쩌면 글로 옮긴 그의 답변보다 진실에 더 가까운 그 무엇이 그의 침묵 속에 담겨 있을지도 모른다는 생각을 어렴풋이 할 뿐이다. 〈두 개의 문〉이 밝힌 진실은 여기까지다.

— 〈경찰특공대원의 진술…… 정말 몰랐습니다〉(2012. 6. 25)

둘째, 전체를 이해하는 것이 먼저다. 영화든 책이든 처음부터 작은 것 하나까지 놓치지 않으려다 보면 정작 큰 그림을 보지 못하는 수가 있다. 각 부분의 의미를 제대로 이해하기 위해서라도 먼저 전체를 봐야 한다. 따라서 작품의 큰 그림을 이해하는 데 먼저 힘을 쏟고 그다음에 부분을 살피기 바란다. 억지로 묶은 책이 아니라면 전체를 꿰뚫는 하나의 큰 흐름이 있기 마련이다.

다음 글은 시사 평론가 김종배의 《30대 정치학》이라는 책에 대해 쓴 비평 기사이다. 저자가 어느 화두에서 시작해 어떤 과정을 거쳐 한 권의 책을 쓰게 되었는지, 그리고 그렇게 세상에 나온 이 책이 지니는 의미는 무엇인지를 밝히고자 몇 번이고 책을 들춰 보았던 기억이 새롭다.

> 무당파의 정체성을 찾는 작업에서 시작된 저자의 연구가 '30대'라는 답을 찾아낸 뒤, 다시 '새 정치'라는 새로운 화두로 뻗어나간 셈이다. 그리고 저자는 이번에도 '그들'에게서 새로운 화두의 답을 얻기 위한 실마리를 찾아낸다. 즉, 어떤 유권자가 무슨 이유로 진보 성향을 보이며, 또 그것을 어떤 방식으로 표출하는지에 대한 답, 혹은 그 실마리를 찾아냈다. 간단히 말하자면, '신자유주의 시대의 삶'과 '개방화된 정치 구조'가 그것이다.
> 물론 이를 일반화하는 데는 무리가 있겠으나 다른 세대, 다른 유권자들에게 다가가는 데 중요한 시사점을 던지고 있는 것만은 분명하다. 저자가 이를 한 권의 책으로 엮은 이유이자 이 책의 진정한 가치가 바로 여기에 있다.
> ─〈'재수없는 세대', 30대에 주목하라〉(2012. 12. 5)

셋째, 화두를 끄집어내야 한다. 비평은 요약이 아니다. 때로 작품의 많은 부분을 설명해야 할 때도 있다. 저자의 주장을 뒷받침하지 않으면 안 되는 책이 그렇다. 하지만 그런 경우가 아니라면, 화두를 끄집어내 질기게 물고 늘어지는 편이 낫다.

다음 글은 송경동 시인의 책《꿈꾸는 자 잡혀간다》에 대해 쓴 비평 기사이다. 이 고통스러운 책을 읽으며 내내 생각했다. 이 책이 우리에게 던지려는 화두는 무엇일까를.

그의 시와 산문이 이 빠르고 복잡한 시대를 온전히 담아내기에는 부족하다고 이야기할지도 모르겠다. 가령, 그의 표현이 과격하다거나, 그의 시각이 편협하다거나, 또는 너무 오래된 이야기만 되풀이한다는 따위의 불평들이 있을 수 있다. 맞는 말이다. (……)
그런 허접쓰레기 같은 글들에 비하면 온몸으로 부딪히며 써내려간 그의 시는 더없이 소중하다. 우리가 애써 외면해온 이 세상의 한 조각이나마 정직하게 보여줄 수 있다면 나는 기꺼이 그의 글을 읽겠다.

— 〈희망버스 안 탄 나, 이 책 읽고 부끄러워졌다〉(2012. 1. 15)

한 가지 덧붙여야 할 것이 있다. "난초를 그릴 때에는 법이 있어서도 안 되고, 없어서도 안 된다"라고 한 추사 김정희 선생의 말씀이다. 길은 있으나, 꼭 그 길이 아니어도 된다는 뜻이다. 다만 이것 하나만큼은 기억하기 바란다. 가짜를 가짜로만 대해서는 안 된다는 사실을.

〈아티스트〉, 대중은 언제나 옳다

"그리고 대중은 틀리는 법이 없지."
영화 〈아티스트〉에서 1920년대 무성영화의 전성기를 이끌던 배우에게 오랫동안 호흡을 맞춰온 영화 제작자가 어렵게 말을 꺼낸다. "사람들은 새로운 얼굴을 원해. 말하는 얼굴 말이야." 그리고 이렇게 덧붙인다. 대중은 틀리는 법이 없다고. 그러나 소리 없는 흑백의 스크린을 지배하던 배우는 그런 사실을 받아들일 수 없었다. 결국 배우는 무성영화의 시대와 함께 대중에게서 조금씩 잊혀가고 만다.

가끔 나는 스스로에게 묻곤 한다. 좋은 글이란 어떤 글일까? 여러 가지 대답이 가능하겠지만, 나는 '공감을 이끌어내는 글'을 꼽고 싶다. 읽으면서 마치 내 마음을 알아주는 오랜 벗을 만난 듯 반갑고, 읽고 난 뒤에는 가만히 고개를 끄덕이게 되는 그런 글. 나는 지금도 그런 글을 쓰기 위해 애쓴다. 대중은 틀리는 법이 없으니까.

오마이뉴스는 여느 언론매체들과 달리 독자들이 기사에 얼마나 공감하는지를 한눈에 알아볼 수 있도록 몇 가지 장치들을 갖추고 있다. 댓글 기능은 물론 '점수 주기'와 '좋은 기사 독자원고료 주기' 기능에 쪽지 기능까지 있다. 독자들은 대수롭지 않게 점수를 주거나 댓글을 달겠지만 기사를 쓰는 입장에서는 이 모든 것들이 여간 신경 쓰이는 게 아니다.

나는 특히 독자들이 주는 점수를 눈여겨본다. 누구나 쉽게 평가에 참여할 수 있다는 점에서 가장 정확한 평가의 잣대라고 생각하기 때문이다. 게다가 익명성이 보장되는 만큼 솔직한 느낌이 그대로 드러나기도 한다.

최근 '공감'이란 화두를 다시 꺼내 들도록 만든 몇몇 기사들이 있다. 2012

● 〈아티스트(The Artist)〉(2011): 2012년 2월에 열린 84회 아카데미 시상식에서 작품상과 감독상을 비롯해 5개 부문 상을 휩쓴 작품이다. 영화가 온통 3D를 향해 달려가는 이 시대에 흑백 무성영화가 이토록 큰 관심을 받으리라고 누가 기대했을까. 하지만 현란한 색과 소란스러운 소리를 걷어내자 영화 속 배우들의 몸짓과 표정은 스스로 빛을 내기 시작했다. 어느새 관객들은 1920년대로 시간을 거슬러 올라가 어느 무성 영화관에 편안히 등을 기댔다. '한 시대가 저문다고 해서 반드시 그 시대의 모든 것들이 존재해야 할 의미를 잃는 것은 아니다.' 이 영화는 이렇게 말하고 있다.

년 9월에 드라마 〈응답하라 1997〉과 김기원 교수의 책 《한국의 진보를 비판한다》를 엮어서 비평 기사를 쓴 일이 있었다. 민주통합당의 대선후보 경선이 마치 노무현 전 대통령의 적자 자리를 차지하려는 철 지난 다툼으로 흐르는 것을 비판하면서, 책에서 밝히고 있는 참여정부의 한계들을 언급하고 이를 뛰어넘으려는 진지한 모색이 필요하다는 당부를 담은 기사였다.

이 기사가 기억에 남는 이유는 19만여 명이나 읽었음에도 점수가 300점대에 그쳤기 때문이다. 마이너스 점수가 많았기 때문이 아니다. +485점에 −170점으로 +315점에 그쳤으니 점수 화살표에 손을 댄 이들이 그만큼 적었다. 조회수를 감안하면 실망스런 결과였다.

점수를 확인하고서 곰곰이 생각해보았다. 대체 왜 이런 결과가 나왔을까? 기사를 클릭한 그 많은 이들은 왜 아무런 점수도 주지 않고 창을 닫아버렸을까?

이유는 분명했다. 기사에 공감하지 못했기 때문이다. 머리기사에 걸려 있고, 화제의 드라마가 기사 제목에 들어 있으니 클릭은 해보지만 막상 읽어봐도 도대체가 공감이 가지 않았던 것이다. 그러니 끝까지 읽을 이유도 없고, 당연히 플러스든 마이너스든 점수를 줄 이유도 없었던 것이다.

생각이 여기에 미치자 부끄러움이 밀려왔다. 아까운 지면을 어설픈 기사로 갉아먹고 있다는 생각마저 들었다. 뒤늦은 반성의 계기가 되었던 셈이다. 하지만 이내 마음을 다잡았다. 다음에는 꼭 독자의 공감을 이끌어내는 기사를 쓰겠노라고 다짐도 했다.

기회는 한 달쯤 뒤에 왔다. 영화 〈광해, 왕이 된 남자〉를 보면서 영화가 던진 질문이 묵직하게 남았다. 영화는 진정한 정치 지도자란 어떠해야 하는가를 묻고 있었다. 대선을 앞둔 때에 많은 이들과 더불어 나누고 싶은 질문이었다. 많은 이들이 나와 비슷한 고민을 하고 있을 거란 생각에서였다.

집에 돌아오자마자 컴퓨터 앞에 앉았다. 책꽂이에서《조선왕조실록》도 꺼내 들었다. 정사(正史)를 다룬 작품인 만큼 풍부한 사료를 담고 싶었다. 사극에 어울리도록 평소와 달리 문체에도 예스러운 느낌을 담으려 애썼고, 읽기 편하게 분량도 줄였다. 특히 마지막 부분을 다듬고 또 다듬었다. 끝까지 읽고서 고개를 끄덕이지 않는다면 아무 소용이 없다고 여겼기 때문이다. 영화를 보며 무엇이 내 가슴을 두근거리게 했는가를 스스로에게 묻고 또 물었다. 그렇게 꼬박 하루 정도가 걸려 기사를 마무리했다.

기사를 송고했지만 아쉽게도 머리기사에 배치되지 않았다. 나중에 들어보니 이미 광해군을 소재로 한 두 권의 역사서를 비교하는 기획 기사 두 편이 나간 뒤였다. 하지만 조금은 아쉬운 배치 덕에 오히려 더 많은 것을 얻었다. 비록 조회수는 약 5만 건에 그쳤지만, 점수는 +1054점에 −86점으로 +968점이 나왔다. 앞서 말한 기사와 비교하면 4분의 1 정도의 조회수만으로 세 배 이상의 점수를 받은 셈이다. 일부러 쪽지까지 보내 격려를 해준 독자들도 있었다.

공감을 이끌어내는 글을 쓰는 일은 여전히 어렵다. 나 역시 뒤늦게 겨우 한 고비를 넘겼을 뿐이다. 앞으로도 계속 기사를 쓴 뒤에 독자들이 어떤 점수를 줄지 마음 졸이며 지켜볼 것이다. 대중은 틀리는 법이 없으니까.

〈대부〉, 남들이 못하는 생각들

"잘 들어라. 누구든 바르지니와의 회동을 주선하는 자가 배신자다."

영화 〈대부 I〉*이 막바지로 치달을 무렵, 자신에게 남은 시간이 길지 않다고 느낀 대부 돈 비토 코르네오네(말런 브랜도 분)는 자신의 막내아들이자 조직의 후계자인 마이클 코르네오네(알 파치노 분)에게 이렇게 말한다. 그의 말은 결국 유언이 되고 말지만, 마이클은 아버지의 마지막 말 그대로 생각지도 못한 배신자를 가려내고 조직을 지켜낼 수 있게 된다.

'남들이 미처 생각하지 못한 것을 생각하는 글' 혹은 '남들과 다르게 생각하는 글'. 나는 그런 글을 '공감을 이끌어내는 글'과 더불어 좋은 글로 꼽는다. 공감을 이끌어내는 글이 읽는 이로 하여금 고개를 끄덕이게 한다면, 남들이 생각하지 못한 것을 생각한 글은 무릎을 치게 만든다.

누구나 예상할 수 있는 소재로 시작해 진부한 논리로 이어지다 결국 별로 새로울 것도 없는 결론으로 맺는 글이라면 아무리 옳은 이야기가 담긴 글이라 해도 읽는 이에게 감동을 주기 어렵다. 마치 배신자가 너무 쉽게 드러나는 느와르 영화처럼.

단지 남들과 다른 결론을 이끌어내야 한다는 뜻은 아니다. 글의 소재와 도입에서부터 논리 전개 방식과 근거, 글의 구성과 끝을 맺는 방식 등 글을

● 〈대부 I(The Godfather)〉(1972): 더 이상 설명이 필요 없는 영화의 고전이다. 대부 시리즈 세 편 모두 상영 시간이 3시간 안팎이니 다 보려면 9시간이 걸린다. 그야말로 서사의 힘을 보여주는 영화다. 프랜시스 포드 코폴라 감독이 연출하고 말런 브랜도와 알 파치노가 주연을 맡았다. 2004년 우리 곁을 떠난 말런 브랜도가 연기했던 대부 돈 비토 코르네오네는 미국 영화 전문지 〈프리미어〉가 선정한 '영화사상 가장 위대한 캐릭터'에 뽑히기도 했다.

이루는 모든 요소에서 누구나 쉽게 떠올릴 수 있는 진부하고 상투적인 것들을 피해야 한다는 뜻이다.

방법은 생각보다 쉽다. 누구나 쉽게 떠올릴 만한 것들을 되도록 쓰지 않으려 애쓰면 된다. 가령 금연을 주제로 기사를 쓰기로 마음을 먹었다고 생각해보자. 한 해 우리나라에서 폐암으로 사망하는 사람의 수가 얼마나 많은가를 보여주는 것으로 시작해 흡연이 폐암 발생에 미치는 영향과 건강에 얼마나 해로운가를 실증하는 사례들을 나열하고, 마지막에는 금연으로 건강을 되찾은 사람들의 이야기를 들려주는 것으로 훈훈하게 마무리한다.

어떤가. 이 정도면 읽는 이들이 감흥을 느낄 수 있을까? 아마 고개를 끄덕일 수는 있어도 무릎을 치는 일은 없을 것이다. 이미 많은 이들이 비슷한 글을 수십 번쯤은 읽어보았을 테니까.

폐암 사망의 수치를 보여주는 것으로 시작해야겠다고 마음먹었을 때, 흡연이 폐암 발생에 미치는 영향을 밝혀줘야겠다고 생각했을 때, 그리고 금연으로 건강을 되찾은 사람들의 이야기로 마무리하겠다는 생각이 떠올랐을 때, 한 번쯤은 이렇게 돌아봐야 한다. 다른 사람이라면 어떨까? 만약 열에 여덟아홉이 떠올릴 법한 생각이라면 그 자리에서 미련 없이 잊어야 한다. 당신이 아니어도 그런 기사를 쓸 사람은 얼마든지 있으니 말이다.

내가 쓴 기사 가운데 영화 〈건축학개론〉을 소재로 한 것이 있다. 알다시피 아련한 첫사랑의 추억을 떠올리게 하는 영화이다. 내 기사는 이렇게 시작한다.

사랑과 정치가 닮았다면 믿겠는가. 인정하기 싫을지 모르지만 몇 가지 점에서 그렇다. 절반쯤은 거짓이라는 점이 그렇고, 현실이 늘 기대에 미치지 못한다는 점도 그렇다. 무엇보다도 사랑이든 정치든 대개는 지난 선택을 후회하게 된다는 점이 닮았다. 그렇게 한두 번 실패를 겪고 나면 마치 모든 것을 다 깨달은 듯한 착각에 빠지지만 여지없이 또 속고 만다. 그래서 사랑도, 정치도 평생을 겪는다 해도 여전히 어렵기만 하다. 하지만 어쩌겠는가. 살아가는 데는 둘 모두가 필요한 것을.

― 〈박근혜를 보는데, 자꾸 한가인이 생각나네〉(2012. 4. 1)

그렇다. 나는 영화 〈건축학개론〉을 소재로 정치 기사를 썼다. 가슴 저미는 첫사랑의 추억을 소재로 첫 투표가 얼마나 중요한지에 대해 썼다. "키 크고 세련되고 돈까지 많던 그 선배의 웃음 뒤에 가려진 비릿한 욕망을 미처 보지 못했던 것처럼 우리들 대부분은 거짓을 가려내지 못한 채 어리석은 선택을 하고 말았다"라고 꼬집었다. 풋내 나던 시절 첫사랑에 속았던 것처럼 정치에 속지 말자는 뜻이다. 내 기사는 이렇게 끝을 맺는다.

끝으로 곧 눈물 겨운 첫사랑의 아픔을 겪게 될 스무 살 무렵의 청년들에게 한마디 하자면, 어느 순간 정치가 사랑보다 절실할 때가 반드시 있게 마련이니, 첫사랑의 상처가 못 견디게 아프더라도 너무 쉽게 정치를 포기하는 일은 없기를 바란다. 첫사랑의 상처와 달리 정치가 주는 상처는 시간이 흘러도 잘 아물지 않는 법이다.

이 글을 쓰는 내내 기분 좋았던 기억이 새롭다. 자칫 웃음거리가 될 수도 있을 것 같아 걱정했지만 +2210점에 -505점으로 +1705점을 받았으니 이 정도면 독자들의 평가도 나쁘지 않았던 셈이다.

지난 기사들을 들춰 보는 일은 늘 부끄럽고 괴롭다. 하지만 한 가지 자신할 수 있는 건 항상 세상에 하나뿐인 기사를 쓰려 노력했다는 점이다. 나는 언제나 남들과 다르게 생각하려 애썼고 앞으로도 그럴 것이다.

반드시 기억하라. 누구든 떠올릴 수 있는 생각이라면 그게 바로 버려야 할 것이다.

〈죽은 시인의 사회〉, 자신만의 길을 선택할 것

"어떤 것을 안다고 생각할 땐 그것을 다른 시각에서 보아야 한다. 비록 틀리고 어리석어 보일지라도 시도를 해봐야 한다……. 얘들아, 너희 자신의 목소리를 찾도록 노력해야 한다."

〈죽은 시인의 사회〉* 에서 수업시간에 느닷없이 교탁 위로 올라간 키팅(로빈 윌리엄스 분) 선생이 학생들을 향해 "내가 책상 위에 올라선 이유는 사물을 항상 다른 시각으로 봐야 한다는 것을 상기시키기 위해서란다"라고 말한다.

● 〈죽은 시인의 사회(Dead Poets Society)〉(1989): '현재를 잡아라(carpe diem)'라는 말과 함께 기억되는 영화. 벌써 23년이나 흘렀지만 여전히 가슴을 설레게 하는 그 무엇이 있다. 짐을 챙겨 나가던 존 키팅 선생을 위해 소심한 아이였던 토드(에단 호크 분)가 책상 위에 올라서던 장면은 두고두고 잊히지 않는다. '죽은 시인(을 논하는) 클럽'이라는 본래 제목이 '죽은 시인의 사회'라는 엉뚱한 제목으로 둔갑했다는 사실을 대학교 교양영어 시간에서야 알게 되었을 때의 그 황망함도 잊을 수 없다.

그러고는 이번엔 학생들에게 책상 위에 올라설 것을 제안한다. 머뭇거리던 학생들이 하나둘 책상 위에 오르자 키팅 선생은 앞서 인용한 대로 말한다.

공감을 이끌어내기 위해서는 대중의 생각을 읽는 것이 중요하다고 말했다. 하지만 여기에 한 가지를 덧붙이고 싶다. 독자들의 점수에 미처 담기지 못하는 기사의 가치도 있다는 사실이다.

2009년에 드라마 〈아이리스〉에 대한 비평 기사를 쓴 적이 있다. 이 기사는 무려 37만여 명이 읽었고, 댓댓글을 포함해 100여 개의 댓글이 달렸다. 점수는 +4076점에 −2992점으로 총 +1084점을 받았다. 이 정도면 글에 대한 독자들의 좋고 싫음이 팽팽하게 맞섰다고 볼 수 있다.

이 기사가 기억에 남는 이유는 점수 때문이 아니라 100여 개에 달했던 댓글들 때문이다. 대부분이 기사를 비난하는 내용이었다. 나는 기사에서 드라마의 몇몇 장면을 들어 이 드라마에 깔린 기본 인식이 20세기의 낡은 냉전주의·반공주의로부터 한 발짝도 벗어나지 못했다고 지적했다. 그런데 독자들은 오히려 그런 나의 시각이 편협하다며 달려들었던 것이다.

처음에는 나도 댓글을 달면서 반론을 펼치려 했지만 시간이 갈수록 쏟아지는 댓글들을 감당할 수 없었다. 하필 국내 양대 포털 사이트에 주연 배우 이병헌의 사진과 함께 반나절 이상 걸렸던 터라 댓글들이 그야말로 물밀 듯이 쏟아졌다. 수로도 밀렸지만 조롱과 야유로 가득한 댓글들에 일일이 대꾸할 수도 없는 노릇이었다. 결국 그날 저녁 무렵이 되자 나는 마치 온몸에 오물을 뒤집어쓴 기분이었다. 그날 나는 다짐했다. 다시는 남북 관계에 대한 글은 쓰지 않겠노라고.

비슷한 일이 한 번 더 있었다. 2012년 2월, 이른바 '나꼼수 비키니 논란'이 잦아들 무렵이었다. 사건이 불거진 지 한참이 지나도록 〈나는 꼼수다〉 측이 속 시원하게 잘못을 인정하지 않는 바람에 우리 사회가 조금 더 평등해질 수 있는 기회를 잃어버리고 말았다는 요지의 기사를 썼다. 이번에는 10만여 명이 읽었고, 176개의 댓글이 달렸다. 댓댓글까지 포함하면 아마 200개가 훨씬 넘을 것이다. 점수는 +1444점에 −2620점으로 총 −1176점을 받았다. 처음으로 마이너스 점수를 받은 기사였다. 재밌는 건 10명의 독자들로부터 2만 3000원의 원고료를 받기도 했다는 사실이다.

물론 어느 정도는 예상을 했던 일이었다. 논란이 한창일 때 〈나꼼수〉의 인식을 비판한 여성학자들의 인터뷰 기사에 온갖 험악한 댓글들이 쏟아지던 것을 안타까운 마음으로 지켜본 뒤였다. 그래서 무슨 일이 있어도 댓글을 읽지 않겠다는 결심을 하고서야 썼던 기사였다.

결심대로 댓글들은 읽지 않았지만, 굳이 쪽지까지 보내 욕을 해대는 데는 도리가 없었다. 그날 나는 또 다짐했다. 다시는 성 평등에 대한 기사는 쓰지 않겠노라고.

대한민국에서 함부로 건드려선 안 되는 영역들이 몇 가지 있는데, 바로 성 평등 문제와 남북문제다. 어설픈 논리로 덤볐다가는 이른바 '꼴통 페미니스트'나 '빨갱이'로 몰려 뭇매를 맞기 십상이다.

물론 다시는 이런 글을 쓰지 않겠다고 한 것은 농담이다. 조금 더 논리를 가다듬고, 조금 더 신중하게 쓰긴 하겠지만 지레 겁을 먹고 물러설 생각은 없다. 우리 사회가 조금 더 평등해지고 건강해지기 위해 필요한 기사라는 확신만 있다면 나는 기꺼이 쓸 준비가 되어 있다.

대중의 이야기에 귀 기울이는 일은 늘 중요하며 소홀히 해선 안 된다. 하지만 알아둬야 할 것이 한 가지 더 있다. 때로 소수의 목소리를 대변하는 일도 필요하다는 사실이다. 소수의 목소리, 그것은 기자가 찾아야 할 자신의 목소리 가운데 하나이다.

〈빌리 엘리어트〉, 글쓰기가 주는 환희

"춤을 추는 순간 저는 모든 걸 잊어요. 제 몸 안에 변화가 느껴지면서 불길이 타올라요. 새처럼 날아가는 느낌이 들어요."

영화 〈빌리 엘리어트〉에서 빌리(세인트 존 리버스 분)는 어렵사리 런던의 로열발레학교에 오디션을 볼 수 있는 기회를 얻게 된다. 면접관이 "춤을 출 때 어떤 느낌이 들지?"라고 묻지만 빌리는 답을 하지 못한다. 힘없이 면접장을 나가다 멈춰 선 빌리는 돌아서서 면접관에게 못다 한 대답을 건넨다.

글을 쓸 때면 가끔 비슷한 기분이 들곤 한다. 더 이상 어린 소년이 아닌 나는 새처럼 날아가는 기분까지는 느껴보지 못했지만, 어느 순간 머릿속에서 복잡한 생각들이 모두 사라지고 가슴이 뜨거워지는 것을 느낀다. 글쓰기의 힘이다.

● 〈빌리 엘리어트(Billy Elliot)〉(2000): 가족, 가난 그리고 꿈이 버무려진 아름다운 성장 영화이다. 빌리를 위해 파업 현장을 떠나려던 아버지가 그를 쫓아온 큰아들을 부둥켜안고서 아이처럼 흘리던 눈물, 그리고 빌리의 합격 소식을 접한 아버지가 오르막길을 뛰어오르던 때의 넋 나간 표정은 잊히지 않는다. 세상 모든 아버지들에게 바치고 싶은 영화이기도 하다.

글을 쓴다는 것은 자신을 드러내는 일이다. 자신이 아는 것과 모르는 것, 믿는 것과 믿지 않는 것, 옳다고 여기는 것과 그렇지 않은 것 등이 모두 글에 드러난다. 숨기려 해도 별 수 없다. 그래서 글을 쓰는 일은 세상을 향한 고해성사이자 자기 치유의 과정이다. 글은 세상을 향해 외치는 행위이기도 하지만 나 자신에게 말을 거는 진지한 의식이기도 하니까. 내가 오늘도 부족하기만 한 글을 계속 쓰고 있는 이유이다. 당신도 꼭 느껴보길 바란다.

한 명의 시민기자로 시작해 쓸 만한 기자로 인정받아 '이달의 뉴스게릴라상'도 받아보고, 2012년 총선을 앞두고는 '게릴라 칼럼진'에 뽑히기도 했다. 이 모두가 나처럼 보잘것없는 이에게 펜을 쥐어주며 글을 쓰라고 독려해준 오마이뉴스의 덕이다.

이 자리를 빌려 오마이뉴스에 고맙단 말을 남긴다. 그리고 부족한 이 글이 누군가에게 작은 도움이 된다면 더 바랄 게 없을 듯하다. ✏️

윤찬영 대학에서 문학을 전공했다. 천문학(天文學), 그러나 딴짓만 일삼다 문학은커녕 천문학도 제대로 배우지 못했다. 어딘가를 향해 정신없이 달려가다 어느 날 문득 정신을 차려보니 30대 후반이 되어 있었다. 서른여덟을 두 달 앞두고 회사를 나와 할리우드에 팔 영화 시나리오를 쓰기 시작했다. 곧 태어날 아이가 자라는 것을 늘 옆에서 지켜보며 평생 글을 쓰는 게 꿈이다. 그래서 오늘도 틈틈이 시나리오를 쓰고 있다. 내 최고의 작품은 아직 쓰이지 않았다는 믿음으로.
2012년 총선을 앞두고 오마이뉴스의 삼고초려를 못 이겨 게릴라 칼럼진에 합류했으나, 진보정의당 심상정 대선 캠프에서 제시한 고액 연봉에 넘어가 몇 달 만에 절필했다. 현재는 당 부설 정책연구소에서 일하며, 브라질의 룰라 전 대통령처럼 초등학교밖에 못 나온 노동자가 당의 대선후보가 되는 날을 꿈꾼다.

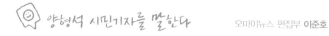
양형석 시민기자를 말한다   오마이뉴스 편집부 이준호

　노력을 해야 글을 잘 씁니다. 맞습니다. 하지만 타고난 사람도 있죠. 태어날 때 글재주가 DNA에 각인됐는지 확인할 길은 없지만, 별다른 노력도 안 한 듯한데 글을 술술 써 내려가는 사람이 있습니다. 양형석 시민기자도 그런 사람 중 하나입니다.

　2005년쯤으로 기억합니다. 오마이뉴스의 '시민기자 교육 강좌'에 그가 왔습니다. 동글동글 귀여운 얼굴이지만, 옆에서 소리를 질러도 눈 하나 깜짝 안 할 듯 무심한 표정이 매우 인상적이었습니다. 수업이 끝나고 뒤풀이를 하는데 지나가듯 툭툭 던지는 말이 꽤나 재밌었습니다. 아무렇지도 않은 표정으로 웃기는 사람. 그는 그런 사람이었습니다.

　그는 수업에 참 열심히 참석했습니다. 의아한 점은 그의 글이었습니다. 굳이 기초 강좌를 듣지 않아도 그의 글은 이미 '경지'에 이르렀기 때문입니다. 무엇 하나 고칠 것 없는 깔끔한 문장에, 중간 중간 새겨 넣은 익살맞은 단어. 한마디로 그의 글은 참 재미있었습니다.

　그때부터 지금까지 그는 오마이뉴스와 맺은 귀한 인연을 이어가고 있습니다. 한때 큰 병으로 쓰러지기도 했지만 '불굴의 의지'로 기적처럼 일어나 지금도 유머와 촌철살인을 닮은 글을 쓰고 있습니다.

　타고난 글쟁이에 타고난 익살꾼, 양형석이란 사람을 알고 지낸다는 것은 참으로 유쾌한 일입니다.

대중문화가 위로해주는 고단한 우리의 삶

양형석

나는 남대문 시장에서 핸드백 도매업을 하는 35세 남자다. 아직 결혼은 하지 않았지만, 두 살 많은 미혼의 형이 있기 때문에 결혼에 대한 걱정이나 집안의 압박은 대부분 형이 떠안고 있다. 나는 사고만 치지 않으면 행동에 크게 제약을 받지 않는 전형적인 간둥이(3남매 중 둘째)이다.

오마이뉴스 시민기자 활동을 한 지는 7년 반 정도 되었다. 오마이뉴스를 제외하면 그 어느 곳에도 기사나 글을 송고한 적이 없다. 거의 스포츠 분야에서 활동하고, 그중에서도 야구 기사를 주로 쓰는 편이다. 가끔 영화나 연예 기사를 쓰기도 하고 편집부의 청탁이 있을 때는 인터뷰나 외부 취재를 하기도 하지만 기본적으로 현장 취재를 별로 좋아하는 타입은 아니다.

그렇기 때문에 다른 시민기자들처럼 생생한 취재파일을 독자들에게 들려드릴 자신은 없다. 그런 취재파일 자체가 없기 때문이다. 다만 오마이뉴스의 시민기자들이 전하는 생생하고 유익한 이야기들 사이에서 철없고 수줍은 평범한 시민기자가 전하는 소소한 경험담을 독자들이 가벼운 마음으로 읽어줬으면 하는 바람이다.

'기사 쓰기' 무료 강좌의 유혹

친구처럼 지내는 한 살 터울의 친한 동생이 있다. 이 친구는 예나 지금이나 호기심이 많고 취미가 다양하다. 나 역시 그와 어울리면서 새로 알게 된 것들이 참 많다. 사진이나 카메라에 대해서도 그를 통해 알았고, 나에게 주식을 가르쳐준 사람도 그였다. 심지어 패스트푸드점의 새로 나온 햄버거는 꼭 먹어봐야 직성이 풀리는 성격도 그의 영향을 받은 탓이다.

오마이뉴스 역시 그가 소개해줬는데, 2005년 봄의 어느 날, 나에게 6주 일정으로 진행되는 '오마이뉴스 시민기자 교육 강좌'를 함께 듣자고 제안했다. 그는 2004년 11월부터 시민기자 활동을 시작한 신종철 시민기자다.

시민기자 교육 강좌는 일주일에 한 번, 당시 광화문에 위치했던 오마이뉴스 사무실에서 진행되었다. 시민기자 육성 프로그램인 이 강좌의 수강료는 5만 원이었던 걸로 기억한다. 사실 나는 이 제안이 썩 내키지 않았다. 2005년 당시 28세였던 나에게 5만 원은 적지 않은 액수였거니와 매주 같은 요일에 '빼먹지 않고' 성실하게 교육을 받을 자신도 없었기 때문이다. 거절의 의사를 전하려던 내게 신종철 시민기자는 야구선수 오승환급 '직구'의 위력을 가진 구원의 한마디를 던졌다.

"형, 이 교육 개근하면 수업료 5만 원 돌려준대."

수업료를 돌려준다는 말은 개근만 한다면 이 강좌를 무료로 들을 수 있다는 뜻이다. 한마디로 공짜 교육. 마다할 이유가 없었다. 그렇게 나는 존재조차 몰랐던 오마이뉴스의 제3회 시민기자 교육 강좌 수강생이 됐고 오마이뉴스와 나의 질긴 인연도 그때부터 시작됐다.

4월 6일 첫날, 강의실에 들어섰을 때의 풍경이 아직도 잊히질 않는다. 상상했던 것보다 훨씬 다양한 연령대의 수강생들이 자리하고 있었다. 우리 아버지보다 연세가 한참 많아 보이는 어르신부터 노조활동을 위해 교육을 들으러 왔다는 택시기사, 그리고 언론인을 지망하는 앳된 외모의 대학생까지.

이렇게 목적의식이 뚜렷한 사람들 사이에서 수강료 돌려준다는 말에 넘어가서 즉흥적으로 수강생이 된 내가 한없이 부끄러워졌다. 여기는 나 같은 사람이 있을 곳이 못 된다는 생각이 뇌리를 스쳤다. 하지만 일단 시작한 이상 포기할 수는 없었다.

다소 불순한 의도로 출발한 시민기자 교육은 무료한 하루하루를 보내고 있던 20대 후반의 내 삶에 새로운 활력소가 됐다. 첫 기사는 정식 기사로 채택되지 않았지만, 나중에 쓴 글이 정식 기사로 인정받아 메인화면에 노출되고 포털 사이트에 뜨기도 했다.

물론 첫 악성 댓글에 대한 쓰린 기억도 있다. 2005년 5월 7일에 쓴 〈볼넷 얻으면 기립박수를 받는 사나이〉 기사는 당시 뉴욕 메츠의 최고 유망주였던 호세 레예스(현 토론토 블루제이스)가 시즌 개막 후 28경기에서 얻은 볼넷이 단 2개인 것에 주목한 기사였다. 당시로서는 흔치 않은 메이저리그의 가십성 기사라 포털 사이트 메인화면에 노출됐는데, 안타깝게도 적지 않은 악성 댓글, 즉 악플 공세에 시달려야 했다. 메이저리그 전체가 주목하는 차세대 슈퍼스타 레예스를 코믹한 선수로 비하했다는 것이 주된 이유였다. 시민기자 가입 후 여덟 번째로 쓴 기사에서 난생 처음 악플 세례를 받고 크게 상처받기도 했지만 그 악플들은 오히려 나를 더 자극시켰다.

시민기자로 적응하는 과정에서도 나는 대단히 운이 좋았다. 스포츠 섹션이 오마이뉴스의 변방이던 활동 초기에 〈스포츠 서울〉 야구부장 출신의 신명철 기자(선동열에게 '무등산 폭격기'라는 별명을 처음 붙인 것으로 유명하다)가 오마이뉴스에 들어와 스포츠 섹션의 틀을 잡아줬다. 기사 쓰기에 싫증을 느끼기 시작하던 2007년에는 10년 지기 후배 김귀현(현 미디어다음 뉴스파트장) 기자가 오마이뉴스 편집부에 입사했다. 그 시절 나는 김귀현 기자의 청탁을 받아 많은 기사를 송고했다. 지금 생각해보면 편집부에서 걸려오는 전화가 무섭지 않았던 유일한 시절이 아니었나 싶다.

지금도 오마이뉴스에는 '오연호의 기자만들기'를 비롯한 많은 기사 쓰기 강좌들이 온·오프라인을 통해 진행되고 있다. 기사 쓰는 일이 막막하게 느껴질 때 이런 강좌들은 좋은 길잡이가 될 수 있다. 시민기자 교육 강좌가 배출한 '7년 근속 시민기자'인 내가 보장할 수 있다.

스포츠 · 대중문화를 주목하다

오마이뉴스 시민기자가 되는 방법은 매우 간단하다. 여느 사이트에 가입

할 때처럼 간단한 회원가입의 절차만 밟으면 된다. 오마이뉴스의 모토처럼 '모든 시민은 기자'이니까 말이다.

그런데 시민기자가 되는 것은 간단하지만 막상 기사를 쓰려고 하면 소재 선정에 대한 고민에 빠지게 된다. 도대체 어떤 이야기를 기사로 써야 할까? 사실 이 문제에 대한 해답 역시 매우 간단하다. 자신이 평소에 좋아했고 관심 있던 분야를 소재로 삼으면 되기 때문이다.

오마이뉴스는 정치, 경제, 사회, 문화, 사는 이야기, 민족 · 국제, 교육, 여성, 영화, 미디어, 만평 · 만화, 책동네 등 다양한 분야의 뉴스 분야들로 분류되어 있다. 정치 분야에 관심 있는 사람이라면 정치인들의 발언이나 정책 발표를 나름대로의 시각으로 비교 · 분석하면 되고, 책이나 영화를 좋아하는 사람이라면 감상평을 써도 좋다.

하지만 이 같은 이야기들은 너무 광범위하고 막연하다. 그래서 기사 소재 발굴에 쉽게 접근하기 위한 한 가지 힌트를 드리겠다. 바로 스포츠와 대중문화 분야다. 프로야구는 700만 관중 시대를 열었을 정도로 국민 스포츠가 됐고, 월드컵 같은 중요한 A매치 경기가 열릴 때 대형 광장에 사람들이 몰리는 현상은 더 이상 낯선 풍경이 아니다.

김연아와 손연재 같은 스타 선수들은 '국민요정'이 된 지 오래고 김민아, 배지현, 최희, 정인영, 공서영 같은 스포츠 전문채널 아나운서와 박기량, 강윤이 같은 치어리더들까지 팬들 사이에서는 여신 대접을 받는 '스포츠 전성시대'이다. 이는 그만큼 스포츠 기사들을 찾는 수요가 많아졌음을 의미한다.

사건이 터진 후 이야깃거리가 쏟아지는 다른 분야와는 달리 스포츠는 언제나 일정이 미리 공개된다. 게다가 한국시리즈나 유럽 챔피언스리그 같은 큰 경기는 매년 열리고 '세계인의 축제' 올림픽과 월드컵도 4년에 한 번씩 정기적으로 찾아온다.

따라서 좋아하는 종목을 찾고 그 종목에 관심을 가지면 기삿거리는 쏟아지게 마련이다. 내 기사의 절반 이상을 차지하는 '주종목' 야구를 예로 들어보자. 야구는 가을이면 시즌이 모두 끝난다. 경기를 즐길 수 없으니 팬들에게는 '비수기'라고 할 수 있다.

하지만 겨울에도 야구는 멈추지 않는다. 시즌이 끝나면 먼저 각 구단의 방출 선수가 발표되고, 다시 그들은 은퇴 선수와 다른 팀으로 이적해 현역 생활을 지속하는 선수로 분류된다. 이들 각자의 사연 속에서 어렵지 않게 소재를 찾을 수 있다.

FA(Free Agent: 특정 기간 리그에서 활약한 선수가 자유롭게 팀을 이적할 수 있도록 만든 제도) 시장이 본격적으로 열리면 기삿거리는 더욱 많아진다. 원소속팀에 대한 애정 때문에 낮은 조건에 재계약을 한 노장 선수, 자신의 가치를 평가받기 위해 시장에 뛰어들어 소위 'FA 잭팟'을 터뜨린 선수, 어느 구단과도 계약하지 못해 'FA 미아'에 처할 위기에 놓인 선수 모두가 좋은 기삿거리다. 2012년에는 신생구단 NC다이노스의 선수 특별 지명까지 있었기 때문에 기삿거리가 더욱 많았다.

야구, 그것도 한국 프로야구로 범위를 좁혔는데도 이렇게 소재가 많으니 농구나 배구 같은 겨울 스포츠, 겨울 이적시장 등으로 더 열기가 무르익은 유럽축구 등은 그야말로 '소재 밭'이다. 게다가 지금은 그 어느 때보다 축구 종목에 '해외파(특히 유럽파)'가 많은 시기 아닌가.

또한 스포츠와 더불어 끊임없이 소재가 쏟아지는 분야가 바로 대중문화다. 경우에 따라서는 영화 한 편에서도 서너 개의 기삿거리가 나올 수 있다. 한국영화 사상 일곱 번째로 1000만 관객을 돌파한 〈광해, 왕이 된 남자〉를 예로 들어보자.

일단 이 영화를 이끌어가는 주인공은 이병헌이다. 한류스타로 더 유명했던 이병헌에게 〈광해〉의 일인이역 연기는 배우로서의 존재감을 확고히 해주었다. 이병헌의 필모그래피를 돌아보며 〈광해〉가 배우 이병헌의 커리어에 어떤 영향을 미쳤는지 분석하면 흥미로운 기사가 나올 수 있다.

성우 출신의 배우 장광이 〈도가니〉와 〈광해〉, 그리고 〈26년〉에서 얼마나 다양한 캐릭터 사이를 오갔는지 비교해보는 기사가 나올 수도 있고, 스크린 수 독점에 따라 '만들어진 1000만' 〈광해〉의 아픈 부분을 꼬집거나 〈광해〉의 그늘에 가려 빛을 보지 못하고 스크린에서 사라진 걸작들을 소개하는 기사도 흥미로울 것이다. 대중문화 중에서도 영화, 그중에서도 〈광해〉라는 영화 한 편으로도 이렇게 많은 이야기가 나올 수 있다. 따라서 대중문화가 가진 소재의 다양함은 새삼 강조할 필요도 없다.

오마이뉴스는 2011년 8월 대중문화 분야를 따로 구분한 〈오마이스타〉를 창간했다. 창간 1년을 갓 넘긴 신생 매체라 대중적 인지도는 아직 높지 않지만 시민기자 입장에서는 자신의 기사를 담을 수 있는 독립된 공간이 생겼다는 점에서 매우 고무적이다. 아직 터줏대감이 많지 않은 〈오마이스타〉를 가슴 울리는 영화 한 편, 듣기 좋은 노래 한 곡이 고단한 우리 삶을 위로해준다.
내가 좋아하는 스포츠 · 대중문화 분야에 대해 기사 쓰는 일이 즐겁다.
취재하고 기사로 배치되고 독자들의 반응을 보는 1300번의 시간들이 소중한 추억으로 쌓였다.
더 오래오래 오마이뉴스 시민기자로 글을 쓰면서 힘든 삶을 버틸 수 있는 기운을
사람들에게 전하고 싶다.

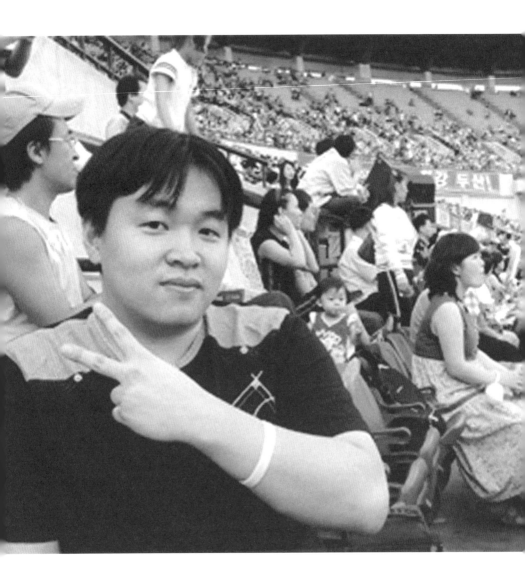

적극 활용하는 것도 좋은 방법이다.

우리는 가끔 포털 사이트에서 수준 낮은 스포츠 기사나 연예 기사를 읽으면서 '에이, 이런 기사는 나도 쓰겠다'라는 생각을 하곤 한다. 일반 네티즌들은 기껏해야 악플을 다는 일밖에 할 수 없지만 오마이뉴스 시민기자는 다르다. 나와 의견이 다르면 직접 기사로 쓰면 되니까 말이다.

악플에 대처하는 법

성지(聖地)란 특정 종교에서 신성시하는 장소나 종교적인 유적이 있는 곳을 뜻한다. 기독교의 예루살렘, 이슬람교의 메카 등이 대표적이다. 하지만 네티즌들 사이에서 성지란 조금 다른 의미로 쓰이기도 한다. 크게 화제가 되거나 흥미로운 글, 사진 등이 올라와 있는 인터넷 페이지. 그래서 많은 네티즌들이 한꺼번에 몰리는 곳을 '성지'라고 부른다. 단순히 잘 쓴 글이나 좋은 사진과는 달리 뭔가 특별한 의미가 담겨 있어야 하기 때문에 성지가 된다는 것은 그리 간단한 일이 아니다.

나는 시민기자 활동을 하면서 내 기사가 '성지'가 된 특별한 경험을 했다. 때는 2006년 3월, 한국 야구 대표팀이 WBC(World Baseball Classic)를 앞두고 있었고, 축구에서는 독일 월드컵을 앞두고 평가전이 한창이었다.

당시 한국 야구 대표팀의 목표는 당연히 '타도 일본'이었다. 박찬호, 김병현, 서재응, 이승엽, 최희섭 등 역대 최강 전력이 뭉친 야구의 월드컵 WBC에서 일본을 상대로 승리를 거둔다는 것은 한국 야구의 자존심을 세계에 알리는 것을 의미했다.

마침 일본 대표팀은 3월 1일 도쿄돔에서 요미우리 자이언츠와 평가전을 했고 나는 그 경기를 시청하며 일본 대표팀의 약점을 분석하는 기사를 쓰기로 했다. 하지만 시기가 최악이었다. 같은 날 축구 대표팀이 삼일절을 맞아 앙골라 대표팀과 평가전을 치렀기 때문이다.

'AGAIN 2002'를 꿈꾸며 서울 월드컵 경기장에서 성대하게 열린 축구 대표팀의 평가전과 일본 야구 대표팀의 평가전. 당연히 기사 가치는 축구 쪽으로 기울 수밖에 없었다. 결국 A매치 관전을 포기하며 나름대로 열심히 쓴 기사는 포털에서 '한심하긴, 설마 이게 일본 전력의 전부겠냐' 하는 싸늘한 시선의 댓글 몇 개만 달린 채 쓸쓸하게 잊히고 말았다.

하지만 4일 후 상황은 돌변했다. 한국 대표팀은 일본과의 아시아 지역 예선 라운드에서 이승엽의 역전홈런에 힘입어 3 대 2로 승리했다. 문제는 경기 내용이었다. 내가 4일 전 기사에서 지적했던, 빠른 발은 경계해야 하지만 왼손투수에게는 약한 일본 야구의 허점이 그대로 드러난 것이다.

경기가 끝난 후 신기하게도 3일 전에 쓸쓸하게 사라졌던 기사에 댓글이 달리기 시작했다. 당시 악플을 달아서 미안했다는 사람도 있었고 선견지명이 대단하다는 칭찬도 있었다. 이제 와서 고백하자면 내 선견지명이라기보다는 '소 뒷걸음치다 쥐 잡은 격'이었다. 급기야 "이곳은 곧 성지가 되겠군요"라는 장난스런 댓글이 달렸고 "성지순례 왔습니다"라는 댓글이 한동안 이어졌다.

내 기사가 성지가 됐던 즐거운 기억이 있다면 온갖 악플을 한 몸에 받았던 괴로운 기억도 있다. 악성 댓글을 달기 위해서는 로그인의 수고도 마다하지 않는 네티즌들은 하나의 오타라도 발견하거나 그 내용이 자신의 생각과 다르면 재빠르게 지적한다. 그 속도는 한국 프로야구 역사상 가장 빠른 공을 던진다는 LG 트윈스의 외국인 투수 레다메스 리즈의 속구 구속을 능가할 것이다.

때는 2006년 12월, 도하 아시안게임이 한창이던 시기였다. 그리고 세상의 이목은 만 17세의 소년 박태환에게로 집중되어 있었다. 당시 박태환은 남자 자유형 200미터, 400미터, 1500미터를 석권하며 암울하던 한국 수영의 새로운 희망으로 떠올랐다. 아시안게임 수영 3관왕은 1982년 뉴델리 아시안게임의 최윤희 이후 24년 만에 나온 쾌거였다.

그 희망의 크기가 너무 컸던 탓일까. 당시 적지 않은 언론들이 박태환의 성과를 치하하는 것에 그치지 않고 마치 한국 수영이 박태환을 시작으로 엄청난 르네상스를 맞을 것처럼 보도하고 있었다. 하지만 현실은 그렇지 않았다. 한국 수영은 박태환이라는 '괴물'이 우연히 등장한 것일 뿐 결코 박태환을 '발굴'한 것이 아니었다.

나는 이 점을 지적하는 기사를 썼다. 박태환을 제외했을 때 한국 수영의 성적이 얼마나 초라한지 나열하고, 박태환의 성공신화를 모델로 삼아 하루빨리 제2, 제3의 박태환을 육성해야 한다고 강조했다. 주제도 나쁘지 않고 시의성도 있다고 생각했기에 기사는 순조롭게 써 내려갈 수 있었고, 오마이뉴스뿐 아니라 포털에서도 메인화면에 배치됐다.

하지만 '내 기사에 전부 공감의 댓글을 달겠지?'라는 기대는 보기 좋게 어굿났다. 박태환의 등장으로 한창 들떠 있는 네티즌들에게 내 기사는 즐거운 잔치를 망치는 취객의 주사 정도로 보였던 모양이다. 결국 내 기사는 100개에 가까운 악성 댓글 공격을 받았다.

그 후 6년의 세월이 흘렀고 당시 내 지적이 틀리지 않았다는 사실이 결과로 증명되고 있다. 도하 아시안게임을 통해 '한국 수영의 간판'이 된 박태환은 2008년 베이징 올림픽, 2010년 광저우 아시안게임, 2012년 런던 올림픽까지도 한국 수영의 '유일한' 간판스타였다. 김연아 키즈는 벌써 세계 주니어 무대를 호령하고 있지만, 박태환은 2014년 인천 아시안게임, 어쩌면 그 이후까지 한국 수영을 홀로 책임져야 할 입장이다.

전문가는 아니지만 나만의 독창적인 분석이 담긴 기사가 네티즌들의 성지가 되거나 시간이 지나 인정받는 것처럼 기분 짜릿한 순간도 없다. 오마이뉴스에 글을 쓰다 보면 독자들의 악플과 마주할 일이 많지만 이 악플에 일일이 신경 쓰기보다는 자신만의 목소리를 내는 데 주저하지 않는 게 무엇보다 중요하다고 생각한다.

1300개의 값진 추억

시민기자로 활동한 덕분에 새로운 경험을 할 기회도 몇 번 있었다. 사실 나는 취재를 좋아하거나 선호하는 기자가 아니다. 취재를 꺼리는 기자라니…… 어쩌면 나는 기본적으로 기자의 자격이 없는 사람일지도 모른다. 그렇다고 무조건 취재를 하지 않는 것은 아니고, 주로 편집부의 청탁(이라 쓰고 강요라 읽는다)에 의해 취재를 하는 경우가 많다.

그중에서 기억나는 사례를 꼽으라면 2008년 9월에 했던 독립 다큐영화 〈우린 액션배우다〉의 감독과 출연진 인터뷰였다. 사실 나는 이 인터뷰가 그리 내키지 않았다. 임수정이나 문근영 같은 유명 여배우 인터뷰도 아니고 독립영화를 만든 내 또래의 남자 무리들이라니. 게다가 몸을 써야 하는 스턴트맨이라는 직업적 특성상 매우 거칠 것이라는 선입견도 있었다.

하지만 이런 내 고정관념은 인터뷰 시작 30분 만에 눈 녹듯 사라졌다. 액션스쿨 동기생들로 이뤄진 〈우린 액션배우다〉의 정병길 감독과 배우들은 시종일관 유쾌한 분위기로 자신의 이야기를 솔직하게 풀어 나갔다. 특히 나처럼 인터뷰가 익숙지 않은 사람에게는 대단히 좋은 인터뷰이가 아닐 수 없었다.

당시 정병길 감독은 〈청년폭도맹진가〉로 장편영화 데뷔를 준비하고 있다고 했다. 개인적으로 무척 기대를 하고 있었는데 촬영이 중단되면서 안타까움을 더했다. 하지만 2012년 11월에 개봉한 영화 〈내가 살인범이다〉를 연출하면서 순조롭게 상업영화 입봉을 마쳤다(〈내가 살인범이다〉의 무술감독 역시 4년 전 인터뷰이 중 한 명이었던 권귀덕 씨다).

취재 기회는 우연찮게 찾아오기도 한다. 2008년 10월, 나는 취재가 아닌 팬의 입장에서 프로야구 플레이오프 경기를 보기 위해 잠실 야구장을 찾았다. 비록 예매는 하지 않았지만 야구장에 일찍 도착해 표는 어렵지 않게 구할 수 있었다. 당시에는 현장 판매분을 일부 남겨두는 시스템이었다.

하지만 야구장의 고질병인 '자리 선점 만행(10명 이하의 인원이 수백 개의 자리를 선점하는 행위)'으로 인해 텅텅 비어 있던 응원단상 앞 명당자리를 놔두고, 초대가수가 '원더걸스'인지 '카라'인지 구분도 되지 않는 먼 자리까지 올라가야 했다(실제 초대가수는 '소녀시대'였다).

당시 상황이 너무 화가 나서 즉흥적인 현장 취재와 내가 겪은 상황을 바탕으로 기사를 썼다. 그 기사는 포털 사이트 메인화면에 올라가 네티즌들의 적극적인 지지를 받았다. 이렇게 직접 겪은 불만이나 문제도 객관적인 사실에 근거한다면 오마이뉴스에서는 좋은 기사가 될 수 있다.

열 손가락 깨물어 안 아픈 손가락 없다지만, 사실 내가 쓴 기사 중에는 가치가 떨어지는 기사도 적지 않다. 그래도 이런 사소한 기사들을 취재하고 쓰고 배치되고 독자들의 반응을 보는 1300번의 시간들이 소중한 추억으로 쌓였다. 이런 추억들만큼은 내 삶에서 결코 작은 부분이 아니다.

꿈을 이룰 기회를 잡다

기사를 쓸 때 가장 중요한 것은 무엇일까? 우선은 좋은 글을 써야 한다. 너무 당연하고 뻔한 소리인 데다 기본에 관한 이야기이므로 굳이 반복할 필요는 없을 듯하다. 그렇다면 '현실적으로' 시민기자가 오마이뉴스에 기사를 올릴 때 가장 중요한 부분은 무엇일까? 바로 스피드, 더 포괄적으로 이야기하자면 타이밍이다. 비슷한 내용의 기사를 올리는 다른 시민기자들과의 보이지 않는 경쟁에서 승리하기 위한 지름길이 바로 타이밍인 것이다.

축구 A매치나 한국시리즈 같은 대형 스포츠 이벤트를 예로 들어보자. 이 정도의 큰 경기에는 여러 시민기자들이 쓴 비슷한 내용의 기사들이 몰릴 수밖에 없다. 이럴 경우 편집부에서는 빨리 송고된 기사를 먼저 배치하기 마련이다. 따라서 더 빨리 올리는 사람이 더 좋은 자리에 배치를 받을 수 있다. 나는 그런 경기는 거의 실시간으로 기사를 쓴다.

스피드 전쟁에서 뒤처졌다고 실망할 필요는 없다. 자신만의 스타일을 살린 좀 더 독창적인 분석 기사로 승부를 걸면 되기 때문이다. 편집부 입장에서 보면 다양한 시선을 가진 기사는 많을수록 좋고, 정밀한 분석 기사는 단순히 정보만 더한 기사에 비해 좋은 대접을 받을 가능성이 높아진다.

다음으로는 각종 기사 공모를 유심히 관찰하는 것이다. 오마이뉴스 사이트의 공지사항 게시판인 '오마이광장'에도 수시로 기사 공모가 올라온다. 여기에는 만만치 않은 상금이 걸려 있어 승부욕을 고취시키고, 주제도 정해져 있기 때문에 기사를 쓰는 입장에서는 많은 도움이 된다.

오마이뉴스 블로그(오블)를 적극 활용하라는 이야기도 해주고 싶다. 나는 2008년에 오블을 시작했는데, 처음에는 블로그 활동을 열심히 할 생각이 별로 없었다. 하지만 시민기자에게 블로그 활동은 적지 않은 도움이 된다. 주관적인 생각이 너무 많이 들어가거나 사실 확인이 여의치 않아 기사로 쓰기 다소 부적절한 내용을 블로그에 쓸 수 있다. 게다가 이미 구분된 섹션에 구애받을 필요가 없어 더 자유로운 형식의 글이 나올 수 있다.

또한 오블의 빼놓을 수 없는 장점은 블로그 포스팅이 오마이뉴스 메인화면에 배치될 수도 있다는 점이다. 내 포스팅을 원고료로 보상받는 기분은 조회수나 댓글수에 만족해야 하는 다른 블로그 활동에서는 느낄 수 없는 재미이다. 마치 예상치 못한 곳에서 보너스를 받는 기분이랄까.

이런 모든 활동은 시민기자로서의 자산이 된다. 주변의 문제를 세상에 알리려는 사람이나 단지 글 쓰는 일이 좋아 취미로 기사를 올리는 사람, 혹은 언론인을 지망하는 사람 모두 오마이뉴스에서 활동했던 경험들이 스스로의 경쟁력을 키우는 데 큰 도움이 될 것이다. 그리고 이는 곧 오마이뉴스의 경쟁력이기도 하다.

사실 오마이뉴스는 정치적 색깔로 논쟁이 벌어지는 매체이다. 심지어 전혀 다른 주제의 기사임에도 단지 '오마이뉴스'라는 이름만 보고 선입견을 가지고 악플을 다는 사람도 존재한다. 하지만 내가 알고 있는 오마이뉴스의 성격은 일부에서 이야기하는 그것과 조금 다르다.

오마이뉴스는 기사 쓰는 일이 익숙하지 않은 나에게 공짜 교육을 시켜줬고, 부족한 내 기사를 메인화면에 노출해주면서 글 쓰는 일에 대한 자신감을 키워줬으며, 예기치 않은 사고로 병원에 입원했을 때는 문병까지 와준 고마운 사람들이 만드는 매체이다. 그리고 이제는 책의 저자가 되고 싶다는 나의 큰 꿈을 이룰 기회까지 만들어주었다.

오마이뉴스가 자신의 정치적 성향과 맞지 않을 수도 있고 그곳에서 나오는 기사들의 논조에 동의할 수 없는 경우도 있을 것이다. 아무리 친한 친구나 연인 사이, 하물며 부부라도 늘 의견 다툼과 싸움이 끊이지 않는 것처럼 말이다. 나 역시 오마이뉴스 기사를 보며 공감하지 못해 혀를 찰 때도 있었다.

하지만 오마이뉴스가 시민기자를 대하는 마음, 그 진정성만큼은 의심하지 않는다. 적어도 내가 아는 오마이뉴스는 언제나 시민기자들이 조금 더 좋은 환경에서 기사를 쓸 수 있는 여건을 마련해주고자 지원을 아끼지 않는 곳이다.

글 쓰는 즐거움에 푹 빠지고 싶은가? 노크도 필요 없다. 문은 이미 열려 있다. ✎

양형석 아저씨에 가까운 나이에도 청년으로 불리고 싶은 철없고 수줍은 남자. 또래 친구들 중 기혼자의 수가 미혼자의 수를 넘어선 지 오래, 길에서 누군가 "아저씨"라고 부르는 것에 익숙해진 지 오래, 이제 친구들의 주요 관심은 따뜻한 주식 시세나 지루한 정치 현안으로 바뀐 지 오래. 하지만 지금 이 순간에도 글의 라임을 맞추는 일이 가장 신경 쓰이니 철드는 것은 포기한 지 오래!

가까운 친구들이 '사회 적응'이라는 이름으로 과거에 열광했던 것들에 대해 하나씩 흥미를 잃어갈 때 오히려 스포츠, 영화, 드라마, 음악 같은 대중문화에 심취했다. 고단한 삶을 위로해주는 해답은 그 안에 담겨 있다고 믿기 때문이다. 그러다가 2005년 4월 오마이뉴스를 만났다. 좋아하는 이야기들을 직접 글로 쓸 수 있는 공간이 생긴 것이다. 그리고 7년이 넘는 시간이 훌쩍 흘렀고 1300개가 넘는 기사가 쌓였다. 2008년에는 오마이뉴스 '2월 22일상'을 받기도 했다.

정치 현안이나 주식 시세보다는 프로야구의 치열한 순위 싸움과 걸그룹의 멤버 교체를 더 걱정하는 시민기자로 남고 싶다. 날로 먹는 기사만 점점 늘어가는 건방진 불량 시민기자의 유일한(?) 소망은 지금까지 함께한 시간보다 더 오래오래 오마이뉴스와 늙어가는 것이다.

나는 시민기자다

오마이뉴스 시민기자 12명의 세상을 바꾸는 글쓰기

1판 1쇄 펴낸날 | 2013년 4월 8일
1판 2쇄 펴낸날 | 2015년 3월 20일

지은이 김혜원 외 11명
펴낸이 오연호
본부장 김병기
편집장 서정은 편집 차경희 마케팅 황지희 관리 문미정

펴낸곳 오마이북
등록 제313-2010-94호 2010년 3월 29일
주소 서울시 마포구 월드컵북로 396 누리꿈스퀘어 비즈니스타워 18층 (121-270)
전화 02-733-5505 팩스 02-3142-5078
홈페이지 book.ohmynews.com 이메일 book@ohmynews.com
페이스북 www.facebook.com/Omybook

책임편집 차경희
디자인 오필민디자인
인쇄 천일문화사

ISBN 978-89-97780-05-1　03810

오마이북은 오마이뉴스에서 만드는 책입니다.